KEY·可以文化

莫言给孩子的文学课系列

莫言给孩子的
文学课

热爱生活的理由

莫言 著

浙江文艺出版社
Zhejiang Literature & Art Publishing House

图书在版编目（CIP）数据

热爱生活的理由/莫言著. —杭州：浙江文艺出版社，
2023.4

ISBN 978-7-5339-7031-4

Ⅰ.①热… Ⅱ.①莫… Ⅲ.①中国文学-当代
文学-作品综合集 Ⅳ.①I217.2

中国版本图书馆 CIP 数据核字（2022）第 219424 号

策划统筹	曹元勇
责任编辑	苏牧晴　汤明明
营销编辑	耿德加　胡凤凡
责任印制	吴春娟
装帧设计	裴峰南
封面插图	李　晶
数字编辑	姜梦冉　诸婧琦

热爱生活的理由

莫　言　著

出版发行	浙江文艺出版社
地　　址	杭州市体育场路 347 号
邮　　编	310006
电　　话	0571-85176953（总编办）
	0571-85152727（市场部）
印　　刷	杭州杭新印务有限公司
开　　本	710 毫米×1000 毫米　1/16
字　　数	175 千字
印　　张	15.5
版　　次	2023 年 4 月第 1 版
印　　次	2023 年 4 月第 1 次印刷
书　　号	ISBN 978-7-5339-7031-4
定　　价	39.00 元

目录
CONTENTS

第一辑

美好的品格

—

我们应当成为怎样的人呢？面对这个问题，大家一定有不同的回答。

对于莫言来说，儿时的经历、听来的故事、身边的榜样、读过的书籍，都潜移默化地丰富着他的答案：一棵白菜映照出自尊的可贵；布农族的传说包含着诚信的永恒价值；一张老照片的背后是母亲坚忍的身影；李白的潇洒、阮籍的超脱、司马迁的赤子之心，跨越千年依然使人心向往之。

每个人都有独属于自己的精神力量。让我们与莫言一道，用灿烂的心灵世界，映照这广阔多姿的天地吧。

卖 白 菜

1967 年冬天，我十二岁那年，临近春节的一个早晨，母亲苦着脸，心事重重地在屋子里走来走去，时而揭开炕席的一角，掀动几下铺炕的麦草，时而拉开那张老桌子的抽屉，扒拉几下破布头烂线团。母亲叹息着，并不时把目光抬高，瞥一眼那三棵吊在墙上的白菜。最后，母亲的目光锁定在白菜上，端详着，终于下了决心似的，叫着我的乳名，说：

"社斗，去找个篓子来吧……"

"娘，"我悲伤地问，"您要把它们……"

"今天是大集。"母亲沉重地说。

"可是，您答应过的，这是我们留着过年的……"话没说完，我的眼泪就涌了出来。

母亲的眼睛湿漉漉的，但她没有哭，她有些恼怒地说："这么大的汉子了，动不动就抹眼泪，像什么样子?!"

"我们种了 104 棵白菜，卖了 101 棵，只剩下这 3 棵了……说好了留着过年的，说好了留着过年包饺子的……"我哽咽着说。

母亲靠近我，掀起衣襟，擦去了我脸上的泪水。我把脸伏在母亲的胸前，委屈地抽噎着。我感到母亲用粗糙的大手抚摸着我的头，我嗅到了她衣襟上那股揉烂了的白菜叶子的气味。从夏到秋、从秋到冬，在一年的三个季节里，我和母亲把这 104 棵白菜从娇嫩的芽苗，侍弄成饱满的大白菜，我们撒种、间苗、除草、捉虫、施肥、浇水、收获、晾晒……每一片叶子上都留下了我们的手印……但母亲却把它们一棵棵地卖掉了……我不由得大哭起来，一边哭着，还一边表示着对母亲的不满。母亲猛地把我从她胸前推开，声音昂扬起来，眼睛里闪烁着恼怒的光芒，说："我还没死呢，哭什么？"然后她掀起衣襟，擦擦自己的眼睛，大声地说："还不快去！"

看到母亲动了怒，我心中的委屈顿时消失，急忙跑到院子里，将那个结满了霜花的蜡条篓子拿进来，赌气地扔在母亲面前。母亲提高了嗓门，声音凛冽地说："你这是扔谁？！"

我感到一阵更大的委屈涌上心头，但我咬紧了嘴唇，没让哭声冲出喉咙。

透过朦胧的泪眼，我看到母亲把那棵最大的白菜从墙上钉着的木橛子上摘了下来。母亲又把那棵第二大的摘下来。最后，那棵最小的、形状圆圆像个和尚头的也脱离了木橛子，挤进了篓子里。我熟悉这棵白菜，就像熟悉自己的一根手指。因为它生长在最靠近路边那一行的拐角的位置上，小时被牛犊或是被孩子踩了一脚，所以它一直长得不旺，当别的白菜长到脸盆大时，它才有碗口大。发现了它的小和可怜，我们在浇水施肥时就对它格外照顾。我曾经背着母亲将一大把化肥撒在它的周围，但第二天它就打了蔫。母亲知道了真相后，赶紧地将它周围的土换了，才使它死里逃生。后来，它尽管还是小，但卷得十分饱满，收获时母亲拍打着它感慨地对我说："你看看它，你看看它……"在那一瞬间，母亲的脸上洋溢着珍贵的欣喜表情，仿佛拍打着一个历经磨难终于长大成人的孩子。

集市在邻村，距离我们家有三里远。母亲让我帮她把白菜送去。我心中不快，嘟哝着，说："我还要去上学呢。"母亲抬头看看太阳，说："晚不了。"我还想啰唆，看到母亲脸色不好，便闭了嘴，不情愿地背起那只盛了三棵白菜、上边盖了一张破羊皮的篓子，沿着河堤南边那条小路，向着集市，踽踽而行。寒风凛冽，有太阳，很弱，仿佛随时都要熄灭的样子。不时有赶集的人从我们身边超过去。我的手很快就冻麻了，以至于当篓子跌落在地时我竟然不知道。篓子落地时发出了清脆的响声，篓底有几根腊条跌断了，那棵最小的白菜从篓子里跳出来，滚到路边结着白冰的水沟里。母亲在我头上打了一巴掌，骂道："穷种啊！"然后她就颠着小脚，挖着两只胳膊，小心翼翼但又十分匆忙地下到沟底，将那棵白菜抱了上来。我看到那棵白菜的根折断了，但还没有断利索，有几缕筋皮联络着。我知道闯了大祸，站在篓边，哭着说："我不是故意的，我真的不是故意的……"母亲将那棵白菜放进篓子，原本是十分生气的样子，但也许是看到我哭得真诚，也许是看到了我黑黢黢的手背上那些已经溃烂的冻疮，母亲的脸色缓和了，没有打我也没有再骂我，只是用一种让我感到温暖的腔调说："不中用，把饭吃到哪里去了？"然后母亲就蹲下身，将背篓的木棍搭上肩头，我在后边帮扶着，让她站直了身体。但母亲的身体是永远也不能再站直了，过度的劳动和艰难的生活早早地就压弯了她的腰。我跟随在母亲身后，听着她的喘息声，一步步向前挪。在临近集市时，我想帮母亲背一会儿，但母亲说："算了吧，就要到了。"

终于挨到了集上。我们穿越了草鞋市。草鞋市两边站着几十个卖草鞋的人，每个人面前都摆着一堆草鞋。他们都用冷漠的目光看着我们。我们穿越了年货市，两边地上摆着写好的对联，还有五颜六色的过门钱。在年货市的边角上有两个卖鞭炮的，各自在吹嘘着自己的货，在看热闹人们的撺掇下，悬起来，你一串我一串地赛着放，乒乒乓乓的爆炸声此起彼伏，空气里弥漫着硝烟气味，这气味让我们感到，年已经近在眼前了。我们穿越了粮食市，到达了菜市。市上只有十几个卖菜的，有几个卖青萝卜的，有几个卖红萝卜的，还有一个卖菠菜的，一个卖芹菜的，因为经常跟着母亲来卖白菜，这些人多半都认识。母亲将篓子放在那个卖青萝卜的高个子老头的菜篓子旁边，直起腰与老头打招呼。听母亲说老头子是我的姥娘家那村里的人，同族同姓，母亲让我称呼他为七姥爷。七姥爷脸色赤红，头上戴一顶破旧的单帽，耳朵上挂着两个兔皮缝成的护耳，支棱着两圈白毛，看上去很是有趣。他将两只手交叉着插在袖筒里，看样子有点高傲。

母亲让我走，去上学，我也想走，但我看到一个老太太朝着我们的白菜走了过来。风迎着她吹，使她的身体摇摆，仿佛那风略微大一些就会把她刮起来，让她像一片枯叶，飘到天上去。她也是像母亲一样的小脚，甚至比母亲的脚还要小。她用肥大的棉袄袖子捂着嘴巴，为了遮挡寒冷的风。她走到我们的篓子前，看起来是想站住，但风使她动摇不定。她将袄袖子从嘴巴上移开，显出了那张瘪瘪的嘴巴。我认识这个老太太，知道她是个孤寡老人，经常能在集市上看到她。她用细而沙哑的嗓音问白菜的价钱。母亲回答了她。她摇摇头，看样子是嫌贵。但是她没有走，而是蹲下，揭开那张破羊皮，翻动着我们的三棵白菜。她把那棵最小的白菜上那半截欲断未断的根拽了下来。然后她又逐棵地戳着我们的白菜，用弯曲的、枯柴一样的手指。她撇着嘴，说我们的白菜卷得不紧。母亲用忧伤的声音说:"大婶子啊,这样的白菜您还嫌卷得不紧,那您就到市上去看看吧,看看哪里还能找到卷得更紧的吧。"

我对这个老太太充满了恶感,你拽断了我们的白菜根也就罢了,可你不该昧着良心说我们的白菜卷得不紧。我忍不住冒出了一句话:"再紧就成了石头蛋子了!"

老太太抬起头,惊讶地看着我,问母亲:"这是谁? 是你的儿子吗?"

"是老小,"母亲回答了老太太的问话,转回头批评我,"小小孩儿,说话没大没小的!"

老太太将她胳膊上挎着的柳条箢篼放在地上,腾出手,撕扯着那棵最小的白菜上那层已经干枯的菜帮子。我十分恼火,便刺她:"别撕了,你撕了让我们怎么卖?!"

"你这个小孩子,说话怎么就像吃了枪药一样呢?"老太太嘟哝着,但撕扯菜帮子的手却并不停止。

"大婶子,别撕了,放到这时候的白菜,老帮子脱了五六层,成了核了。"母亲劝说着她。

她终于还是将那层干菜帮子全部撕光,露出了鲜嫩的、洁白的菜帮。在清冽的寒风中,我们的白菜散发出甜丝丝的气味。这样的白菜,包成饺子,味道该有多么鲜美啊! 老太太搬着白菜站起来,让母亲给她过秤。母亲用秤钩子挂住白菜根,将白菜提起来。老太太把她的脸几乎贴到秤杆上,仔细地打量着上面的秤星。我看着那棵被剥成了核的白菜,眼前出现了它在生长的各个阶段的模样,心中感到阵阵忧伤。

终于核准了重量,老太太说:"俺可是不会算账。"

母亲因为偏头痛，算了一会也没算清，对我说："社斗，你算。"

我找了一根草棒，用我刚刚学过的乘法，在地上划算着。

我报出了一个数字，母亲重复了我报出的数字。

"没算错吧？"老太太用不信任的目光盯着我说。

"你自己算就是了。"我说。

"这孩子，说话真是暴躁。"老太太低声嘟哝着，从腰里摸出一个肮脏的手绢，层层地揭开，露出一叠纸票，然后将手指伸进嘴里，沾了唾沫，一张张地数着。她终于将数好的钱交到母亲的手里。母亲也一张张地点数着。我看到七姥爷的尖锐的目光在我的脸上戳了一下，然后就移开了。一块破旧的报纸在我们面前停留了一下，然后打着滚走了。

等我放了学回家后，一进屋就看到母亲正坐在灶前发呆。那个腊条篓子摆在她的身边，三棵白菜都在篓子里，那棵最小的因为被老太太剥去了干帮子，已经受了严重的冻伤。我的心猛地往下一沉，知道最坏的事情已经发生了。母亲抬起头，眼睛红红地看着我，过了许久，用一种让我终生难忘的声音说：

"孩子，你怎么能这样呢？你怎么能多算人家一毛钱呢？"

"娘，"我哭着说，"我……"

"你今天让娘丢了脸……"母亲说着，两行眼泪就挂在了腮上。

这是我看到坚强的母亲第一次流泪，至今想起，心中依然沉痛。

（2005 年）

两个与食物有关的童话

　　七年前的一次演讲，我为德风幼儿园的孩子们讲了两个故事。现在，我想把这两个故事讲给你们听。

　　第一个故事是我奶奶讲给我听的。她说，在很早的时候，每到冬天，天上飘下来的是洁白的面粉，而不是雪花。那时候的人们根本不需要种地，就有吃不完的面粉。有一次，上帝派一个使者到人间去视察。天使为了考验人心，便化装成一个叫花子的模样，身上穿着破衣，手里拿着拐棍，老态龙钟，肮脏不堪。天使来到一户人家，这户人家正在烙饼，烙饼的是一个凶老婆子。在她的旁边坐着一个小孩子。天使哀求那个老婆子说："好心的人啊，我已经好几天没有吃饭了，饿得头昏眼花，您把白面饼赏一张给我吃吧！"老婆子怒冲冲地说："你这臭叫花子，快从我面前消失。否则我就要放狗咬你。"这时，拴在树下的狗对着天使咆哮。老太婆拿起一张面饼，扔到狗面前，说："老狗，吃吧。"天使继续哀求："好人啊，你既然可以把面饼给狗吃，为什么就不能给我一张呢？"老太婆说："臭叫花子，你给我闭嘴，狗能帮我看家护院。你能帮我干什么？"这时，锅灶旁边那个孩子把尿布尿湿了，大哭起来。老婆子把尿布从孩子屁股下掏出来，把一张新烙出的饼当作尿布塞到孩子屁股下面。老婆子把那块尿布——其实也是一张饼——扔给天使，说："臭叫花子，你如果想吃，就把这张饼吃了吧。"天使叹了口气，走了。

天使回到天上，把在人间看到的情况向上帝做了汇报，上帝非常生气。从此，天上再也不下面粉，而是下寒冷的雪花了。人们要吃上白面饼，就要付出艰苦的劳动。

第二个故事来自台湾布农族的传说。

说从前，有一个住在地下的民族，他们的长相和我们人类相似，唯一不同的是他们都长着一条长长的尾巴。这群生活在地下的人，并不需要用嘴巴来吃东西，当他们饿时，只需要把食物闻一闻就算吃饱了。所以，当他们煮食物时，大大小小的人都围在锅子边嗅味。他们嗅过的食物就不要了。居住在这群人地上的布农族人，总是会算好时间，赶到地下，把那些尚有余温的食物拿走。

布农族人和这群长尾巴的人有一个约定，就是当布农族人快要走到地下人居住的地方时，要连续地发出 tu-pu-zu 的声音，听到这个声音，地下的人就会把自己的尾巴藏起来，他们不愿意让外族的人看到自己的尾巴。因此，布农族与地下人交往多年，从他们那里得到过无数的食物，但由于一直恪守规定，始终没有发现地下人长着尾巴的秘密。

后来，有一个好奇的人去地下人那里拿食物时，故意没有发出 tu-pu-zu 的提示声。结果，那些地下人仓皇中四处逃窜，有的尾巴折断了。从此，地下人用石头堵住了自己的洞口，断绝了与布农族的交往。布农族再也得不到这些精美的食物了。

我之所以讲这样两个故事，是因为这两个故事都包含着深刻的道理。我想，第一个故事是提醒我们，人要具有同情怜悯之心，要心存善良；人要注意节约，即使是轻松得来的东西，也不能随意浪费。我祖母当年给我讲述这个故事后，她更多的是批评那个恶老太婆浪费食物，在我祖母他们这些老人心目中，随便浪费食物是要受到上天惩罚的。第二个故事告诉我们，人应该信守诺言，不能背约。这样的故事有很多，我相信在日本肯定也有类似的民间故事。

我想，不论社会发生什么样的变化，人类的同情心和怜悯心，人类忠于友谊、信守诺言、不背叛朋友，都是宝贵的品质。如果人类丧失了这些品质，这个世界将会变得非常可怕。

这两个故事，都与食物有关。民间故事里与食物有关的故事占了相当大的比例，这就说明我们的祖先获取食物的艰难。我在二十岁之前，一直处在半饥半饱的状态，这也培养了我对食物的特殊兴趣。一个饥饿的人，最关注的当然是食物。我的小说中有那么多关于食物和饥饿的描写，有那么多对挥霍浪费、腐败奢侈的讽刺和批评，就因为我是从饥饿的道路上一步步走过来的。我深知食物的宝贵和获取食物的艰难。

我五六岁时，是二十世纪六十年代初期，那正是中国最艰难的时期。这个时期，我们村里的孩子与你们在图片上看到的非洲儿童差不多：骨瘦如柴，腹部膨大。我们像小狗一样在村子里、田野里转来转去，寻觅可以吃的东西。草根、树皮、小甲虫，都是我们的食物。有一次，村里的小学校拉来一车煤炭，有一个孩子率先把一块煤塞到口里，响亮地咀嚼着。我们于是蜂拥而上，抓起煤块吃起来。吃煤的感觉我至今还记忆犹新。——这些事讲给你们听，你们可能认为我是在编小说，但这确是真实发生过的事情。

我像你们这般年纪的时候，中国发生了一场所谓的"文化大革命"，我被赶出了校门。我一个人到草地上去放牛，整天与牛在一起，没有人与我说话。我就与天上的鸟儿说话，与牛说话。这个时期，养成了我胡思乱想的习惯，也培养了我与大自然之间密切的关系。牛当然不能说话，但我能够很好地猜到牛的意图。幸亏这样的生活没有延续太久，否则我很可能要变成一头牛了。

童年时期的生活，在我走上小说创作的道路之后，都变成了宝贵的资源。我的小说里写了很多植物，也写了很多动物，充满了童话色彩。但我小说里写得最多的还是牛，这肯定与我放过牛有关。

曾有记者采访我：莫言先生，如果时光可以倒流，每个人可以自由选择自己的生活，您是继续选择一个饥饿、孤独的少年时期，为长大之后成为作家做准备呢？还是选择一个幸福的童年？我毫不犹豫地回答：我当然会选择幸福的童年。至于当不当作家，并不重要。而且，也未必只有童年不幸的人才能当作家。中国现在有许多八十年代之后出生的孩子，他们都是独生子女，从小衣食无忧，饱受溺爱，但这批孩子里也出现了许多年轻作家。当然，他们写作的小说，与我这样出身的人写出的小说，是大不一样的。每一代人有每一代人的生活，每一代人有每一代人的幸福和痛苦，因此，每一代人都有自己的文学。但好的文学，必须具备共同的本质，那就是要充满怜悯同情之心，对人的命运予以关注。

我今天的演讲，类似于二十世纪六七十年代在中国颇为流行的一种"忆苦思甜"报告，就是要用过去的痛苦来反衬今天的幸福，从而让大家珍惜今天的生活。但我知道这样的报告效果不会太好，因为我知道，现在的孩子尽管衣食无忧，但他们依然有痛苦。但我想，让你们知道几十年前，曾经有许多孩子，在你们无法想象的艰苦环境中生活着，也许会给你们一种认识自己生活的参照，从而获得一种对为我们创造了今天生活的先辈们的敬意，获得一种对为我们提供了食物和居住环境的大自然的敬意，认识到劳动的光荣，认识到节约是人类宝贵的品质，那我将感到无比的欣慰！

（2006 年 9 月在日本福冈市饭仓小学的演讲）

从照相说起

　　这是我二十岁之前唯一的一次照相，时间大约在 1962 年春天。读者可以看到，照片上的我上穿破棉袄，下穿单裤，头顶上似乎还戴着一顶帽子。棉袄上的扣子缺了两个，胸前闪闪发光的，是积累了一冬天的鼻涕和污垢。裤腿一长一短，不是裤子的问题，是不能熟练地扎腰所致。照片上，我旁边那个看起来蛮精神的女孩，是我叔叔的女儿，比我早四个月出生。她已于十几年前离开人世，似乎也没有什么大病，肚子痛，用小车往医院推，走到半道上，脖子一歪就老了。

　　照相的事，尽管过去了将近四十年，但当时的情景还历历在目。那时我正读小学二年级，课间休息时，就听到有同学喊叫：照相的来了！大家就一窝蜂地窜出教室，看到教室的山墙上挂着一块绘着风景的布，布前支起了一架照相机，机器上蒙着一块表黑里的布。那个从县里下来的照相师傅，穿着一身蓝衣裳，下巴青白，眼睛乌黑，面孔严肃，抽着烟卷，站在机器旁，冷漠地等待着。先是那个教我们唱歌的年轻女老师手里攥着一卷白纸照了一张，然后是校长的老婆与校长的女儿合照了一张。照相时，师傅将脑袋钻到布罩里，从里边发出许多瓮声瓮气的神秘指令，然后他就高高地举起一只手，手里攥着一个红色的橡胶球儿，高呼一声：往这里看，别眨眼，笑一笑！好！橡胶球儿咕叽一声，照相完毕。真是神奇极了，真是好看极了！我们围绕着照相师傅，都看迷了。

在无人照相的间隙，与我们同样围着看热闹的老师们，相互撺掇着，张老师让李老师照，李老师让王老师照，都想照，看样子也是怕花钱。这时我堂姐走到照相师傅面前，从口袋里摸出三角钱，说：我要照相。围观的学生和老师都感到很惊讶。照相师傅问：小同学，你家大人知道吗？堂姐说：俺婶婶（她称呼我的母亲为"娘"，称呼自己的母亲却叫"婶婶"）让我来照的。马上有人在旁边说：她父亲在供销社工作，每月发一次工资呢！于是大家都长出了一口气。那天我堂姐穿得很板正，读者朋友可以从照片上看出来。别忘了那是 1962 年，绝大多数农村孩子都穿不上一件囫囵衣裳，能穿得像我堂姐那样的很少。我堂姐是个非常干净整洁的女孩，同样的新衣裳，我穿上两天就没了模样，但她穿一个月也不脏。

我堂姐昂着神气的小头，端端正正地站在照相机前，等待着照相师傅发号施令。这时，好像是有人从后边推了一把似的，我一个箭步蹿到照相机前，与堂姐站在一起。照相师傅的头从黑红布里钻出来，说：怎么了？怎么了？老师和同学们都呆呆地看着我，没人说话。我骄傲地对照相师傅说：我们是一家的！照相师傅大概不相信这样一个小怪物跟这样一个小姑娘会是一家的，就转回头去看老师。我的班主任老师说：没错，他们是一家的。我堂姐也没提出反对，这件事至今让我感动。照相师傅的头在黑红布里说：往前看，笑一笑，好！他的手捏了一下橡胶球儿，说：好了！

过了好久，我把照相的事忘得干干净净时，一个晚上，我们全家围着一张桌子，吸溜吸溜地喝着菜汤，就听到大门外边有人在喊叫我的大号：管谟业！管谟业！家里人都看着我，他们听到有人喊我的大号，肯定都觉得怪怪的。我扔下饭碗跑出去，一看，原来是我的班主任老师。她将一个白纸包递给我，说：你们的照片出来了。我拿着照片跑回家，竟然忘了请老师到家里坐坐，也忘记了说声谢谢。就在饭桌上把纸包剥开，现出了三张照片和一张底版。照片在众人的手里传递着。母亲叹息一声，说：看你这副邋遢样子，照得什么相？把你姐姐都带赖丑了。

那时我们还没有分家，是村子里最大的家庭。全家十三口人，上有老下有小，最苦的就是母亲。我因为长得丑，饭量大，干活又不麻利，爷爷奶奶也不喜欢我，为此母亲经常叹息。今天反省起来，他们不喜欢我，固然有他们的原因，但主要的还是我自己不赚人喜。我又丑又懒又馋，还经常出去干点坏事，给家里带来不少麻烦，这样的坏孩子，怎么讨人喜？

我爷爷是个很保守的人，对人民公社心怀抵触。我父亲却非常积极，带头入社，吃苦耐劳，虽然是中农，比贫农还积极。父亲一积极，爷爷就生气。爷爷没在人民公社干一天活。他是村子里有名的庄稼汉，心灵手巧，力大无比，如果死心塌地地到社里去干活，必然会得到嘉奖。但他发誓不到社里去干活，干部上门来动员，软硬兼施，他软硬不吃，有点顽固不化的意思。他扬言人民公社是兔子尾巴长不了。吓得我父亲恨不得给他下跪，求他老人家不要乱说。中苏友好时，我爷爷说不是个正经好法，就像村子里那些酒肉朋友似的，好成个什么样子，就会坏成个什么样子。爷爷的这两个预言后来都应了验，我们不得不佩服他的先见之明。爷爷不到生产队干活，但他也不闲着。我们那里荒地很多，爷爷去开荒种地。他开出的荒地粮食亩产比生产队里的熟地都高。但这种事在当时是大逆不道的，人民公社没收了爷爷的地，还要拉他去游街，我叔叔在公社里找人说了情才免了这一难。不许开荒，爷爷就自己制造了一辆木轮小车，推着去割草。割草晒干，卖给马场，换回一些地瓜干，帮家里度过荒年。爷爷其实是个很有生活情趣的人，他会结网，会捕鸟，会拿鱼，还会耍枪打野兔。他心情好时，是个很好的老头，心情不好时，那张脸就像生铁铸的，谁见了谁怕。

还是说说我母亲吧。她老人家去世已经五年，我好多次想写篇文章纪念她，但拿起笔来就感到千头万绪，不知该从哪里写起。母亲这辈子承受了太多的苦难，想起来就让我心中难过。母亲生于1922年，四岁时外祖母去世，她跟着一个姑姑长大成人。母亲的姑姑——我们的姑姥姥，是个铁金刚一样的小老太婆，非常地能干，非常地好强，虽是小脚，但走起路来风快，男人能干的活她都能干。母亲在她的姑姑的调教下，四岁时就开始裹脚，受的苦无法言说，但最终裹出了一双精巧的小脚，母亲还是很感谢她的姑姑。母亲十六岁时嫁到我家，从此就开始了漫漫的苦难历程。精神上受到的封建压迫就不必说了，许多深重的痛苦，因为觉悟不到，也就算不上痛苦。就说说母亲生过的病吧。嗨，从我有记忆力开始，就看到母亲被这样那样的疾病折磨着。先是"心口痛"，每年春天都犯，犯了就痛好多天，去卫生所买两片止痛片吃上，不管用，想请医生来看但是没有钱，只好干靠着，去寻一些不花钱的偏方来治。姐姐带着我到刚生过小孩子的人家去捡鸡蛋皮，捡回来用锅烘焦，再用蒜臼子捣碎，然后让母亲冲着喝。还有一个偏方是摊一个鸡蛋饼，里边包上四两生姜，一次吃下去。我记得母亲吃了那个生姜鸡蛋饼后，痛得在炕上打滚儿，汗水把衣裳和头发都湿透了。那时我们以为凡是肚子痛就是受了凉，生姜大热，能治，不知道母亲患的是严重的胃溃疡出血，吃上四两生姜，无疑是火上浇油。母亲心疼的是那个鸡蛋，那是她的姑姑偷偷地送来的。到了夏天，就头痛，脸赤红，干活回来，忙完了饭，别人吃饭，她就跑到外边去呕吐，翻肠绞胃地吐，我和姐姐站在旁边，姐姐哭着给她捶背，我哭。秋天还要犯"心口痛"，好不容易熬过去，到了冬天，哮喘又来了。说是得了痨病，痨病方，一大筐，不是鸡蛋就是香油，我们到哪里去弄？只能用一些成本不高的偏方治。用尿罐里的碱煮萝卜吃，用柳树枝烧水喝，怎么可能管用？还有妇女病，脱肛，据说治脱肛最好的方子是用猪的大肠装了大米炖着吃，吃不起，那时候我们连大米是什么样子都没见过。母亲自己发明了一个偏方，晚饭后，找一块半头砖，放到灶火里烧着，刷完了锅碗，干完了活，将热砖掏出来，垫到肛门下坐着，自己说很舒服。后来母亲又生过一个碗口大的毒疮，在腰上，一直挺着干活，实在不行了才躺倒，痛疼难忍，咬紧牙关不呻吟，生怕让公婆妯娌听到心烦，瘦得只剩下一把骨头。我跟姐姐在她身边哭，她叫着我的乳名，说：我不行了，你们姐弟怎么活呀？幸亏县里的医疗队下来巡诊，义务看病，不要钱。记得是个中午，来了一群医生，都穿着白大褂，脖子上挂着听诊器，还拿着刀子剪子什么的，说是给母亲动手术，不让我们进去看。听到母亲在屋里哭叫，肯定是痛得受不了了才哭叫。一会儿工夫，一个医生端出来一大盆脓血，一会儿又端出一盆。母亲渐渐地好起来，能扶着墙下地了，又开始了干活，十几个人的饭一人操持。那时的饭，一半是糠菜，要先把野菜放到石头上捶烂，将绿水攥出来，再掺上糠和那点珍贵的红薯面儿。做这样的饭劳动量很大，母亲累急了，就抓一把野菜塞进嘴里。

母亲病好之后，腰上落下了一个很大的疤，天要下雨就发痒，比县里的气象预报还准。后来还被毛驴伤过脚，还得过带状疱疹……母亲晚年，我们的条件有了好转，但她的病日渐沉重，终于不治。母亲这辈子，没享过一天福，吃过的苦是现在的人难以想象的。晚上要生孩子了，中午还在打麦场上干活。刚生完孩子，半夜三更，天降暴雨，麦子还在场上，扯一条毛巾包住头，就到场里帮着抢场，动作稍微慢一点，还要受到呵斥。至于吃的，几十年来，大家都吃不饱，她更吃不饱，上有老，下有小，好吃的根本就进不了她的口。有时候咽到嘴里也得吐出来给我吃。我是她最小的儿子，相貌奇丑不说，还有一个特大的饭量，分给自己那份，几口吞下去，然后就看着别人的饭碗哭，馋急了还从堂姐的碗里抢着吃。我一抢，堂姐也哭，这就乱了套了。最后必是母亲给婶婶赔不是，并且把她碗里那点省给我吃了。母亲的痨病其实是饿出来的。饿，还得给生产队里推磨，推磨的驴都饿死了，只好把女人当驴。六十年代，我们一家没一个饿死的，全仗着我那位在供销社工作的叔叔。我婶婶脾气不太好，但我叔叔很好。他送给我一管博士牌钢笔，还给我买过鞋子。当我们的生活最困难的时候，叔叔从供销社里弄回来一麻袋棉籽饼，那玩意儿现在连猪都不吃，但在当时，连草根树皮都吃光了的时候，无疑是人间最美味的食品，岂止是食品，简直就是救命的灵丹妙药。我们吃着棉籽饼度过了最艰难的岁月。这样的文章，没有什么意义，就此打住吧。

　　婶婶已经于 2001 年 5 月去世，她这一代人实在是命运多舛，思之令人怆然。婶婶一辈子其实也没享到什么福，尤其是到了晚年，堂姐去世，撇下两个孤儿，实在是凄惶。然后又是小儿子胡闹，办什么旅游品加工厂，拉下一屁股债务，逼得她七十多岁的人还要去给人家打短工。想起她和村子里的老人们冒着严寒去给人家摘辣椒，每天只挣两元钱，我心中就酸溜溜的。如果不是遭遇这些事情，她活过八十岁是没有问题的。

　　为了偿还堂弟欠下的债务和照管堂姐撇下的两个孤儿，我们拿出来一些钱，为此，婶婶见到我们时那种恨不得把心扒出来给我们吃了的情形，让我心中实在难过。多年前的芥蒂，早已荡然无存。上边的文章，我写到的其实是当时农村的家庭状况，并无特别的褒贬之意。妯娌之间，打得头破血流者比比皆是，我母亲和婶婶的关系，还是好的。我母亲去世之后，三日圆坟，婶婶教我们弟兄三个每人左手抓着一把谷子，右手抓着一把高粱，围着母亲的新坟转圈走，左转三圈，右转三圈，一边转一边默念：

　　"一把高粱一把谷，打发先人去享福……"

　　如今，婶婶和母亲都去那边享福了吧！

（1999 年 6 月 13 日完稿，2002 年 12 月 9 日补记）

好奇者往往有奇特的结局[*]

　　历史在某种意义上就是传奇。这是我读史的感想，也是我从个人经验中得出的结论。当年我在家乡做农民，劳动休息时，常与父老们在田间地头小憩。这时，在我们身旁的一个坟包里，也许就埋葬着一个草莽英雄。在那座摇摇晃晃的小桥上，也许曾经发生过惊心动魄的浪漫故事。在那道高高的河堤后边，也许曾经埋伏过千军万马。与我坐在一起抽旱烟的老人也许就是这些故事的目睹者，或是某个事件的当事人。他们总是触景生情地对我讲述他们的故事，或是他们听到或是看到的故事。我发现就同一件事，他们每个人讲的都不一样；同一件事同一个人每一次讲述的也不一样。虽然这些事过去了也不过就是几十年的光景，但它们已经变得众说纷纭，除了主干性的事件还有那么点影子外，细节已经丰富多彩，难辨真假。我发现这些故事在被讲述的过程中被不断地加工润色、升华提高。英雄被传说得更英雄，奇人被传说得更出奇。没有任何一个故事讲述人是不对自己讲述的故事添油加醋的；也没有任何一个史学家肯完全客观地记述历史。因为人毕竟是有感情的，有好恶的，想客观也客观不了。看看司马迁的《史记》就知道他是一个对刘姓王朝充满怨恨的人。凡是遭到刘家迫害，或被刘家冤杀的人，他都寄予了深深的同情，描述到他们的功

---

[*] 本文原标题为《搜尽奇峰打草稿》。

绩时总是绘声绘色地赞美，极尽夸张之能事。譬如对大将军韩信，对飞将军李广，对楚霸王项羽。他把项羽列入"本纪"，让他享受与帝王同级待遇。他写韩信和李广的列传时不直呼其名，而称"淮阴侯"、称"李将军"，只一标题间，便见出无限的爱慕和敬仰。究其根本原因，还是因为挨了那不该挨的裆下一刀，忍受着如此的奇耻大辱写汉家的历史，怎么能客观得了。由此推想，我们今天所读到的历史，都是被史学家、文学家和老百姓大大地夸饰过的，都是有爱有憎或是爱憎分明的产物。我们与其说是读史，还不如说是在读传奇；我们读《史记》，何尝不是在读司马迁的心灵史。

司马迁一生最大的特点是好奇。好奇是人类的天性。人类的天性在童年时最能自然流露，所以儿童最好奇。司马迁老而好奇，他是童心活泼的大作家。司马迁的童心表现在文章里，项羽的童心表现在战斗中。

最早提出司马迁好奇的是汉代的扬雄。宋代的苏辙也说："太史公行天下，周览四海名山大川，与燕赵间豪俊交游，故其文疏荡，颇有奇气。"

好奇是司马迁浪漫精神的核心。

他在二十岁左右，即"南游江、淮，上会稽，探禹穴，窥九嶷，浮于沅、湘。北涉汶、泗，讲业齐、鲁之都，观孔子之遗风，乡射邹、峄。厄困鄱、薛、彭城，过梁、楚以归"。好奇之心促使他游历名山大川，探本溯源，开阔眼界，增加阅历，也使他的文章疏密参差，诡奇超拔，变化莫测。

司马迁好奇，尤好人中之奇。人中之奇谓之才，奇才。

他笔下那些成功的人物都有出奇之处，都有行为奇怪、超出常人之处。而所有的奇人奇才，都是独步的雄鸡、行空的天马。

项羽奇在学书不成学剑不成学兵也不成，不学而有术，奇在他是一个天生的战斗之神；韩信奇在以雄伟之躯甘受胯下之辱，拜将后屡出奇计，最后被糊糊涂涂地处死，奇在设计杀他之人竟是当初力荐他之人，这就是"成也萧何，败也萧何"；李广奇在膂力过人，箭发石穿，身着奇功，蒙受奇冤；等等，不一而举。所以说一部《史记》，正是太史公抱满腹奇学，负一世奇气，郁一腔奇冤，写一世奇人之一生奇事，发为万古千秋之奇文。

欣赏奇才，爱听奇人奇事，是人类好奇天性的表现。而当今之道德社会，树了那么多的碑，垒了那么多的墙，派了那么多的岗，安了那么多的哨，目的实际很简单：防止人类好奇。所以从某种意义上来说，所有的社会，对人类的好奇天性都是一种桎梏。当然这是没有办法的事。

只有好奇，才能有奇思妙想。只有奇思妙想，才会有异想天开。只有异想天开才会有艺术的创新。从某种意义上说，艺术的创新也就是社会的进步。

好奇的人往往不讨人喜欢，尽管人人都好奇。

好奇与保守从来都是一对矛盾。

好奇者往往有奇特的结局。

一生好奇的金圣叹因好奇而遭祸，临刑时说："杀头至痛也，抄家至惨也，而圣叹以不意得之，大奇！"

好奇是要付出代价的。

对于一个小说家来说，好奇比学习更重要。学习也是好奇的表现。

如果没有奇人奇事，这世界就是一潭死水。

好奇吧，但不一定去做奇人。

（1998 年）

杂 谈 潇 洒

一、戏 说 潇 洒

据《辞海》说，潇洒就是"洒脱，毫无拘束"。但实际生活中，我们对潇洒的理解要比《辞海》的解释宽泛得多。电视连续剧《京城四少》的主题歌《潇洒走一回》唱遍了大江南北以后，潇洒更成为人们嘴边上挂着的话。尤其是那些发了一点小财的，混上了一个小官的，更是说也潇洒，唱也潇洒，醒也潇洒，醉也潇洒。一时间大家都潇洒得很严重，好像感冒流行一样。但流行的东西总是来去匆匆，这几年人们就把潇洒渐渐忘却，沉重的表情笼罩着更多的脸，可见原先的潇洒并不是真潇洒。

我想潇洒其实是一种心态，一种对待生活的态度，一种减轻压力的方式，在某种意义上也可以说是一种阿 Q 精神。骨子里的潇洒也许有，但是不会很多。经过训练，或是模仿，用一种拿得起放得下的方式处理自己的物质生活和感情生活，这也算潇洒，尽管未必出于本性，但还是大有利于个人和社会。因此我觉得即便是伪装潇洒也还是一件好事，值得提倡。当然这里也有误区，即便是伪装潇洒也还是需要一定的文化层次，也还是需要一定的精神境界。不是有了钱就必定潇洒、有了钱想潇洒就能潇洒的。

有一些穷得不名一文的人，也许是潇洒的大师。

我曾在一个朋友的引导下，去见过号称京城最潇洒的人。这人的最辉煌的潇洒业绩就是在某高级饭店和老外比赛摔进口的高级名酒——自然是每瓶数千元的——走一步摔一瓶，从一楼摔到三楼——真正是一步千金——据说那老外摔到二楼就败下阵去——这也可算作民族的胜利——但我见了这个著名的潇洒人物后，只觉得他那副暴发户的嘴脸可恶可厌。他浊气逼人，俗不可耐；连伪潇洒都不是，是小人得志。但他身边那几个人嗦嗦地对我说：莫作家，好好写写我们老总吧，他是天下最潇洒的男人。

真正的潇洒人物有没有呢？现代很少有；古代有，但也潇洒得不甚彻底。试举几例为证：三国时东吴的大都督周瑜，其潇洒是出了名的，你看他在群英会上设计骗那蒋干时，真是谈笑风生，挥洒自如，纵酒放歌，绝对潇洒。周瑜的潇洒得之于他的资质风流。仪容秀丽，能文能武，还精通音律，"曲有误，周郎顾"。他是潇洒人的经典类型。但他为了一个荆州，气得吐血，就不够潇洒。周有一个憨厚的朋友鲁肃，为人慷慨大度。周向他借粮，他家只有两囤米，但是他毫不犹豫地指着其中一囤说：这一囤归你了。鲁肃的潇洒是一种大智若愚的潇洒，一种傻乎乎的潇洒，这也是一般人学不了的。但鲁肃也是三番五次去讨要荆州，可怜巴巴的，被诸葛亮当猴耍，也就不潇洒了。诸葛亮头戴纶巾，手摇羽扇，动不动还要抚上一会瑶琴，好像也很潇洒，但他的潇洒太表面，表演的成分太多，显得很假。其实他是最不潇洒的，没出山时就天天研究天下大势，为出山做准备。让刘玄德三顾茅庐，显得有点过戏；出山后殚精竭虑，鞠躬尽瘁，事无巨细，亲自动手，别人做他不放心，最后活活累死。一个潇洒的人是不会，也不必这样的。

连周瑜、鲁肃、诸葛亮这样的著名人物都潇洒得不够彻底，那还有什么人潇洒呢？且看下回分解。

二、再 说 潇 洒

怎么样才算真潇洒？上次未能说明白，这次接着说。大概而言，真潇洒就是要看破世情，明白地球很小、宇宙很大；要明白人生短暂，像早晨挂在草尖上的露珠；眼所见、耳所闻、身所历的一切，都是比过眼云烟还要短暂的东西。当然真要做到这一步，那也很可怕。那样的话，历史就不能发展，社会就不能进步，人生就没有目标，大家一齐出家去做和尚。都做了和尚也不彻底，因为和尚也还是要吃饭。如果都是和尚尼姑，那必然的还要让他们和她们结婚，否则就断了人种，而断了人种，还潇洒个什么劲。所以即便是我说的真潇洒，也还是相对而言、比较而言。

要做到相对潇洒也很难，但也不是难于上青天。在榜样的表率下，我们还是有可能向潇洒状态进步。

我要说的潇洒榜样有两个，一个是唐代大诗人李白，一个是晋代大文人阮籍。

李白的故事大家都能说出几个，就像他的诗大家都能背出几句一样。他起初是一点也不潇洒的。他年轻时醉心仕途，说难听点就是个官迷。而人一旦迷上了当官，就绝对潇洒不起来了。想当官的人必须像李白说的那样"摧眉折腰事权贵，使我不得开心颜"；你想开颜，就别想当官，这个问题一点也没得商量。李白低眉弯腰事过权贵，写"云想衣裳花想容"这样的肉麻诗词拍皇帝小老婆的马屁，想借此捞个官做。可惜皇帝不买他的账，只赐他个翰林供奉，无职无权，闲人一个。这与李先生的胸襟抱负相去太远，使他不得开心颜。于是他满怀着牢骚，沉浸到酒乡里去了。这既是借酒浇愁，又是装疯卖傻。从此沾染上喝酒的坏毛病，成了不折不扣的酒鬼。起初是半真半假，到后来弄假成真，酒瘾养成，一天没有酒也不行了。醉着的时候渐渐地比清醒的时候多了，由此也就进入了潇洒状态。那些伟大的诗篇也就写出来了。当然也没醉到不省人事的程度。杜甫说他"天子呼来不上船，自言臣是酒中仙"，这是诗人的夸张，其实李白不敢这样狂。真是天子呼他，他不敢不上船，除非他醉得丧失了意识。吃不到葡萄就说葡萄酸，稍稍升华一点，就成了潇洒的低级状态。李白比这要高许多，因为他是天才。

阮籍在喝酒装疯方面是李白的老师。因为魏晋之际政治比盛唐时要黑暗许多，所以阮籍酒精中毒的程度也比李白要深许多。鲁迅先生在他的名著《魏晋风度及文章与药及酒之关系》里对阮先生的行状有精彩的描绘，譬如一醉三月不醒，譬如死了母亲面无悲凄之色，照样喝酒吃肉，而当吊唁的人走了，却大哭数声，吐血一斗。当然他三月不醒其实是很清醒，面无悲色其实心中很悲痛。他的潇洒的确是装出来的，不如此随时都可能脑袋搬家。在这种情况下，保命变成第一要事，所以他不会追求虚荣，也不会贪图名利。从这个意义上讲，潇洒也是逼出来的。

我记得小时候曾听说一个大年夜接穷神的故事。那时刻所有的人家都是接财神的，唯有一个叫花子接穷神回家过年。他想，我已经穷到沿街乞讨了，"穷到要饭不再穷"，大家都去接财神，留下穷神多孤单，我就把他接回来过年吧。于是他公然接穷神，令众人刮目相看，进入潇洒境界。所以，也可以说，一个人的生活状况到了某种极端状态，也就虱子多了不痒，离潇洒半步之遥了。

三、穿 得 潇 洒

粗粗地一想，潇洒其实是一个男性专用词。夸奖女子的首选词应该是美丽、性感等等。再一想，潇洒与衣着有着密切的关系。一个泡在澡堂里的汉子，无论他是如何不得了，也很难说他潇洒。又一想，潇洒好像和西装革履没有什么关系。西装笔挺，革履鲜明，只能给人以严肃、板正的印象，跟潇洒沾不上边。潇洒和飘逸的联系很密切，和宽松的联系也很密切。潇洒可以是柳树，但绝不可以是松树。飘逸和宽松又与长袍的联系很密切。于是我马上就想起了"五四"时期的郁达夫、戴望舒等人，尽管这些人也穿过西装革履。另外潇洒好像和高挑的身材与清瘦的面容联系很密切，一个大腹便便的男子无法用潇洒来形容。现代社会中潇洒的男人越来越少，会不会与服装的演变有关系呢？

满清一朝，潇洒的人物比较少。你看他们的官服，不宽松的袍子外边再套上一件紧身的马褂，袖口又弄成个紧巴巴的马蹄状，脑袋上再扣上一顶痰盂似的帽子，帽子上还要插上两根野鸡毛翘翘着，典型的一副小丑打扮。在这样的包装下，无论多么洒脱的灵魂也被禁锢得没了生气。穿上这样的服装人只能弯腰驼背做出奴才相，连林则徐也潇洒不起来。

　　明朝的服装比清朝宽松，潇洒人物就多一些。第一潇洒的自然是开国皇帝朱元璋。他作的诗打破常规，无拘无束，堪称天下第一："一片两片三四片，五片六片七八片，天地茫茫一大片，风雪梅花俱不见。"他还在开国的大典上跟大臣们说："伙计们，咱原本是趁火打劫，没承想弄假成真。"他随口诌出一首诗就把诗的严肃性给消解了；他随便一句话就把皇帝的神圣性给否定了。明朝的第二个潇洒人物也许是唐伯虎。他喜欢画美人，他画的美人都很丰满，这是盛唐的审美观。他躲在桃花坞里画美人，根本没去点什么秋香。他如果点过秋香，就变成了凡夫俗子。

　　历史上最潇洒的时代当数魏晋，那时候的衣服最为宽大。人们只披着一件大袍子，里边不穿任何内衣。睡觉时也不脱。按鲁迅先生的说法，他们喜穿肥大衣服是因为吃那种热量很大的神仙药，令皮肤燥热发痒，衣服瘦了搔痒不方便。又因为长期不换衣服，招了虱子，于是就有了扪虱而谈的潇洒行状。当然魏晋时文人的潇洒与黑暗的政治有关，但也不能说与宽大的服装无关。

　　春秋战国时最潇洒的是楚人，你看那出土帛画上的楚国男子形象，那真是宽衣博带，衣袖犹如鼓荡起来的风帆。穿上这样衣服的男儿真是飘飘欲仙，随时都可能化为大鸟，飞升到云头上落脚。屈原认为这样的衣服还不够潇洒，他认为最潇洒的衣服应该是"制芰荷以为衣兮，集芙蓉以为裳"，不但宽松，而且滑爽；不但清凉，而且芬芳。穿上这样的神仙八卦衣，你不想潇洒也得潇洒。

　　潇洒当然要有内在的气质，让一个原本鸡肠小肚的人穿上道袍，他还是潇洒不起来。但我想总会比他穿着紧身衣时潇洒一些。我发现凡有潇洒气质的人没有喜欢穿紧身马甲的，他们都喜欢宽衣大袖。他们伟大的肉体一如他们伟大的灵魂，是不愿意受到任何束缚的。

四、笑 得 潇 洒

人生一世，谁也不能不笑。即便是个傻子，也要傻笑；即便是个蠢驴，也要蠢笑；即便是个奸贼，也要奸笑……还有多种多样的笑：大笑、微笑、苦笑、佯笑、冷笑、皮笑肉不笑……一笑千金。笑一笑十年少。笑面虎。笑里藏刀。哄堂大笑。弥勒佛笑口常开。大英雄笑傲江湖。大文豪嬉笑怒骂皆成文章……没有笑就没有生活，没有笑也就没有文学。

小时候看《说唐》，知道了程咬金大笑三声而死的趣事。

看《三国演义》，曹操兵败赤壁，率残兵败将，逃到乌林地方，见树木丛杂，山川险峻，乃仰天大笑，众将不知何故，操说："吾不笑别人，单笑周瑜无谋，诸葛亮少智。若是我用兵之时，预先在这里伏下一军，如之奈何?"一语未了，就听到一声炮响，斜刺里杀出一彪人马，正是常山赵子龙也。好一阵掩杀，曹操仓皇逃得性命。又往前走了一段，曹操又仰天大笑。众人道：曹丞相您又笑什么？曹操曰："吾笑诸葛亮、周瑜毕竟智谋不足。若是我用兵，就在这里伏上一支兵马，以逸待劳，我等纵然脱得性命，也不免重伤矣！彼见不到此，我是以笑之。"话未毕，早见四下里狼烟突起，一彪人马拦住去路，当先一员大将，正是燕人张翼德。自然又是一阵好杀。曹操狼狈逃窜。逃到华容道上，他又一次仰天大笑，众人说您就别笑了吧，曹操说："若是让我用兵，在这里埋伏上一支兵马，就没有活路了!"一声炮响，关云长来了。

曹操这三笑，是真正的英雄的笑。他把战争当成了艺术。他虽然输了，但是还在为对手的作品的不尽完美处感到遗憾。直到三笑笑出了三支兵马，才消除了他的遗憾。尽管他一败涂地，但他还能为敌人的完美杰作而喝彩，非大英雄难有如此潇洒的表现。

1970年代后期，大陆文化开禁，引进了香港电影《三笑》，演绎的唐伯虎点秋香的故事，真令我如醉如痴，连看了三遍，连其中的唱词都能背诵。秋香那三笑，真是巧笑倩兮，美目盼兮，迷死人兮。她的笑容在我的心中留下了深刻的烙印，至今没有磨灭。女人的笑原来是这般的迷人，是这般的美妙，是这般的具有勾魂摄魄的魔力。

接下来该是清朝人蒲松龄老先生的《婴宁》了。这个小妖精爱笑成癖，动不动就笑得低头弯腰，不可自制。她笑得毫无来由，毫不做作。一片清纯，无比天真。音容笑貌，宛若在眼前。她到底笑什么？笑世间可笑之事，笑世间可笑之人。

李白说："仰天大笑出门去，我辈岂是蓬蒿人。"

谈笑风生，是古人的风度。进入现代社会后，人们每日为生活奔忙，会笑的人越来越少，发自性情的笑、天真无邪的笑、潇洒风流的笑，渐被做作矫饰的笑、虚伪阴险的笑、苦涩拘谨的笑所代替。男人要不苟言笑，女人要笑不露齿。而且笑有了价钱可以买卖。金钱把笑都给腐蚀了。而今我说：不要那么多钱财，不要那么多斗争，不要那么多规矩，不要那么多科学，不要那么多文明，让人们恢复笑声和笑容，让人们尽情地笑、开心地笑、毫无顾忌地笑、真诚地笑、潇洒地笑，这世界会因此而变得比现在更美好。

五、吃 得 潇 洒

吃是人类最低级、最重要的本能之一。为了吃，人们才辛勤劳动、努力工作；也是为了吃，奴隶才甘于忍受皮鞭和枷锁。在为了延续生命这个低级层次上，吃与潇洒是没有什么联系的。要想吃得潇洒，前提是肚子基本上不饿——英雄除外。现代的人们，尤其是发达社会里比较富裕的人们，他们的吃，往往不是因为肚子饿，而是因为习惯和交往的需要，醉翁之意不在酒，吃饭之意不在饭。所以他们或是她们的吃，都带上了浓厚的表演色彩和商业色彩。

有两种潇洒的吃：一曰武吃，一曰文吃；武吃武潇洒，文吃文潇洒。

先说武吃。西汉人司马迁先生在他的名著《史记》中写着：项羽设下鸿门宴，想借机杀了刘邦。正在危急之时，樊哙带剑拥盾闯入军门。一进大帐即瞪着眼逼视项羽，"头发上指，目眦尽裂"，项羽按着剑跪直了身子惊问：你是干什么的？张良说：他是沛公的参乘樊哙。项羽说：壮士！赐之卮酒！项羽的手下人搬给樊哙一大斗酒，想借机整治他。樊哙弯腰谢罢项羽，只手接过斗酒，一仰脖子，咕嘟咕嘟就喝了下去。项羽说：赐给他猪腿！手下的人故意找了一条半生不熟的猪腿搬到他的面前。樊哙把手中的盾扣在地上，接过猪腿放在盾上，拔剑砍着猪肉，一阵狼吞虎咽，将偌大一条猪腿吃得只剩下骨头。樊哙看起来是在吃肉，实则是借吃示威。刘邦能从鸿门宴上逃脱了性命，与樊哙这顿大吃不无关系。

《水浒传》中的好汉武松，在上景阳冈打虎之前，吃了三斤牛肉，喝了十八碗"透瓶香"，如果没有这一顿大吃大喝，只怕他要被老虎吃掉。武松同一阵营的弟兄，如鲁智深、李逵等人，也都是武吃的模范。鲁智深大闹山门，一个人吃了半条狗，李逵更野。他们吃相凶恶，豺狼饕餮，不讲文明，不讲礼貌，动不动还要掀桌子打人。但为什么我们不厌恶他们反而欣赏他们呢？答案很简单：因为他们是英雄。胡吃海塞是他们英雄行为的重要组成部分，没有这一部分，英雄就不是英雄。常人贪吃是下贱，英雄贪吃是潇洒。

再说文吃。文吃的行为一般发生在大家小姐身上。如《红楼梦》里的林黛玉，每顿饭只吃一条蟹子腿，再多吃一根豆芽菜就说吃撑了。当然林黛玉是小说中的人物，不是真人实事。但我们相信生活中确有林黛玉式的娇小姐。再比如中国一个有名的作家，自言每天只吃几粒松子、喝几口泉水，像小鸟一样生活。林黛玉是女性文吃的代表；这作家是男性文吃的代表。公子王孙这种吃法是潇洒；暴发户或破落户子弟这种吃法就是做作。

要想吃相文雅，前提是肚子不饿；如果饥肠辘辘，面对着热气腾腾、香气扑鼻的山珍海味，即便能管住拿筷子的手，也无法管住眼睛，你没法子不让你的眼睛放出贪婪之光。我初进城市时，屡屡在宴会上出丑，遭到文明人的嘲笑，弄得我很恼火。母亲教我一个办法，让我每次出去赴宴前，先在家里吃上俩馒头，没有馒头就煮上一斤挂面条，总之要吃得饱饱的，吃得见了食物就想吐，这样到了宴会上，自然就吃相文雅了，自然就吃得潇洒了。

还有一种半文半武的潇洒吃法。譬如晋朝的大书法家王羲之，他的兄弟们为了能被当朝宰相选中做女婿，都打扮得衣冠楚楚，有的看书，有的写字，唯有他躺在东边的床上吃烙饼。宰相慧眼识英杰，一眼就把他看中了。

（1998 年）

致了不起的你

尊敬的李嘉诚先生，亲爱的老师们，同学们，家长们：

大家上午好。

我非常荣幸地参加这个热烈而盛大的毕业典礼。

我参加过很多的毕业典礼，这是最让我激动的毕业典礼。

毫无疑问，汕头大学暂时还不如哈佛大学著名。我要说什么呢？我要说的是，三年前我参观了哈佛大学的校园，写了一组诗，其中一首是这样写的：

又有人摸着哈佛的左脚照相，

青铜被摸成黄金。

后面还有数十人排队等候，

是那样的耐心。

哈佛满面愁容，似乎脚痛。

三百多年来，这里走出了很多精英，

也走出来——我不敢说"很多"——庸才。

而庸才更喜欢宣称：

我来自哈佛，我是摸着哈佛的左脚毕业的。

同学们，我想表达的是，从哈佛这样的名校毕业，当然很光荣。但是从汕头大学这样暂时还不太出名的大学毕业，同样很光荣。因为，从哈佛毕业的并不说明他必然就能干出轰轰烈烈的有益于人类的业绩。而从汕头大学毕业的，假以时日，必有人能做出万众瞩目的、利国利民的丰功伟绩。

一座大学之所以著名，当然要靠优秀的教师，教师队伍里一定要有被世人公认的大师，甚至连学校的建筑、校园的风景，都是大学著名的因素。但是最根本的，一所大学之所以是著名大学是因为这所大学培养出了杰出的人才。所以说大学著名基本上是靠毕业后走向社会的学生。汕头大学要在不久的将来成为中国的乃至世界的著名大学，靠的是你们，朝气蓬勃的你们，如花似玉的你们，生龙活虎的你们，整装待发的你们，跃跃欲试的你们。

同学们，五天前的上午，我参加了北京师范大学本科生的毕业典礼，做了一个即席的演讲，在演讲中我说："我们不可能都变成马云和比尔·盖茨，当然马云和比尔·盖茨也没有什么了不起，他们也是一路走过来的。"

我的这个演讲，被一家媒体断章取义，取了一个标题"诺奖获得者莫言：马云、比尔·盖茨没啥了不起"。正是因为这个原因，同学们，我昨天半夜没有睡觉，写了这篇演讲稿，为的是严谨一点，不要再出漏洞。

同学们，其实，最同意我在北师大演讲中那几句话的，我想很可能是马云、比尔·盖茨他们自己。因为他们内心认为自己没有什么了不起。而只有那些没有什么了不起的人才会狂妄地认为自己了不起。

六天前，马云在美国的底特律做了一个演讲，在演讲中他说他参加了三次高考，三次落榜。他落榜之后去考警察，最后参加面试的四个人录取了三个，唯一一个没有录取的就是他。

他还说杭州第一家四星级饭店建成以后，他和他的外甥一起去应试服务员，他的文化考试成绩远远比自己的外甥好，但他的外甥被录用了，而他被淘汰了。因为他的外甥比他既高又帅。而现在，马云说，他创办了阿里巴巴，他的外甥还勤勤恳恳地在饭店洗衣房里工作。马云还说创业之初他的团队只有 18 个人，他说："我们 18 个人都来自普通的家庭，不是富豪，也没有政治背景，我们甚至没有才华。"但是马云对他的团队说："如果我们可以成功，那么全世界 80% 的年轻人都可以成功。"

至于比尔·盖茨，同学们都知道他在哈佛没有毕业，他是肄业生，他上了一年就不上了。尽管过了很多年之后哈佛授予了他荣誉博士的称号，但是他在哈佛的一次演讲中也提到他在哈佛学习时的诸多不顺利，在学校里面也遇到了很多的障碍，以及创业的艰辛。事实证明，像马云和比尔·盖茨这样的大神级的人物，在他们的学业之初和创业之初也真的没有什么了不起。

今年毕业的，我们汕头大学的各位同学，都没有像马云那样三次高考三次落榜的悲惨经历吧？大家都顺利地毕业了，这一点比比尔·盖茨还牛啊！但是这两个人走出校门之后都用他们不同寻常的思维，坚持不懈的努力，当然还有时代赋予他们的好运气，使自己从一个没有什么了不起的人最终成了一个了不起的人，所以马云和比尔·盖茨的了不起，就在于他们曾经没有什么了不起，他们的了不起更在于他们实际上已经了不起了，但他们还自认为没什么了不起。

同学们，你们今天就要毕业了，你们可能有一点点沾沾自喜，因为比尔·盖茨都没能大学毕业。但是我想告诉同学们，毕业才是真正的开始，所有的学习都是在为走向社会做准备，北方的民间有一句粗俗的比喻，"是骡子是马拉出来遛遛"，话很糙，但理不糙。你们是没有什么了不起呢，还是真正的了不起呢？都需要用在社会生活的广阔海洋里的拼搏创造实践来证明。

同学们，我当过 20 年兵，当兵的时候耳熟能详的一句话就是，不想当将军的士兵不是好士兵。这句话据说是拿破仑说的。这句话其实是片面的，如果所有的士兵都能成为将军，谁来冲锋陷阵？一将功成万骨枯，当了将军的士兵是极少数。构成一支军队的大多数是根本不想当将军的士兵，而不想当将军的士兵未必不是好士兵。后来有人告诉我拿破仑的原话是：不想当将军的士兵，不是好士兵，而当不好士兵的士兵，永远当不好将军。

同学们，大学尽管也是社会的组成部分，但校园内的生活比起广阔复杂的社会还比较单纯，但年轻人就是要敢于挑战。要像海燕一样，渴望着暴风雨的洗礼。无论遇到多大的困难，也不要惧怕，因为希望总是在困难中孕育，机遇也在困境中产生。

社会是分阶层的，有将军必有士兵，有老板必有员工，有领导必有下属，过去是如此，现在是如此，我想未来也大概如此。

这就要求同学们在毕业之后要踏踏实实地从最普通的、最琐碎的工作干起。但如果你有一个亿万富翁的老爸在，明天就要把公司交给你，这就另当别论了。但是假如我是你们其中某一个人的有亿万资产的老爸，在把大权交给你之前，我会让你先去干最脏最累的工作。

同学们，我们希望大家创新，创业，立大志，当大官，做大事，发大财。但毕竟最终能当上大官，做成大事，发了大财的是极少数人，而大多数人在普通的岗位上勤勤恳恳地，踏踏实实地，一丝不苟地认真负责地工作着，这样的人是支撑这个社会宝塔的最坚实的基座。他们虽然得不到万千粉丝的追捧，虽然得不到勋章和奖牌，虽然得不到绚丽的舞台上出彩的机会，但作为一个为社会、为他人，也为自己辛勤劳动的人，同样是值得尊敬的、平凡而伟大的、了不起的人。

同学们，过去40年，中国社会产生了巨大的变化，创造了人类社会发展史上的奇迹，在未来的40年里，中国将发生什么样的变化，谁能想象出来哪怕千分之一，也必将占尽先机。变化就是机遇，变化越大，机遇越多，希望同学们抓住机遇，敢想敢干，既要有鸿鹄之志，又要实事求是。既要敢做第一个吃螃蟹的人，又要严防食物中毒。

最后，我祝愿同学们抖擞精神，投身到第四次工业革命的浪潮中，奋勇搏击，争取在不久的将来成为不同岗位上的状元，成为不同角度的模范，成为自己认为没啥了不起，别人认为你确实了不起的人。

谢谢大家。

（2017年在汕头大学毕业典礼暨学位授予仪式上的演讲）

第二辑

幽默的力量

——

导读提示

　　贫穷、饥饿与孤独总是伴随着莫言的成长，但从未夺走他乐观、勇敢的品质。莫言总能捕捉到生活中有趣的一面，用幽默化解一切困难。没食物吃的时候，他就去大自然探秘；他人眼中填饱肚子的无奈之举，却是莫言的奇幻之旅。小时候听多了蒲松龄，长大后自己写的故事也变得生动有趣：大学教授在过完马路后就变成了猴子；一场看似普通的长跑比赛，也是高手云集、惊心动魄……

　　听莫言讲故事，总是快乐的。他能让你在哈哈大笑时明白幽默的力量，变得更加豁达、从容。让我们尽情感受幽默的力量吧，拥有它的人是能够战胜一切的。

学习蒲松龄

　　从我家西行三百里，有一个地方叫淄川。三百年前，在淄川蒲家庄的一棵大柳树下，坐着一个白胡子老头。他的面前摆着一张小方桌，桌上放着茶壶茶碗、烟笸箩烟袋锅。来来往往的人如果口渴了或是走累了，都可以坐在小桌前，喝一杯茶或是抽一袋烟。在你抽着烟或是喝着茶的时候，白胡子老人就说："请讲个故事给我听吧。随便讲什么都行，奇人奇事，牛鬼蛇神……随便讲什么都行……求您啦……"他虽然白发苍苍，满脸皱纹，但眼睛却像三岁孩童的眼睛一样清澈，让人无法拒绝他的要求，何况还喝了他的茶水抽了他的烟。于是，一个个道听途说的、胡编乱造的故事，就这样变成了《聊斋》的素材。这个白胡子老头当然只能是蒲松龄，一个右胸乳下生着一块铜钱大黑痣的天才。

　　我的爷爷的老老老……爷爷是一个贩马的人，每年都有几次赶着成群的骏马从蒲家庄大柳树下路过。他喝过蒲松龄的茶，抽过蒲松龄的烟，自然也给蒲松龄讲过故事。《聊斋》中那篇母耗子精阿纤的故事就是我这位祖先提供的素材。这也是《聊斋》四百多个故事中唯一发生在我的故乡高密的故事。阿纤在蒲老前辈的笔下很是可爱，她不但眉清目秀、性格温柔，而且善于囤积粮食；当大荒年里百姓绝粮时，她就把藏在地洞里的粮食挖出来高价粜出，娶她为妻的那个穷小子也因此发了大财，并且趁着荒年地价便宜置买了大片的土地，过上了轻裘宝马的富贵生活。唯一不足的是，阿纤睡觉时喜欢磨牙，但这也是天性使然，没有办法的事。

得知我写小说后，这位马贩子祖先就托梦给我，拉着我去拜见祖师爷。祖先骑一匹白马，我骑一匹红马。我们纵马西行，跑得比胶济铁路上的电气列车还要快，一会儿就到了蒲家庄大柳树下。祖师爷正坐在树下打瞌睡，我们的到来把他老人家惊醒了。祖先说："快下跪磕头！"我慌忙跪下磕了三个头。祖师爷打量着我，目光锐利，像锥子似的。他瓮声瓮气地问我："为什么要干这行？！"我在他的目光逼视下，嗫嚅不能言。他说："你写的东西我看了，还行，但比起我来那是差远了！""蒲大哥，我把这灰孙子拉来，就是让您开导开导他。"祖先在我屁股上踢了一脚，大喝："还不磕头认师！"于是我又磕了三个头。祖师爷从怀里摸出一支大笔扔给我，说："回去胡抡吧！"我接住那管黄毛大笔，低声嘟哝着："我们已经改用电脑了……"祖先踢我一脚，骂道："孽障，还不谢恩！"我又给祖师爷磕了三个头。

（1999 年）

草 木 虫 鱼

　　好多文章把三年困难时期写得一团漆黑、毫无乐趣，我认为是不对的。在那个特殊的时期里，也还是有欢乐，尽管几乎所有的欢乐都与得到食物有关。那时候，我六七八岁，与村中的孩子们一起，四处游荡着觅食，活似一群小精灵。我们像传说中的神农一样，几乎尝遍了田野里的百草百虫，为丰富人类的食谱做出了贡献。那时候的孩子，都挺着一个大肚子，小腿细如柴棒，脑袋大得出奇。我当然也不例外。

　　我们的村子外是一片相当辽阔的草甸子，地势低洼，水汪子很多，荒草没膝。那里既是我们的食库，又是我们的乐园。春天时，我们在那里挖草根剜野菜，边挖边吃，边吃边唱，部分像牛羊，部分像歌手。我们是那个年代的牛羊歌手。我们最喜欢唱的一支歌是我们自己创作的。曲调千变万化，但歌词总是那几句："一九六〇年，真是不平凡；吃着茅草饼，喝着地瓜蔓……"歌中的茅草饼，就是把茅草的白色的甜根，洗净，切成寸长的段，放到鏊子上烘干，然后放到石磨里磨成粉，再用水和成面状，做成饼，放到鏊子上烘熟。茅草饼是高级食品，并不是天天人人都能吃上。我歌唱过一千遍茅草饼，但到头来只吃过一次茅草饼，还是三十年之后，在大宴上饱餐了鸡鸭鱼肉之后，作为一种富有地方风味的小点心吃到的。地瓜蔓就是红薯的藤蔓，那时也是稀罕物，不是人人天天都能喝上。我们歌唱这两种食物，正说明我们想吃又捞不到吃，就像一个青年男子爱慕一个姑娘但是得不到，只好千遍万遍地歌唱那姑娘的名字。我们只能大口吃着随手揪来的野菜，嘴角上流着绿色的汁液。我们头大身子小，活像那种还没生出翅膀的山蚂蚱。荒年蚂蚱多，这大概也是天不绝人的表现。我什么都忘了，也忘不了那种火红色的、周身发亮的油蚂蚱。这种蚂蚱含油量忒高，放到锅里一炒滋啦滋啦响，颜色火红，香气扑鼻，撒上几粒盐，味道实在是好极了。我记得那几年的蚂蚱季节里，大人和小孩都提着葫芦头，到草地里捉蚂蚱。开始时，蚂蚱傻乎乎的，很好捉，但很快就被捉精了。开始时大家都能满葫芦头而归，到后来连半葫芦也捉不了了。只有我保持着天天满葫芦的辉煌纪录。我有一个诀窍：开始捉蚂蚱前，先用草汁把手染绿。就是这么简单。油蚂蚱被捉精了，人一伸手它就蹦。它们有两条极其发达的后腿，还有双层的翅膀，一蹦一飞，人难近它的身了。我暗中思想，它们大概能嗅到人手上的气味，用草汁一涂，就把人味给遮住了。我的诀窍连爷爷也不告诉，因为我奶奶搞的是按劳分配，谁捉到的蚂蚱多，谁分到的吃食也就多。

吃罢蚂蚱，很快就把夏天迎来了。夏天食物丰富，是我们的好时光。那三年雨水特大，一进六月，天就像漏了似的，大一阵小一阵，没完没了地淅沥。庄稼全涝死了。洼地里处处积水，成了一片汪洋。有水就有鱼。各种各样的鱼好像从天上掉下来似的，品种很多，有一些鱼连百岁的老人都没看到过。我捕到过一条奇怪又妖冶的鱼，它周身翠绿，翅羽鲜红，能贴着水面滑翔。它的脊上生着一些好像羽毛的东西，肚皮上生着鱼鳞。所以它究竟是一条鱼还是一只鸟，至今我也说不清。前面之所以说它是条鱼，不过是为了方便。这个奇异的生物也许是个新物种，也许是一个杂种，反正是够怪的。如果能养活到现在，很可能成为宝贝，但在那个时代，只能杀了吃。可是它好看不好吃，又腥又臭，连猫都不闻。其实最好吃的鱼是最不好看的土泥鳅。这些年我在北京市场上看到的那些泥鳅，瘦得像铅笔杆似的，那也叫泥鳅？我想起六十年代我家乡的泥鳅，一根根，金黄色，像棒槌似的。传说有好多种吃泥鳅的奇巧方法，我听说过两种。一是把活泥鳅放到净水中养数日，让其吐尽腹中泥，然后打几个鸡蛋放到水中，饿极了的泥鳅自然是鲨吃鲸吞；等它们吃完了鸡蛋，就把它们提起来扔到油锅里，炸酥后，蘸着椒盐什么的，据说其味鲜美。二是把一块豆腐和十几条活泥鳅放到一个盆里，然后把这个盆放到锅里蒸，泥鳅怕热，钻到冷豆腐里去，钻到豆腐里也难免一死；这道菜据说也有独特风味，可惜我也没吃过。泥鳅在鱼类中最谦虚、最谨慎，钻在烂泥里，轻易不敢抛头露面，人们却喜欢欺负老实鱼，不肯一刀宰了它，偏偏要让它受若干酷刑。

　　秋天是收获的季节。茫茫大地鱼虾尽，又有螃蟹横行来。俗话说"豆叶黄，秋风凉，蟹脚痒"。在秋风飒飒的夜晚，成群结队的螃蟹沿河下行，爷爷说它们是到东海去产卵，我认为它们更像是要去参加什么盛大的会议。螃蟹形态笨拙，但在水中运动起来，如风如影，神鬼莫测，要想擒它，绝非易事。想捉螃蟹，最好夜里。身披蓑衣，头戴斗笠，耐心等待，最忌咋呼。我曾跟随本家六叔去捉过一次螃蟹，可谓新奇神秘，趣味无穷。白天，六叔就看好了地形，悄悄的不出声。傍晚，人散光了，就用高粱秆在河沟里扎上一道栅栏，留上一个口子，口子上支一货口袋网。

前半夜人脚不静，螃蟹们不动。耐心等候到后半夜，夜气浓重，细雨蒙蒙，河面上升腾着一团团如烟的雾气，我们把身体缩在大蓑衣里，说冷不是冷，说热不是热，听着噼噼哧哧的神秘声响，嗅着水的气味草的气味泥土的气味，借着昏黄的马灯光芒，看到它们来了。它们来了，时候到了，它们终于来了。它们沿着高粱秆扎成的障子哧哧溜溜往上爬，极个别的英雄能爬上去，绝大多数爬不上去，爬不上去的就只好从水流疾速的口子里走，那它们就成了我和六叔的俘虏。那一夜，我和六叔捉了一麻袋螃蟹。那时已是 1963 年，人民的生活正在好转。我们把大部分螃蟹五分钱一只卖掉，换回十几斤麸皮。奶奶非常高兴，为了奖励我们，她老人家把剩下的螃蟹用刀劈成两半，沾上麸皮，在热锅里滴上十几滴油，煎给我们吃。满壳的蟹黄和索索落落的麸皮，那味道和感觉无法用语言形容。

秋天，除了螃蟹之外，好吃的虫儿也很多。蚂蚱、豆虫、蝈蝈、蟋蟀……深秋的蟋蟀颜色黑得发红，膀大腰圆，肚子里全是子儿，炒熟了吃，有一种独特的香气，无法类比。还有一种虫儿，现在我才知道它们的学名叫金龟子，是蛴螬的成虫，像杏核般大，颜色黑亮，趋光，往灯上扑，俗名"瞎眼闯"。这虫儿好聚群，落在树枝或是草棵上，一串一串的，像成熟的葡萄。晚上，我们摸着黑去撸"瞎眼闯"，一晚上能撸一面口袋。此虫炒熟后，滋味又与蚂蚱和蟋蟀大大的不同。还有豆虫，中秋节后下蛰。此虫下蛰后，肚子里全是白色的脂油，一粒屎也没有，全是高蛋白。

进入冬季就有点惨了。冬天草木凋零，冰冻三尺，地里有虫挖不出来，水里有鱼捞不上来。但人的智慧是无穷的，尤其是在吃的方面。我们很快便发现，上过水的洼地面上，有一层干结的青苔，像揭饼样一张张揭下来，放到水里泡一泡，再放到锅里烘干，酥如锅巴，味若鱼片。吃光了青苔，便剥树皮。剥来树皮，刀砍斧剁，再放到石头上砸，然后放到缸里泡，泡烂了就用棍子搅，一直搅成糨糊状，捞出来，一勺一勺，摊在鏊子上，像摊煎饼一样。从吃的角度来看，榆树皮是上品，柳树皮次之，槐树皮更次之。

我们吃树皮的过程跟毕昇造纸的过程很相似，但我们不是毕昇，我们造出来的也不是纸。

（1997 年）

洗 热 水 澡

　　当兵之前，我在农村生活了二十年，从没洗过一次热水澡。那时候我们洗澡是到河里去。我家的房后有一条胶河，每到盛夏季节，河中水势滔滔，坐在炕上便能看到河中的流水。回忆中那时候的夏天比现在热得多，吃罢午饭，总是满身大汗。什么也顾不上，扔下饭碗便飞快地跑上河堤，一头扎到河里去，扎猛子打扑通，这行为本是游泳，但我们从来把这说成是洗澡。在河里泡上一晌午头，等到大人们午睡起来，我们便爬上岸，或是去上学，或是去放牛羊。每年的夏天，河里总要淹死几个孩子，但并不能阻止我们下河洗澡。大人也懒得来管。我们都是好水性，没人教练，完全是无师自通，游泳的姿势也是五花八门。那时候，每到夏天，十岁以下的男孩子，身上都是一丝不挂，连鞋子也不穿。我们身上沾满了泥巴，晒得像一条条黑巴鱼。有一些胆大的女孩子也有每天中午跟着男孩子下河的，但她们总是要穿着衣服，拖泥带水，很不利索。

　　我们洗澡的时间大概从"五一"节开始，洗到十月国庆节为止。个别的特别恋水的孩子，到了下霜的深秋季节，还动不动就往河里跳。我们那时自然不知冬泳什么的，只是感到不下水身上刺痒。河里结了冰，我们就没法子洗澡了。然后就干巴一个冬季，任凭身上的灰垢积累得比铜钱还要厚。那时候我们并不知道城里人在冬季还能洗热水澡。

　　我第一次洗热水澡是应征入伍后到县城里去换穿军装的时候。那时我已二十岁。那个冬季里我们县共征收了九百名士兵，在县城集合，发放了军装后，像赶鸭子似的被赶到两个澡堂子里去。送行的家人们在澡堂子外边等着拿我们换下来的衣服。那时县城里总共有两个澡堂子。一个是公共澡堂，一个是橡胶厂澡堂。公共澡堂也叫人民浴池，是供县城人民洗澡用的，据说里边有一个很大的水池子，而且还是石板铺地。橡胶厂澡堂是供橡胶厂工人洗澡用的，规模很小，设施也差。我不幸被分到橡胶厂的澡堂里去。那个澡堂其实就是在平地上挖了一个坑，周遭抹上一层水泥。水泥坑中倒上几十桶热水。墙角上临时生了几个火炉子。澡堂里的墙上、地上到处都抹着一层又黑又黏的脏东西，估计是从橡胶工人身上洗下来的。屋子里散发着一股刺鼻的臭气，比农村里所有的气味都难闻。很多人捂着鼻子跑出来说不洗了不洗了！但带队的武装部干部说，你们已经是兵了，军令如山倒，让你们洗就得洗，不洗就是违抗军令。于是大家只好手忙脚乱地脱衣。三百个青年，光溜溜的，发一声喊，冲进澡堂里去，像下饺子一样跳到池中。水池立刻就满了人，好似肉的丛林。池中的水猛地溢了出来，在地上涌流，流到外间去，浸湿了我们脱下来的衣服。这次所谓洗澡，不过是用热水沾了沾身体罢了。力气小的挤不进去，连身体也没沾湿。但是从此之后，我知道了人在严寒的冬天，可以在室内用热水洗澡这件事。

　　当兵后，部队住在偏远的农村，周围连条可以洗澡的河都没有。我们整天摸爬滚打，还要养猪种菜，脏得像泥猴子似的，身上散发着臭气。但部队就是部队，待遇胜过农民。每逢重大节日，部队领导就提前派人到县城里去联系澡堂子。联系好了，就用大卡车拉着我们去。这一天部队把整个澡堂包下来了，老百姓不准入内。我们可以尽兴地洗。我们所在的那个县是革命的老根据地，对子弟兵有很深的感情。澡堂工作人员对我们特别客气，免费供应茶水，还免费供应肥皂，把我们感动得很厉害。那个很胖大的澡堂领导对我们说：好好洗，同志们，来一次不容易。有什么意见随时提出来，我们随时改正。我们的带队领导说：同志们，好好洗，认真洗，洗不好对不起人民群众对子弟兵的一片心意。

我们在澡堂子里一般要耗六个小时，上午九点进去，下午三点出来。我们在老兵的带领下，先到水温不太高的大池子里泡，泡透了，爬上来，两个人一对，互相搓身上的灰。直搓得满身通红，好像褪去了一层皮，也的确是褪去了一层皮。搓完了灰，再下水去泡着。泡一会儿，再上来搓灰。这一次是细搓，连脚丫缝隙里都要搓到。搓完了，老兵同志站在池子沿上，说：不怕烫的、会享福的跟我到小池子里泡着去。我们就跟着老兵到小池子里去。小池子里的水起码有六十度，水清见底，冒着袅袅的蒸汽。一个新兵伸手试了试，哇地叫了一声。老兵轻蔑地看了他一眼，说：大惊小怪干什么？然后，好像给我们表演似的，他屏住气息，双手按着池子的边沿，闭着眼，将身体慢慢地顺到池子里。他人下了池子，几分钟后还是无声无息，好像牺牲了似的，我们胡思乱想着但是不敢吭气。过了许久，水池中那个老兵才长长地吐出一口气，足有三米长。我们在一个忠厚老兵的教导下，排着队蹲在池边，用手往身上撩热水，让皮肤逐渐适应。然后，慢慢地把脚后跟往水里放。一点一点地放，牙缝里咝咝地往里吸着气。渐渐地把整个脚放下去了。老兵说,不管烫得有多痛,只要放下去的部分,就不能提上来。我们遵循着他的教导,咬紧牙关,一点点地往下放腿,终于放到了大腿根部。这时你感到,好像有一万根针在扎着你的腿,你的眼前冒着金火花,两个耳朵眼里嗡嗡地响。你一定要咬住牙关,千万不能动摇,一动摇什么都完了。你感到热汗就像小虫子一样从你的毛孔里爬出来。然后,在老兵的鼓励下,你一闭眼,一咬牙,抱着死也不怕的决心,猛地将整个身体浸到热水中。这时候你会百感交集,多数人会像火箭一样蹿出水面。老兵说,意志坚定不坚定,全看这一刹那。你一往外蹿,等于前功尽弃,这辈子也没福洗真正的热水澡了。这时你无论如何也要狠下心,咬住牙,你就想:我宁愿烫死在池子里也不出来了。这时你可能感到有万支钢针在给你针灸,你的心脏跳动得比麻雀心脏还要快,你的血液像开水一样在你的血管子里循环,你汗如雨下,你血里的脏东西全部顺着汗水流出来了。

过了这个阶段,你感到你的身体不知道哪里去了,你基本上不是你了。你能感觉到的只有你的脑袋,你能支配的器官只有你的眼皮,如果眼皮算个器官的话。连眼皮也懒得睁开。你这时尽可以闭上眼睛,把头枕在池子沿上睡一觉吧。即便是这样死了,你也挺幸福是不是?在这样的热水中像神仙一样泡上个把小时,然后调动昏昏沉沉的意识,自己对自己说:行了,伙计,该上去了,再不上去就泡化了。你努力找到自己的身体,用双手把住池子的边沿,慢慢地往上抽身体,你想快也快不了。你终于爬上来了。你低头看到,你的身体红得像一只煮熟的大龙虾,散发着一股新鲜的气味。澡堂中本来温度很高,但是你却感到凉风习习,好像进了神仙洞府。你看到一根条凳,赶快躺下来。如果找不到条凳，你就随便找个地方躺下吧。你感到浑身上下有一股说痛不是痛，说麻不是麻的古怪滋味，这滋味说不上是幸福还是痛苦，反正会让你终生难忘。躺在凉森森的条凳上，你感到天旋地转，浑身轻飘飘的，有点腾云驾雾的意思。躺上半小时，你爬起来，再到热水池中去浸泡十分钟，然后就到莲蓬头那儿，把身体冲一冲，其实冲不冲都无所谓，在那个时代里，我们没有那么多卫生观念。洗这样一次澡，几乎有点像脱胎换骨，我们神清气爽，自觉美丽无比。

过了十几年，我到北京上学、工作，虽然是身在首都，但要洗一次澡还是不容易。譬如在军艺上学期间，每周澡堂开一次。因为要讲究卫生，取消了水池子，全部改成了淋浴。总共十几个莲蓬头，全院数百个男子，只能是有人洗，有人在一边等。暖气烧得又不热，把人冻得像猴似的。好不容易洗完了澡，再冒着寒风、踩着满地的煤灰走回宿舍，连一点美好的感觉也找不到了。从那时我就想：将来如果有了钱或是有了权，我要做的第一件事就是在自己家里修一个澡堂子，澡堂子里有一大一小两个水池子，一天二十四小时都有热水，大池子里的水比较热，小池子里的水特别热。据说许多领导人喜欢坐在马桶上办公，我如果成了什么领导人，一定要泡在澡堂子里办公，办公桌就浮在水面上。开会也在澡堂里开，大家一边互相搓着背，一边讨论，那样肯定能够比较坦诚相见，许多衣冠楚楚时解决不了的问题也就容易解决了。有好几次我接受记者采访，他们问我最大的理想是什么，我说就是将来在家修个澡堂子，天天能洗热水澡。

又过了将近十年，我的家中安装了燃气热水器，基本上解决了天天能洗热水澡的问题，但这离我的理想还相差甚远。在热水器下洗完澡，总是感到浮皮潦草，一点都不深刻，没有那种脱胎换骨的感觉。我理想的、我向往的、我怀念的还是县城里那种有热水池和超热水池的大澡堂子。如果要修一个私有的这样规模的大澡堂并能日日维持热水不断，我的钱还远远不够，我的权更是远远不够。我这样的人这辈子是当不上什么官了，所以指望着利用职权来为自己修一个大澡堂子的可能性是不存在的，只有寄希望于我能写出一部畅销书，卖了几千万本，收入了亿万元的版税，那时，我的大澡堂子就可以兴建了。到时候欢迎各位到我家来洗澡，咱们一边洗澡一边谈论文学问题，那该是多么幸福的生活啊！

（1993 年）

三十年前的一次长跑比赛

一、小　引

此文为纪念一个被埋没的天才而作。

这个天才的名字叫朱总人。

朱总人是我们大羊栏小学的代课教师。他家庭出身富农，本人成分"右派"。

搜检留在脑海里的三十多年前的印象，觉得当时的他就是一个标准的中年人了。他梳着光溜溜的大背头，突出着一个葫芦般的大脑门；戴着一副深度近视眼镜，眼镜腿上缠着胶布；脑门上没有横的皱纹，两腮上却有许多竖的皱纹；好像没有胡须，如果有，也是很稀少的几根；双耳位置比常人往上，不是贴着脑袋而是横着展开。人们说他是"两耳扇风，卖地祖宗"。他的出生年月不详。他也许还活着，也许早就死了。他活着的可能性不大，因为他曾经对我们说过，当我们突然发现他不见了时，他就到一个能将肉身喂老虎的地方去了。那时他就对刚刚兴起、被视为进步的、代替了土葬的火葬不以为然，他说：所有的殡葬方式都是人类对大自然的粗暴干涉，土葬落后，难道火葬就先进了吗？又要生炉子，又要装骨灰盒，还要建骨灰堂，甚至比土葬还烦琐。

他说相比较而言，还是西藏的天葬才比较符合上帝的本意，但也太麻烦了点。难道老虎还需要将牛肉剁成肉馅？秃鹫其实也未必感谢天葬师的劳动。他说：如果我能够选择，一定要到原始森林里去死，让肉身尽快地加入大自然的循环。当与我同死的人还在地下腐烂发臭时，我已经化作了奔跑或是飞翔。后来，有一天人们突然想起来似的问：朱老师呢？好久没见朱老师了。是啊，好久没见朱老师了。他到哪里去了呢？这样他就从我们生活中消失了。

我曾在一篇文章里简单地介绍过他的一些情况，但那次没有尽兴。为了缅怀他，为了感谢他，也为了歌颂他，专著此文。

二、大　引

从很早到现在，"右派"（以下恕不再加引号），在我们那儿，就是大能人的同义词。我们认为，天下的难事，只要找到右派，就能得到圆满的解决。牛不吃草可以找右派，鸡不下蛋可以找右派……让我们产生这种看法的主要原因，是在离我们大羊栏村三里的胶河农场里，曾经集合过四百多名几乎个个身怀绝技的右派。这些右派里，有省报的总编辑李镇，有省立人民医院的外科主任刘快刀，有省京剧团的名旦蒋桂英，有省话剧团的演员宋朝，有省民乐团的二胡演奏家徐清，有省建筑公司的总工程师，有省立大学的数学系教授、中文系教授，有省立农学院的畜牧系教授、育种系教授，有省体工大队的跳高运动员、跳远运动员、游泳运动员、短跑运动员、长跑运动员、乒乓球运动员、篮球运动员、足球运动员，标枪运动员，有那个写了一部流氓小说的三角眼作家，有银行的高级会计师，还有各个大学的那些被划成右派的大学生。总而言之吧，那时候小小的胶河农场真可谓人才荟萃，全省的本事人基本上都到这里来了。

那时候每年的五一劳动节，我们大羊栏小学都要搞一次运动会。起初这个运动会就是学生们跑跑跳跳，打打篮球、扔扔手榴弹什么的，一上午就结束了。后来，不知道怎么弄的，学生的运动会变成了老师的运动会，老师的运动会把农场的右派也吸收进来了。这一下我们大羊栏小学的五一节运动会名气就大了，很快就名扬全县、全区、半个省。

我上小学三年级时，写了一篇《记一次跳高比赛》。这篇作文受到了老师的表扬。老师在我的作文本上用红笔画了许多圈，点了许多点，这就叫作可圈可点。他还用红笔写了二百多字的批语，什么"语言通顺"啦，"描写生动"啦，"层次分明"啦，"重点突出"啦，"继续努力"啦，"不要骄傲"啦，等等。后来我的语文老师把《记一次跳高比赛》送给右派一组的中文系教授老单看，老单看了说，一个十岁的少年能写出这样的文章很不简单。老单是全中国有名的文学史专家，连李白的姥姥家姓什么他都知道，能得到他的夸奖，就跟得到了郭沫若的夸奖没有什么区别。我们老师得寸进尺，又无耻地把《记一次跳高比赛》送给省报总编辑李镇看。李镇用一分钟就把文章看完了，然后摸出一支像火棍的黑杆钢笔，连钩带划，把原长一千字的《记一次跳高比赛》砍削成五十个字，说：就这样寄出去吧，没准能发表。我们老师非要他给写一封推荐信，他实在顶不住黏糊，就写了一百多个字，给省报的编辑。我和老师欢天喜地地把稿子寄出去，然后就天天盼省报，几天后文章果然发了。这一下子我有了名，我们老师有了名，我们学校有了名，我们学校的五一运动会更是大大有了名。第二年，全县教师运动会就挪到我们学校召开了。第三年，周围几个县的学校也组织体育教师来观摩。

当时的县革委主任高风同志原先是八一体工大队的跳高运动员，因为腿伤，退役下到我们这里来的。该同志爱体育，懂体育，一进体育场就热血沸腾，一看见跳高架子就眼泪汪汪。他亲临我校参加了一届运动会，观看了比赛，兴奋得不亦乐乎。他还在百忙当中接见了我，用他的大巴掌拍着我的头说："小家伙，你的文章我看了，写得不错，不错，继续努力，长大后争取当个记者。"他从胸前的口袋里摸出一支博士牌钢笔，送给我以资鼓励。激动得我尿了一裤子。开完运动会，他没有回县，直接去了农场，与场领导密谋了许久。回去后，他就拨来了十万元钱，让我们学校增添体育器材，修建比赛场地。所有的技术问题，由农场的右派解决；所有的力气活，由我们周围十几个村子的老百姓来干。出这样的力，我爹他们都感到高兴，感到光荣。那时候的十万元人民币，在老百姓心目中，简直就是天文数字，我们私下里说，这么多钱，怎么能点得清楚？马上就有人回答，有老富呢，怕什么？十万元，人家老富用脚丫子就拨拉清了，哪还用得着手！

我写《记一次跳高比赛》时，学校的操场地面坑坑洼洼，没有垫炉渣，更没有铺沙子。那时是风天一身土，雨天两脚泥。那时根本没有跳高垫子，别说没见过，连听都没听说过。我们在操场边上挖了一个长方形的大坑，坑里垫上一层沙土，运动员翻过横竿就落在沙坑里，跌得呱呱地叫唤。跳高架子是我爹做的，我爹是个劈柴木匠，活儿粗，但是快。弄两根方木棍子，用刨子刨刨，下边钉上几条腿，棍上按高度钉上铁钉子，往沙坑旁边一摆，中间横放上一根细竹竿，这就齐了。

我们学校有一个小王老师，中师毕业，也是个小右派，手提帽，我们全校的体育课都归他上。他个子不高，身体特结实，整天蹦蹦跳跳，像个兔子似的。我们写诗歌赞美他："王小涛，黏豆包，一拍一打一蹦高！"我爹说，你们这些熊孩子净瞎编，皮球一拍一打一蹦高，黏豆包怎么能蹦高？一拍一打一团糕还差不多。王小涛跑得很快，尽管他的速度不能与省里的右派张电相比，但与我们村里的青年相比，他就算飞毛腿了。

县里拨款给我们学校修建体育场地，校长与农场场长商量后决定建一座观礼台，好让高主任等领导站在上边讲话、看景。为此，学校派人去县城买了一汽车木头。汽车拉来木头那天，我们就像过年一样高兴。我们村里的人除了高中生雷皮宝之外，谁见过汽车呀，可汽车拖着几百根木头轰轰烈烈地开进了我们村。大家伙把汽车围了个水泄不通，有的摸车鼻子，有的摸车眼，把司机弄得很紧张。校长和场长带着一群右派过来，好说歹说才把我们劝退。右派们爬上车去卸木头，村里的大人们也主动上前去帮忙。木头卸在操场边上，汽车就跑走了。我们跟着汽车跑，心里感到很难过。汽车的影子没有了，汽车卷起的黄烟也消散了，我们还站在那里。我们眼泪汪汪，心中怅然若失。

那些木头堆放在操场边上，一根压着一根，码得很整齐。我爹抚摸着木头，两眼放着光说："好木头，真是好木头，都是正宗的长白山红松。"他从木头上抠下一坨松油，放到鼻子下边嗅嗅，说："这木头，做成棺材埋在地下，一百年也不会烂；做成门窗，任凭风吹雨打，一百年也不会变形。"众人都围在木头边上，嗅着浓浓的松油香，听我爹发表关于木头的演说。我爹是说者无意，有人却听者有心。这个有心的人名叫郭元，是个脸色苍白、身体消瘦的青年。当天夜里，他就偷偷地溜到操场边上，扛起一根松木。

郭元扛起木头，歪歪扭扭地走了十几步，就听到一个人大喊一声："有贼！"郭元扔下木头，撒腿就跑。后边的人紧紧追赶。郭元个子很高，双腿很长，从小就有善奔的美名，加上做贼心虚，奔跑的速度很快，简直就像一匹野马，如果是村里人，休想追得上他。但该他倒霉，后边追他的，是我们的小王老师和右派张电、李铁。他们三个追逐着郭元在操场上转圈，如果是白天看，那根本就是赛跑，谁也不会认为是抓小偷。追了几圈后，李铁在郭元的脚后跟上踢了一脚，郭元惨叫了一声，一个狗抢屎就趴在了地上。李铁穿着一双钉鞋，这一脚几乎把郭元给废了。他们费了挺大的劲才把郭元拖起来。小王老师划了根火柴，火光照亮了郭元的脸。"郭元，怎么会是你！"小王老师惊叫着。郭元满嘴是血，羞愧地喃喃着。他的两颗门牙没了，嘴巴成了一个血洞。小王老师慌忙划着火低头给郭元找牙，发现那两颗牙已经镶在了坚硬的地面上。

郭元是小王老师的好朋友，两个人经常在一起切磋传说中的飞檐走壁技艺，好得就差结拜兄弟了。郭元低着头，呜呜噜噜地说："没脸见人啦……没脸见人啦……"小王老师问："你这家伙，扛根木头干什么？"郭元道："想给俺娘做口棺材……"李铁与张电见此情况，就说："你走吧，我们什么也没看到。"郭元一瘸一拐地走了。三个人把那根红松木抬回到木头垛上，累得气喘吁吁。黑暗中，张电说："这伙计，太可惜了，如果让我训练他三个月，我敢保证他能打破省万米纪录。"李铁对小王老师说："早知道是你的朋友，我何必踢他那一脚?"小王老师说："你们太客气了，这事谁也不怨，就怨他自己，我们放了他一马，已经对得起他了，否则，他很可能要去蹲监狱的。"

第二天，郭元就从我们村子里消失了，谁也不知道他到什么地方去了。生产队长到他家去找他，问他母亲，问他弟弟，都说不知道他的下落。一转眼过了十年，当我们把他忘记了时，当我从一个小孩子长成一个青年时，郭元背着一条叠成方块的灰线毯子回来了。问他这十年到什么地方去了，他说到大兴安岭去了。问他在大兴安岭干什么，他说抬木头，抬那些流着松油的红松木。他因为扛一根不该扛的红松木而亡命大兴安岭，付出了抬十年红松木的沉重代价。我成了他的好朋友，每逢老天下雨不能出工时，就到他家去听他说那些稀奇古怪的关于大兴安岭的故事。我发现，他这十年，学到了许多待在我们村子里不可能学到的东西，可以说他是因祸得福。

那次跳高比赛，参赛的运动员共有四人，一个是省里来的右派、专业跳高运动员汪高潮，一个是我们学校的体育老师小王，一个是公社教育组的孙强，还有一个就是我们的朱总人朱老师。开始时横竿定在一米五十的高度上，汪高潮举手请求免跳，小王老师也请求免跳。孙强不请求免跳，他说他就是想参与进来凑个热闹，根本就没想拿什么名次。他是侦察兵出身，举手投足之间，显出在部队受过摸爬滚打训练的底子。他脱掉长衣服，只穿着短裤背心。背心已经很破，像渔网似的，但那红色的"侦察兵"三个大字还鲜明可见。他在那儿抻胳膊压腿时，观众们就在旁边议论。说他能头撞石碑，肉掌开砖，还能听声打鸟，赤手夺枪。我们那儿对人的最高夸奖就是"不善",譬如说庄则栋这人不善,就是说庄则栋好生了得的意思,并不是说他人恶。孙强抻胳膊压腿时,我们就议论他的光荣历史,说孙强这人不善。孙强活动开了筋骨,就像马跑热了蹄子一样。他从横竿的侧面跑到横竿前,一个燕子剪水的动作,越过了横竿。我们手拍巴掌,嘴里发出欢呼声。

然后是朱总人老师上场。他一上场大家就笑了。朱老师那样子实在好笑,并不是我们不尊重他。他也脱了长衣服,只穿着背心短裤。他那两条腿又黑又瘦,从小腿到大腿,通通生长着黑毛。我们给他起了个外号"猪尾巴棍子",固然与他姓朱有关,更与他一身的黑毛有关。他穿着长大的衣服,还能遮点丑,脱掉长衣,原形就暴露无遗。他的背前倾约有四十五度角,后脖颈下那儿,生硬地突出了一大团,好像一个西瓜。为了看人,他不得不把脸使劲地扬起来,那副模样,让你既受他的感动,又替他感到难过。我们当时都暗暗地想,一个人变成这样的罗锅腰子还不如死了好。我们都笑他,他很不理解地瞪着我们,说:"你们笑什么?有什么可笑的?"有人说,老朱你就算了吧,别给咱们大羊栏丢人啦!他的那两只小三角眼在褪了色的白边近视眼镜后边不停地眨着,他说:"人与野兽的一个重要区别就是,人是唯一的有意识地通过运动延长生命的动物。"他的话我们听不明白,但省里来的右派汪高潮肯定听明白了。汪高潮用赞许的目光看着老朱,还不停地点头。朱老师也对着他点头,这两个人就这样成了知音。要不怎么都划成右派呢!右派见了右派,就像猩猩见了猩猩一样,肯定感到特别的亲切吧?咱不是右派,没法子体会人家见面时那种感情。

朱老师笑完了，就学着侦察兵的样子抻胳膊压腿，做着跳跃前的准备。大家看到他这样子，总觉得有点滑稽，就像看到一个猴子跟着人学样似的。老朱边活动着身体，边往后退。人家侦察兵方才是从横竿的侧面飞越了横竿，但朱总人却退到了正对着横竿十几米的地方。有人说，老朱，到边上去呀！他瞪着眼问："为什么？为什么让我到边上去？"人家侦察兵就是从边上助跑翻过了横竿，你站在正中是怎么个说法？他笑着说了一句："正面突破！"便不再搭理我们。然后他就对着担任裁判的余大九举手示意。余大九说，你就别磨蹭了，有多少尿水赶快撒了吧，别耽搁了别人跳。朱老师说："你们这些狗东西，个个都是狗眼看人低！"说罢，他就大声叫唤着："呀呀呀……"他大声叫唤着向横竿冲过去。到了竿子前，一团黑影子晃了一下我们的眼，他就翻到横竿对面去了。他一头扎在沙坑里，跌出了一声蛙鸣。爬起来，眼镜也掉了，一脸沙土，嘴里呸呸地往外啐着沙子，然后就蹲下摸眼镜。

我们有点怀疑这件事情的真实性，难道一个罗锅腰子真的翻越了一米五十的高度？我们回忆起方才的情景：朱老师大声地喊叫着"呀呀呀……"朝着横竿冲过去，冲到横竿前面时，他好像停顿了一下，非常短暂的几乎难以觉察的停顿，然后他就像一个皮球似的弹跳起来，翻越了一米五十的横竿。我们又仔细回忆了一下朱老师方才的动作，他"呀呀呀"地大声喊叫着向横竿冲过去，冲到横竿前面时他的的确确地停顿了一下，在这停顿的瞬间，他的身体转了半圈，他原本是背对着我们的——有他的背上的大罗锅为证——但他在跃起的瞬间却将他的脸对着我们——有他脸上的褪了颜色的白眼镜为证——然后他就像个皮球似的弹起来，他的弯曲的身体升高升高进一步升高，升到最高处，然后他就背重腿轻地翻到沙坑里去了。他的罗锅在沙上砸出了一个大坑，然后他就不由自主地翻了一个身，这时他的脸才扎进沙里。

当时，我们根本没有想到，朱老师这一跳，在世界跳高运动史上所具有的革命性意义。当时，最常见的姿势还是剪式，就像侦察兵那样跳。当时最先进的跳法是俯卧式，几年后倪志钦打破世界纪录用的就是俯卧式。省里来的右派汪高潮掌握了俯卧式跳法，但并不熟练。像朱老师这种跳法，绝对是世界第一。汪高潮也没有认识到这种跳法的科学性。当时，他也像我们一样有点发呆。这样一个残疾人用一种古怪的姿势跳过了一米五十的横竿，谁见了也得发呆。但汪高潮后来说他当时就隐隐约约地感到了一种震撼。过了十几年，当背越式跳法流行世界，将俯卧式跳法淘汰之后，当了教练的汪高潮才恍然大悟，并痛恨自己反应迟钝，一个扬名世界的机会出现在他眼前，可惜他让这机会一闪而过。汪高潮率先鼓起掌来，我们也跟着鼓。有人说，老朱，你行啊！他说："才知道我行？告诉你们这些兔崽子们，人不可貌相，海水不可斗量！俗话说得好：'没有弯弯肚子，不敢吞镰头刀子！'"

接下来横竿升到一米六十，侦察兵连跳三次都没过，他说，不行了，咱就这点水平了，不跳了。小王老师第一次没跳过去，第二次跳过去了，他用的也是剪式跳法。朱老师走到横竿下，举手摸摸头上的横竿，说："高不可及，望竿兴叹！咱也不行了，咱是野路子，看人家汪同志的吧！"汪高潮往后退了几步，几乎没有助跑，就把一米六十过了。他用的是俯卧式跳法。朱老师使劲鼓掌，大声夸奖："真漂亮，真是漂亮，专业的跟业余的就是不一样！"横竿升到一米七十，小王老师也被淘汰了，汪高潮助跑了几步，一下子又把一米七十的高度过了。

冠军已经是汪高潮了，但他还不罢休，他让人把横竿升到了一米九十，跟操场边上的小杨树一般高了。天，他要在我们的沙坑里创造全省纪录了。我们都不错眼珠地盯着他。他这次也认了真，退回去十几米，一个劲地活动腿和腰，然后他就像小旋风似的朝横竿刮过去。他还是用俯卧式，像一只大壁虎似的，他把横竿超越了。他的身体将横竿碰了，但我们的横竿是放在钉子上的，轻易碰不下来，跳高架子晃了几下，没倒，横竿也没掉下来，就算过了。一米九十，跟操场边上的小杨树一般高！大家欢呼，跳跃，真心里感到高兴。喊得最响，跳得最高的是朱老师，他这人一点都不忌妒。他上去就抓住了汪高潮的手，激动地说："祝贺你，祝贺你！你创造了奇迹！"汪高潮有点不好意思，说："其实我碰了竿，不算数的。"朱老师说："算算算，当然算，我们这儿条件这样差，地面不平，器材也不合格，碰不下竿来就应该算数。"汪高潮说："您跳得也相当不错，您的姿势很有意思。"朱老师说："您太客气了，汪同志，我们是土压五，您是勃朗宁，根本就不能相提并论。这么说吧，我们是老鸹打滚，您是凤凰展翅，能跟您同场比赛，是我们这些人的福气。"运动会结束后，老师让我们写作文，我就写了那篇《记一次跳高比赛》。我在作文中，主要写了汪高潮，写汪高潮在农村的土沙坑里打破了省纪录，朱老师一个字也没提。现在回想起来，觉得很对不起他。

在上级领导的亲切关怀下，在农场右派、教职员工、贫下中农的共同努力下，我们的运动场扩建了，运动场旁边的观礼台也修好了，各种运动器材也买了回来。跳高不用往沙坑里跳了，可以跌在蒙着绿篷布的弹簧垫子上了。乒乓球台也不再是露天的水泥台子，而是安放在室内的木头台子了。台子是用大兴安岭的红松木制作的，上边涂着墨绿色的漆，中间还画了一条白漆线，周围还用白漆画上了白边，界限分明，绿漆和白漆都闪闪发光。网子是用尼龙线编织，墨绿的丝网，上边是一道白边，两边用螺丝固定在台子上。我们小王老师说，庄则栋和徐寅生等人打球也是用这种牌子的球台，这就说明我们一下子就达到了国际先进水平。因为中国的乒乓球运动是世界上水平最高的，所以中国的乒乓球运动器材也就是世界上最好的。我们的比赛用球是"红双喜"，当时卖两毛四分钱一个，在我们心目中贵得要命。小王老师说国际比赛用的也是"红双喜"，这又说明我们的运动会在某些方面达到了国际先进水平。

朱老师打乒乓球的事不能不提。他是一个不折不扣的怪球手，我们学校的老师没有一个人能打得过他。县里的冠军到我们学校打表演赛，当然没有人是他的对手（校长不让朱老师上场）。冠军牛皮哄哄，一会儿嫌我们学校的水咸，一会儿嫌我们学校的饭粗，最后还嫌我们学校的厕所有臭气。气得我们校长这样的大好人都嘟哝："啥呀，难道县里的厕所就没有臭气了吗？"

其实我们学校的厕所是个古典厕所，垒墙的砖头都是明朝的，厕所里那棵大杏树是民国时期种的，虽然算不上古树，但那颗杏核却是范二先生从曲阜孔林里那棵孔夫子亲手种植的老杏树下捡的一颗熟透了的大杏子里剥出来的。孔夫子手植树的嫡传后代，意义重大，又何况，所谓"杏坛"，也就是教育界的文雅别称，范二先生什么树都不栽，单栽一棵杏树；他什么地方都不栽，偏把杏树栽到当时的私塾茅坑、如今的学校厕所边上，其复杂的用心是多么良苦哇！你一个小小的县乒乓球冠军，有什么资格嫌我们的厕所臭?

老师们都愤愤不平,撺掇朱老师跟冠军干一场,杀杀他的狂气,让他明白点做人的道理。朱老师说,校长说了,不让我参加比赛嘛!老师们说,事情已经发生了变化,我们去找校长说。于是就有人去跟校长说,让朱老师跟冠军打一场。校长说,不太合适吧?!大家说,有什么不合适的,打着玩嘛,也不是正式比赛,再说,我们让朱老师教育教育他,也是为了他好,也是为了他的进步,并不是纯粹为了出口气。校长说,我不管,我马上就回家,这事就当我不知道。校长走了。县里的冠军和他的几个随从蹬开自行车也要走。小王老师上前拦住他们,说:冠军同志,别急着走,我们这里还有个怪球手,想向您学习学习。冠军轻蔑地说:怪球手?不会是用脚握球拍吧?小王老师说:冠军同志,您可真爱开玩笑。用脚握球拍,那不成了"怪球脚"了?众人哈哈大笑。冠军也笑了。小王老师说:我们这个怪球手,保证用手跟您打。他原先是用右手打,划成右派就改用左手打了。冠军说:还有这种事呀!小王老师把朱老师拉过来,对冠军说:就是他,我们学校里挖厕所的校工,当然,敲钟分报纸也归他管。冠军看看朱老师,忍不住就笑了。朱老师说:冠军,敢不敢打?冠军说:好吧,我也用左手,陪着您玩玩吧。一行人就进了办公室。

冠军把自己的拍子从精致的布套里掏出来,用小手绢擦了擦球拍的把子,说:开始吧,我们还急着回去,晚上还要跟河南省的选手比赛呢。朱老师从台子上拿起一个胶皮像猪耳朵一样乱扇乎的破拍子,说:开始吧。冠军说:也不是正式比赛,你先发球吧。朱老师说:那可不行,该怎么着就怎么着,我可不敢欠您这个人情。冠军不耐烦地说:那就快点。说时迟,那时快,猜球的结果还是朱老师发球。冠军说：这不还是一样嘛！朱老师说：那可不一样！当然是朱老师说的对。

朱老师紧靠着台子站着，他的上半截身体几乎与球台平行着，他的双手却隐藏在球台下。冠军果然就用他不习惯的左手拿着球拍，一副不耐烦的样子。朱老师也没多说什么，就把第一个球发了过去。他的球好像是从地狱里升起来的，带着一股子邪气。冠军的球拍刚一触球，那球就飞到房梁上去了。冠军吃了一惊。朱老师说：要不这个不算？冠军说：你太狂了吧？他抖擞精神，等待着朱老师的球。又一个阴风习习的球从地狱里升起来了，冠军闪身抽球，触网。冠军嘴里发出一声怪叫：哟嗨，邪了门啦！朱老师憨厚地笑着，说：接好！第三个球就像一道闪电，唰的一声就过去了。冠军的球拍根本就没碰到球。他的小脸顿时就红了，全县冠军，竟然连吃了一个罗锅腰子三个球，这还了得，传出去还不把人丢死？于是他的球拍仿佛无意中就换到了右手里。朱老师扮了一个鬼脸，小王老师一点面子也不给冠军留，大声说：冠军，怎么又换成右手了？冠军咬咬下唇，没有吭气。

朱老师双手藏在球台下，眼睛死盯着冠军的脸，冠军紧张不安，脸上渗出汗水。这个球又是快球，冠军把球推挡过来，朱老师把球挑过去，擦边而落。冠军摇摇头，表示没办法。第五个球发过来，像大毒蛇的舌头神出鬼没，冠军又没接住。五比零，朱老师领先。接下来我就不想啰唆了，朱老师靠神鬼莫测的发球和大量的擦边球，把冠军打得大败，三盘皆输。朱老师说：冠军同志，您不该这样让球。冠军气得嘴唇发白，风度尽失，将球拍扔在球台上，说：你这是什么鬼球！朱老师笑着说：对不起，实在是对不起。

几年之后，我们大羊栏小学的五一运动会，实际是变成了县里的春季运动会。高风同志热爱体育，喜欢热闹，每次运动会必来参加，不但他自己参加，他还给邻县的领导发邀请，让他们组团前来。地区革委会主任秦穹是高风同志的老上级，高风同志把他也拽来过一次。这一下我们的运动会规格更高了。当时，省体育界的人士认为，大羊栏小学五一运动会的金牌，含金量比全省运动会的金牌还要高。这样的奇迹大概只有在那个特殊的年代里才可能发生，那时人们的思想其实蛮开放的，没有那么多清规戒律，也没人把成绩看得太重，大家把运动会看成了盛大的节日，人人参加，个个高兴，绝对没有现在的运动会这样多的猫儿尿，什么高价雇用国家队的退役运动员冒充农民运动员，把全国农民运动会搞成了假冒伪劣运动会，什么喝鳖血的，吃疯药的，那时人民比现在要纯洁一千多倍，不像现在这样有那么多不健康的思想。

那时大家参加运动会都是自带干粮，我们学校用大锅烧上两锅开水，倒在操场旁边的一口大缸里，缸上盖一个圆木盖子，防止刮进去太多的尘土。大缸旁边一张桌子上摆着一摞粗瓷大碗，跟赵一曼同志用过的那种一模一样。同志们大家谁都可以过去掀开缸盖子，舀一碗水，咕嘟咕嘟灌下去。一碗热水灌下去，浑身大汗冒出来，嘿，真过瘾！连秦穹同志也到大缸里舀水喝，现在的地委书记，给他一根金条他也不会跟我们这些草民在一口大缸里舀水喝。好啦，咱们马上从现在回到过去。过去其实也不太遥远，也就是三十来年前的事。

1968 年 5 月 1 日，地区革委会主任秦穹同志在县革委主任高风同志陪同下，坐着一辆草绿色的吉普车，一大早就来到我们学校。我们学校操场边的观礼台上，正中放着一个大喇叭，两边摆满了花篮，插着十几面旗，有红旗，有黄旗，有绿旗，有粉红色旗、杏黄色旗、草绿色旗。没有蓝旗，没有白旗，更没有黑旗。那时也多少要搞一点形式主义的东西，地革委主任，多大的官呀，能到我们这个小小的大羊栏小学，你想想我们这些穷苦的老百姓心里是多么样的激动和感动吧！所以我们一大早就麇集在操场边上，各人都举着一面自己糊的小纸旗，等着欢迎秦主任的专车。在等待的过程中，赵红花的妹妹赵绿叶因为低血糖晕倒在地，把脑门子磕起了一个大包，老师把她抬下去，但过了一会儿她又跑回来。老师让她回家休息，她难过得哭起来。老师说：别哭了，别哭了，待在这里吧。由此可见我们对秦主任的感情是很真的。现在当然不行了，现在别说是一个地区级干部，就是美国总统来了，让我们去欢迎，我们也不一定愿意去。好了，秦主任的吉普车来了。

上午九点钟还不到，秦主任的吉普车就开进了我们学校的操场。我们的操场是很平整的，为了让它平整，右派和贫下中农付出了大量的劳动，连我们这些顽童也出了不少力。我们都认识到这个操场的意义，所以大家义务劳动，热情高涨。我们把全县的炉渣子都拉来垫了操场，我们拉着石磙子在操场上转圈，真有点"人欢马叫闹春耕"的意思。我们还到胶河底下挖来那种透亮的白沙子，在操场上撒了一层，撒一层就用石磙子镇压一遍，一遍一遍又一遍，越撒越压越好看。

我们的操场是长方形的，用白石灰水浇出了椭圆形的跑道，跑道中间，开辟成投铅球、甩铁饼、掷标枪、扔手榴弹的场地，跳高与跳远还在操场边上，原先跳高与跳远用同一个沙坑，现在跳高不用沙坑用蒙着绿篷布的弹簧垫子。篮球比赛在学校原先的球场上，地面当然也是费了大劲平整过的，上面也垫了炉渣撒了沙。篮球架子是新买的，是那种用铁管子焊起来的，篮圈上还挂着网。我们原来的篮球架子是我爹做的，很简单，就是在一根槐木上插上一个铁圈，上边原来有几块挡板，后来挡板被坏分子偷走了，就闪下两个铁圈，两根槐木，槐木上还生出一些细枝嫩叶，又酷又爽。我们就是在这样的架子上打球，我们都不会投擦板球，要么投不中，投中了就是漂亮的空心入圈。乒乓球比赛是最重要的比赛，因为当时全国人民都爱好乒乓球运动，那也是潮流。乒乓球比赛将在我们学校的办公室里进行。老师和校长的办公桌都抬到露天里放着。墨水瓶东歪西倒，流了许多血；白纸刮得满天飞，像散发革命传单。

秦主任和高主任从吉普车里钻出来了，我们一齐欢呼：欢迎欢迎，热烈欢迎！一边喊我们还一边挥舞小纸旗。十几个长得五官端正的女生腰里扎着红绸子，脸上抹着红颜色，在我们前面边扭边唱。四个男生憋足了劲，鼓着腮帮子吹军号。他们刚练了不久，还吹不出个调，哞哞哞，哞哞哞，跟牛叫差不多。欢迎的场面尽管不能与现在相比，但在当时那个条件下，我们感到已经隆重得死去活来了。在校长的引导下，秦主任在前，高主任在后，对我们挥手致着意，向观礼台走去。秦主任是个小胖子，通红的圆脸蛋，好像一个被太阳晒红的大苹果。我特别注意到他的手，手是小手，小红手，小胖手，手指头活像一根根小胡萝卜。怪不得我爹说大手捞草，小手抓宝。瞧人家秦主任那手，一看就知道那是抓印把子的，人生有命，富贵在天，生气也没用，不服也不行。跟在他老人家后边的高主任，是一个大个子，因为他要将就秦主任的步伐，所以他不能迈开大步往前闯，这就显得他步伐凌乱，跌跌绊绊，好像个大黑瞎子。

上了观礼台，磨蹭了一会儿，我们校长站在麦克风前，宣布运动会开幕，然后让秦主任讲话。秦主任把麦克风往自个眼前拖了拖，讲了起来：革命的——吱——大喇叭发出一声长长的尖啸，好像针尖和麦芒。这是怎么搞的！秦主任用手拍拍麦克风头，啪！啪！啪！麦克风头上包着一块红绸子，显得神秘而娇贵。麦克风挨了打，便老老实实地工作起来。秦主任讲话根本不用讲稿，滔滔不绝，好像大河决了口。

秦主任讲完了，校长又让高主任讲，高主任简单地讲了几句就不讲了，然后是运动员代表讲话，那时还不兴运动员、裁判员宣誓什么的，所以运动员代表发了言比赛就开始了。我们学校那个普通话说得最好的钢板刻印员王东风负责广播，她拉着长腔，像我们在电影里听到过的国民党中央广播电台的女播音员那样娇滴滴、酸溜溜地说：男子成年组一万米比赛马上就要开始了，请运动员做好准备（以上重复三遍），裁判组鲤鱼汤（疑是教导主任李玉堂）同志请到观礼台前来有人找（重复三遍）。

三、正　文

模仿着女播音员的娇嗲腔调，钢板刻印员王东风又把男子成年组万米比赛即将开始的消息广播了三遍。广播刚完，担任发令员的总务主任钱满囤就大叫了一声：嗨！一声嗨吓了众人一跳。接着他吹了一声哨子，大声问：运动员齐了没有？站在起跑线上抻胳膊拉腿的运动员们都停止了活动，眼巴巴地望着钱满囤，等待着他的点数。一、二、三、四、五、六、七、八，八个，一个不多，一个不少，正好。你们大家都站好了，听我把比赛中要注意的事项再对你们宣布一下，他说，比赛过程中不得随意离开跑道，如果确有特殊情况，譬如大小便什么的，那也要得到裁判员的批准，方能离开跑道……

钱满囤这个人，被我们大羊栏小学的学生恨之入骨。我们学校掀起的捡鸡屎运动就是他的倡议。他不知从什么报纸上看到，说鸡屎里富含着氮、磷、钾，维生素，还有多种矿物质，因此鸡屎不但是天下最好的肥料，而且还是天下最好的饲料。他说如果有足够多的鸡屎，完全可以从鸡屎里提炼出黄金，或是提炼出那种让法国的居里夫人闻名天下的镭，当然也可以提炼出制造原子弹的铀。他还说，国外流行一种价格昂贵的全营养面包，里边就添加了鸡屎里提炼出来的精华。经他这样一鼓吹，没有主心骨的傀儡校长就下了命令，在我们学校开展了捡鸡屎的运动。钱满囤说他已经跟县养猪场联系好了，我们有多少鸡屎，他们要多少鸡屎。老钱在全校师生大会上说，猪场做了实验，说那些猪吃起鸡屎来就像小学生吃水饺似的。吃一斤鸡屎，长半斤猪肉，所以捡一斤鸡屎，就等于给国家生产了半斤猪肉。而且猪屎还可以喂鸡，鸡屎又回去喂猪，如此循环往复，以至无穷，这就叫鸡屎猪屎大循环。

校长给各年级下了指标，年级给各班分了任务。班主任又把任务分解到各个学习小组，小组又把任务分配给每个学生。当时我在三年级二班四组学习，分配到我名下的任务是在一个月内，必须交给学校鸡屎三十斤。一天平均一斤鸡屎，按说这任务也不能算艰巨，但真要捡起来，才感到困难重重。如果是我们全校只有我一个人捡鸡屎，别说每天捡一斤，就是每天捡五斤，也算不了什么难事，问题是我们全校的几百个学生一齐去捡，老师也跟着捡，全村就养了那么有数的几只鸡，哪里有那么多鸡屎？有人说了，为什么不到邻村去捡？我们大羊栏小学是中心学校，邻村的孩子也在我们学校上学。何况学生抢鸡屎，谣言马上就制造出来，说是国家收购鸡屎出口，一斤鸡屎能换回来十斤大米，于是老百姓就跟我们抢鸡屎。

朱老师设计了捡鸡屎的专用叉子和盛鸡屎的专用小桶，让我们自己回去仿造，自己仿造不了就让家长仿造。那些日子里，我们周围十几个村子里的大街小巷里，时时都能见到一手拿叉一手提桶的小学生。家里的鸡屎、鸡窝里的鸡屎当然早就捡尽了。我们把那些不拉屎的鸡撵得跳墙上树，如果有只鸡开恩拉一泡屎，保准有一窝小学生往上冲。为了一泡鸡屎，经常发生激烈的冲突，打破脑袋的事情也发生过好几起。刚开始我们还用朱老师设计、我们家长仿造的鸡屎叉子文质彬彬地捡，后来，干脆就用手去抓，也只有用上了手，你才有可能把一泡热鸡屎抢到。可恨的是在那些日子里，几乎所有的鸡都拉一种又臭又黏的酱稀屎，好像是成心跟我们做对头。我为此恨恨地骂鸡。我娘说，你还好意思骂鸡，鸡为什么拉肚子？都是被你们这些小坏蛋给撵的！我们家那两只老母鸡原本是每天下一个蛋，自从我们学校开展捡鸡屎运动后，它们就只拉稀屎不下蛋了。村子里那些养着老母鸡的女人，恨不得剥了我们钱主任的皮。

我们根本完成不了学校下达的鸡屎指标，完成不了就挨训。为了不挨训，我们就想办法弄虚作假，譬如往鸡屎里掺狗屎、掺猪屎啦，但每次都被钱满囤揭穿。钱满囤提着一杆公平秤，站在校长办公室门前，脸如铁饼子，目如称钩子，等待着我们，就像我们在阶级教育展览馆里看到的那些画出来的收租子的老地主。我们提着鸡屎桶，排着队过秤。排队时我们大多数双腿发抖。他接过我的鸡屎桶，先是狠狠地盯我一眼，问：掺假没有?! 我说：没……没掺……他轻蔑地看俺一眼，说：没掺?! 然后他就把鸡屎桶放到鼻子下边一嗅。还敢撒谎! 张老师! 他大声喊叫着我的班主任，我的班主任张老师就站在旁边，慌忙点头。他这桶里，三分之二的都是狗屎! 然后他就把我的鸡屎桶扔到我的班主任老师眼前。

我的班主任老师毫不客气地拧着我的耳朵把我从队列里拖出来，让我到校长办公室窗前罚站，一罚就是一上午。钱主任指着我大发脾气：你们看看他这样子! 从小就弄虚作假，欺骗老师，品质恶劣，长大还不知道会坏成个什么样子! 我羞愧地低垂着发育不良的脑袋，下巴紧抵住胸脯，眼泪滴到脚背子上。哭也没用! 接下来，他又抓出了几十个在鸡屎里掺假的，让他们与我一起罚站，这样我的心里就好受多了。我孬好还掺了狗屎，方学军干脆在鸡屎里掺上了黑石头子儿。方学军家是老贫农兼烈军属，钱满囤不敢对他进行人身攻击，只让他到窗前罚站。方学军根红苗正，大伯抗美援朝时壮烈牺牲，爹是村里的贫农主任，哥是海军陆战队，罚他的站? 罚我的站?! 他把那个鸡屎桶猛地砸在校长办公室的窗子上，破口大骂：钱满囤! 我要到中央告你! 钱满囤当时就愣了，半天没回过神来。等他回过神来，我们早就扔掉鸡屎桶，跟着方学军跑了。我们说：天天捡鸡屎，这学，孙子才上呢!

由于方学军的革命行动，钱满囤的捡鸡屎运动可耻地结束了。就是这样，校长办公室外，也积攒了一大堆鸡屎。天很快就热了，鸡屎堆在那里发了酵，发出了一种比牛屎臭得多的气味，招引来成群结队的苍蝇。校长催老钱跟县养猪场联系，赶快把鸡屎卖了，原说是两毛钱一斤，可以卖不少钱呢。但人家养猪场说，根本就没听说过用鸡屎喂猪这回事。于是老钱就成了众矢之的。后来，我们村把鸡屎拉到地里当了肥料。事后老钱不服气，说，就算鸡屎不能喂猪，完全可以用来养蚯蚓，然后再把蚯蚓制成中药或是高蛋白食品，拉到田里当肥料，实在是可惜了。

老钱穿着一件磨得发白的蓝布褂子，胸兜里插着三支钢笔，脖子上挂着一个铁哨子，手里举着一把亮晶晶的双响发令枪，眼睛紧盯着手腕上的瑞士产梅花牌日历手表。那时候这样一块手表可是不得了，把我们村的牛全卖了也不值这块表钱。这块表是右派乒乓球运动员汤国华的，他是归国华侨，他叔叔是印度尼西亚的橡胶大王，梅花手表就是他叔叔送给他的。他能把自己的梅花表无偿地借给运动会使用，说明这个人有相当高的思想觉悟，一般人做不到这一点。

老钱夸张地举起胳膊，因为手表的分量和价值，他的胳膊显得僵硬。他的眼睛紧盯着飞快转动的红头秒针，脸上的表情严肃得让人不敢喘气。距离预定的比赛时间还缺两分钟时，他用洪亮的嗓门高声喊道：各就各位——预备——啪啪！两声枪响，枪口冒出一缕淡淡的青烟，三个掐秒表的计时员在枪口冒出青烟那一霎，按下了秒表的机关，比赛开始。

在老钱的发令枪发出两声脆响之前，站在用白灰浇出的起跑线上的八个运动员都弯下了腰。因为是万米长跑，不在乎起跑这一点点的快慢，所以运动员们没有把屁股高高地撅起，也没有双手按地，做出一副箭在弦上的姿态。要说腰弯的幅度，还是我们的朱老师最大，但这并不是他的本意，他的腰不得不弯，我们在前面已经反复地介绍了他的腰，这里就不再赘述。

老钱的发令枪啪啪两响的同时，运动员们就一窝蜂似的跑了起来。起初几步，他们的步伐都迈得很大，显得有点莽撞冒失。跑了几十米，他们的步伐就明显地小了。他们像一群怕冷的、胆怯的小动物，仿佛是有意地，其实是无意地往跑道的中间拥挤，好像要挤在一起寻求安全。他们跑得小心翼翼，试试探探，动作既不流畅也不协调。他们的膝关节仿佛生了锈，看样子脑袋也有点发晕。

跑在最前面的是帮助标枪手轰过兔子的右派长跑运动员李铁。他穿着一件紫红色的背心，一条深蓝色的短裤，脚上蹬着一双白色的回力球鞋。他的背心后边钉着一块白布，白布上的号码是 235，我至今也弄不明白这个号码是根据什么排出来的。紧追着他的运动员是县一中的体育教师陈遥，一个满脸骆驼表情的青年，据说是师范学院体育系的毕业生，应该说也是个体育运动的行家里手。陈遥后面是我们学校的小王老师，小王老师后面是一个铁塔似的黑大汉，听人说他是地区武装部的干部，姓名不详，号码是 321。321 号后面，是一个必须重点介绍的运动员。他是我们公社食堂的炊事员，年龄看上去有四十岁了，也许比四十岁还要多。他是我们公社的名人，叫张家驹。都说他解放前在北京城拉过黄包车，跟骆驼祥子是把兄弟，自然也认识虎妞。他也能倒立行走，也是一个长方形的蚂蚱头，脖子跟头差不多粗，额头上有一块明疤，小时候让毛驴咬的。虽然他现在是空着手跑，但他的姿势让人感到他的身后还是拖着一辆黄包车。其他的人我就不想一一介绍了。

跑在最后边的是我们朱老师，他是故事的主角，自然要比较详细地介绍一下。他的身体情况就不说了，他的号码是 888，那时还没把 8 当成发财的数字，888 没有任何特别的意义。他距离前面的运动员有三四米的光景，跑一步一探头，很像一只大鹅。看他跑步的样子让我们心里不舒服，感到他有点可怜，好像他不是自愿参赛，而是被人逼上梁山。当然其实并不是这样。运动会组委会不愿意让他上场，校长婉言劝他，说他年纪大了，做点后勤工作，当当计时员什么的也就可以了，但他非要参加不可。校长其实是怕他影响了学校的形象，说大羊栏小学派了个驼子上场，他为此很不高兴，把事情闹到了高风主任那儿。高主任说全民运动嘛，只要成绩够了就可以上，什么驼子不驼子，一条腿的人单腿蹦破世界纪录，不是更能说明我们中国人民有志气嘛！于是他就上了。他探头探脑地跑到了我们面前，我们为他大喊加油，他说：孩子们，还不到加油的时候。他微笑着从我们面前跑过去了，888 号白布在他高高驼起的背上像一面小旗招展着，很有意思，特别显眼，与众不同。

跳高比赛在操场边上进行，焦挺已经跳过了一米八十，这次比赛，冠军还是非他莫属。操场中间正在进行标枪比赛，一杆杆标枪摇着尾巴在天上飞行，我们有点担心，生怕标枪手把跑道上的运动员当成野兔给扎了。据说，在意大利米兰，曾经有一个计时员横穿场地，恰好标枪运动员正在比赛，忽地响起了一种悠长、奇特的啸声，一根标枪从阳光方向斜刺下来，以干净利落的动作击中计时员的背脊，他猛地向前一踉跄，扑倒在地上，这当儿，插在他背上的标枪还在簌簌发抖。

现场的观众，除了学生和农场的几乎所有右派，其余的大多是我们村的百姓，我爹、我叔、我哥，都在其中。周围的村子里也有来看热闹的人，但很少。我们村是近水楼台先得月。五一期间，桃花盛开，小麦灌浆，春风拂煦，夜里刚下了一场小雨，空气新鲜，地面无尘，正是比赛的好时节。几个计时员议论着，今天如果出不了好成绩，就不能怨老天不帮忙了。人们望着运动员们的背影议论，猜想着万米金牌的得主。有人把宝押在李铁身上，有人把宝押在张家驹身上，只有我们一帮对朱老师感情很深的小学生希望朱老师能荣获金牌。村里的不良青年桑林瞪着大眼说：你们做梦去吧，猪尾巴棍子的小跟屁虫们。我们齐声骂着桑林：桑林桑林，满头大粪！

桑林自吹，说曾经跟着一个拳师学过四通拳和扫堂腿，他动不动就跟人叫阵，横行霸道，是村里的一大祸害，连村里的干部都让他三分。我们学校露天厕所边上有一棵老杏树，树冠巨大，树干粗壮，是私塾先生范二亲手种的。虽然它生长在最臭的地方，但结出的果实格外香甜。春天里杏子只有指甲盖那么大时，桑林就去摘了吃。体育老师小王去拉他，被他一拳捅在肚子上，往后连退三步，一屁股坐在地上，吐出了一口绿水。桑林挥舞着拳头说：老子拳打南山猛虎，脚踢北海苍龙！哪个不服，出来试试。我们朱老师上前，双手抱拳，作了一个揖，说：大爷，我们怕您，我们敬您，但您也得多多少少讲点理，好汉不讲理，也就不算好汉了。桑林说：罗锅腰子，猪尾巴棍子，你说说看，什么叫作理？朱老师说：这杏子，才这么一丁点儿大，摘下来也不能吃，白糟蹋了不是？桑林说：老子就爱吃酸杏！朱老师说：你也不是孕妇，怎么会爱吃酸杏？老子就是爱吃酸杏，你敢怎么样？

朱老师说：您是大拳师，武林高手，谁敢把您怎么样呢？桑林得意扬扬，说：知道就行。朱老师看着桑林，脸上是胆怯的、可怜巴巴的表情。

但事情突然起了变化：我们朱老师，以迅雷不及掩耳之势，将头颅做炮弹，向着桑林的肚子撞去。桑林猝不及防，身体平飞起来，跌落在我们三百名学生使用的露天厕所里。后来，桑林不服气，跑到学校大门口骂阵：罗锅腰子你出来，偷袭不算好汉！今天老子跟你拼个鱼死网破！我们朱老师出来，说：桑林，咱别在这里打，在这里打影响学生上课，也别这会儿打，我正在上课，这样吧，今天晚上，咱到生产队的打谷场上去，摆开阵势打一场，好不好？桑林说：好好好，好极了！大丈夫一言既出，驷马难追，今天晚上，你要是不去，就是个乌龟！

当天晚上，一轮明月高挂，打谷场上，明晃晃的一片，我抬手看看，掌纹清清楚楚，这样的亮度完全可以在月下看书写字，绘画绣花。村里没有多少文化生活，听说朱老师要跟小霸王桑林比武，差不多全村的人都来看热闹。我们坚决地站在朱老师一边，希望他能赢，希望他能把小霸王桑林打翻在地，让他永世不得翻身。大多数村里人也站在朱老师一边，希望他能打死小霸王，打不死也把他打残，替村里除了这一害。但秦桧也有三个好朋友，桑林身后也有三个跟屁虫，我感到最不可思议的是我的二哥竟然站在桑林一边，是桑林的忠实走狗。

朱老师很早就到了，桑林却迟迟不到。我们心里替朱老师感到害怕，他却像没事人似的与几个年纪大的老农聊着月亮上的事。他说月亮上没有水也没有空气，当然更不可能有嫦娥吴刚什么的。老农说，这也是瞎猜想，谁也没上去看看。朱老师说，用不了多久就会有人上去的。老农就哈哈大笑，说朱老师您是说疯话，是不是被桑林给吓糊涂了！朱老师说也许是桑林吓糊涂了，至今还不露面，他要再不露面我可要回去了。人们怎么舍得让他回去？好久没有个要景了，好不容易碰上这么一次。我知道那几个家伙是去胶河农场的西瓜地里偷瓜了，傍晚时他们几个就在河边的槐树林子里嘀咕，说是要先给小肚上上料，保养一下机器，然后才有劲跟老朱大战。他们有一些黑话，管吃东西叫"上料"或是"保养机器"。他们把西红柿叫作"牛尿子"，管西瓜叫作"东爪"。

　　有人说，赶快，去找找桑林，说朱老师已经等急了，他要再不来，就算他输了。这时有人大声喊叫：来了！桑林果然来了。他走在前头，后边跟着我二哥、聂鱼头、痨病四。他们四个是村里有名的四害，杀人放火不敢，偷鸡摸狗经常。有一年冬天，我们家的两只白色大鹅突然没了，我和姐姐满村找也没找到。我们去找鹅时，我二哥就躲在墙角冷笑。我对爹说：爹，家贼难防，我认为咱家的大白鹅是被四害保养了他们的机器。我父亲把我二哥用小麻绳捆起来，拿着一根烧红的炉钩子，进行逼供。我二哥吃打不住，终于交代，说我们家的大白鹅的确是被他们四人保养了机器。我爹说，你这坏蛋，怎么连自己家的鹅也不放过呢？我二哥说，这才叫大公无私。

　　他们来了，每人手里捧着半个"东爪"，边走边啃着。到了打谷场中央，桑林赶紧啃了几口"东爪"，然后将"东爪"皮使劲扔到远处去。我二哥他们也学着桑林的样子，赶紧啃了几口"东爪"，也把皮使劲扔到远处去。桑林脱下小褂，往身后一扔，我二哥这个狗腿子就把他的小褂子接住。桑林把腰带往里煞了煞，把肚子勒得格外突出，像个带孩子的老婆。嗝——桑林打着饱嗝说，老公猪，大爷我还以为你不敢来了呢！朱老师说：桑林，今晚上的事，你跟你娘说过没有？桑林瞪着牛蛋子眼问：说什么？朱老师说：你是独子，你爹死得早，你要有个三长两短，谁养你娘的老？桑林说：老坏蛋，你准备棺材了吗？其余三害也跟着说：老坏蛋，你准备棺材了吗？朱老师问：咱是武打呢还是文打？桑林说：随你！三害跟着说：随你！朱老师说：那就文打吧！桑林说：文打就文打！三害说：文打就文打！

朱老师走到场边几根拴马桩前，说：看好了，爷们！然后他就对准了拴马桩，一头撞过去。拴马桩立断。朱老师指指另一根拴马桩说：爷们，看你的了。桑林近前看看那根老槐木拴马桩，犹豫了一会儿，扑通一声就跪在了地上，口里大声叫：师傅，您收了我吧！朱老师说：起来，起来，你这是干什么？桑林说：我服了！服了还不行吗？朱老师说：小子，你知道庙里那口大钟是怎么破的？那就是我用头撞破的，如果你的头比钟还硬，就继续横行霸道，如果你的头不如那口大钟硬，你就老老实实。桑林跪在地上，磕头不止，连说：师傅饶命，师傅饶命。三害也跟着跪下，连声求饶。从此朱老师就有了一个很响亮的诨名：铁头老朱。

观礼台上的大喇叭放起了节奏分明的进行曲，他们的步伐显得轻松自如了许多。对嘛，早就应该放点音乐，站在我们身边的那群右派不满地议论着。穿着杏黄春装的蒋桂英和蒙着一块粉红纱巾的陈百灵对着李铁欢呼着：李子，加油；铁子，加油！李铁对着这两个大美人举起右手，轻松地抓了抓，不知道是什么意思。黄包车夫没有自己的啦啦队，他也不需要什么啦啦队，一个臭拉车的，难道还需要别人的欢呼吗？不需要，根本就不需要，他还是像跑第一圈那样，黯淡无光的眼睛平视着正前方，两条胳膊向两边乍开着，两只大手拢着，仿佛攥着车把。他的脑海里浮现着的肯定全是当年在北京城里拉洋车时的往事，与骆驼祥子一起出车，与虎妞一起斗嘴，吃两个夹肉烧饼，喝一碗热豆腐脑，泡泡澡堂子，逛逛半掩门子……他的耳边也许响着黄铜喇叭的嘀嘀声，哨子吱吱地叫，也许是巡警在抓人，其实是旁边的篮球场上一个运动员犯了规。

朱老师跑过来了，还是最后一名，还是像我家的大白鹅那样，脑袋一探一探地往前冲，步伐很大，弹性很强，好像他的全身的关节上都安装了弹簧。他的脸上挂着一层稀薄的汗水，呼吸十分平稳。我们为他加油，他对我们微笑。看样子他对自己的殿后地位心满意足。他我行我素，自个儿掌握节奏，前面的人跑成兔子还是狐狸，仿佛都与他无关。

啪！一声鞭响，村里的马车拉着粪土从操场旁边的土路上经过，热闹引人，赶车的王干巴将车停住，抱着鞭子挤进来，站在蒋桂英和陈百灵中间。他往左歪头看看蒋桂英，蒋桂英撇撇嘴，不理他；他往右歪头看看陈百灵，陈百灵翻翻白眼，也不理他。他龇着一口结实的黄牙无耻地笑起来：嘿嘿，嘿嘿。这是他的一贯笑法，他的外号就叫嘿嘿，嘿嘿的使用率比王干巴高得多。嘿嘿咻哼着鼻子闻味，就像一匹公马。他闻到了什么气味？清新的五月的空气里，洋溢着蒋桂英和陈百灵的令人愉快的气味。那是一种香胰子混合着新鲜黄花鱼的气味，是有文化的女人的气味，真是好闻极了。那两匹拉车的马发扬团结友爱的精神，相互啃着屁股解痒。

嘿嘿站在两个超级美人中间左顾右盼，厚颜无耻，没脸没皮，人家根本不理他，他却从腰里摸出了一个修长的地瓜，咔嚓，掰成两半，粉红的瓢面上渗出一滴滴白汁。嘿嘿，蒋同志，请吃地瓜，过冬的地瓜，走了面，比梨还要甜。谢谢，我不吃凉东西。嘿嘿，陈同志，请吃地瓜，过冬的地瓜，比梨还要脆，吃了败火。紧接着压低嗓门说，这是生产队里留的地瓜种，"5245"，新品种，就是农业大学地瓜系的老右派马子公研究出来的，我偷了一个，这要让保管员看到，非游我的街不可。陈摇摇头，表示不要，连话也懒得跟他讲。我要是嘿嘿，肯定满脸通红，讪讪地退到一边去，可人家嘿嘿，不羞不恼，没心没肺，说，你们不吃俺吃，这样好的东西，你们还不吃，怪不得把你们打成右派，你们跟我们贫下中农，假装打成一片，其实隔着一条万里长城！

蒋桂英把小白脸子涨得粉红，跟"5245"地瓜瓢一个颜色。她的嘴咧着，好像要哭，但又没哭。你们这些臭戏子！嘿嘿把左手的半个地瓜，送到嘴边，咬人似的啃了一口，嘴巴艰难地咀嚼着，两边的腮帮子轮流鼓起。你个流氓！蒋桂英说，流氓……眼泪从她的眼睛里流出来。还有你，陈百灵，要想人不知，除非己莫为！陈百灵双手捂着脸蹲在地上，从她的手指缝隙里，发出了奇怪的声音，好像栖息在芦苇丛中的水鹌鹑四月发情时发出的那种低沉、悲伤的鸣叫。眼泪从她的指缝里渗出来时，我们才知道她在哭，而且哭得很悲痛。

嘿嘿把右手里的那半个地瓜举到嘴边，咔嚓咬了一口，两边的腮帮子轮流鼓起，嘴里响起粉碎地瓜的声音。有一只黑色的拳头，飞快地捅到了他的腰上。他满嘴的地瓜渣子喷唇而出，啊哟娘哎！他回过头，脸古怪地扭着，眉毛上方那颗长着一撮黑毛的小肉瘤子抖动不止。这一记黑拳打得他不轻，他想骂人，但气被打岔了，暂时骂不出来。终于他骂出来了：是谁？是谁敢打他的爹？！在他的面前，依次展现开一片形形色色的人脸，有的冷漠，像沾着一层黄土的冰块；有的愤怒，像刚从炉膛里提出来的铁块。冷眼射出冰刺，怒眼喷出毒火。你们，是谁打了老子一拳？一股油滑的笑声从一个嘴里流出来，紧跟着笑声又出了一拳，正捅在嘿嘿的肚皮上，嘭的一声巨响。俺的个亲娘哟！嘿嘿不由自主地蹲在地上，双肩高耸着，头往前探出，呕出了一堆地瓜。是老子打了你，怎么样？桑林用脚蹬住嘿嘿的肩头，一发力，嘿嘿一腚坐下，双手按地，不讨人喜欢的脸仰起来。他看清了打他的人。怎么是你？嘿嘿惊讶极了。怎么是他？我们惊讶极了。可见一个人做点坏事并不难，难的是一辈子不做好事。

他们拐过弯道，对着我们跑来了。这是第几圈？我忘了。他们的队形发生了一些变化。头前还是李铁，距离李铁十几米处，团聚着五个人，时而你在前一点，时而他在前一点，但好像中间有股力量，变成六根看不见的橡皮筋，牵扯着他们，谁也休想挣脱。又往后十几米，昔日的黄包车夫迈着有条不紊的大步，拖拉着无形的车，保持着像骆驼祥子那样的一等车夫的光荣和尊严。再往后十几米，是我家大鹅似的运动员右派代课朱老师。他这个右派是怎么划成的？说起来很好玩。

十几年前他就在我们学校代课，学校要找一个右派，找不到，愁得校长要命。这时上级派来一个反右大王，带着四个女干将，下来检查划右派的工作。校长说我们这里又穷又落后，实在找不到右派，是不是就算了？大王说，"凡有人群的地方就有左、中、右"，知道这话是谁说的吗？校长说不知道，大王说这是毛主席说的。校长说，既是毛主席说的，自然是真理，那就找吧。大王让校长把全校的师生集合到操场上，让每个人出来走几步，谁也不知大王葫芦里卖的是什么药。等全校的师生走完了，大王走到前面讲话，四个女将分列两旁，好像他的两翅膀。他说，右派，有两个。他指指朱老师，说，他！右边的两个女将就走上前去，把朱老师拖了出来。朱老师大声喊叫：我不是右派，我不是！朱老师在两个铁女人的中间蹿跳着，好像一只刚被擒获的长臂猿。大王说，你别叫，更别跳，狐狸尾巴藏不住，马上就让你显出原形。他又指着学生队伍里的我大姐说，她！他右边那两员女将虎虎地走过去，把我姐姐拖了出来。我大姐脾气粗暴，生了气吃玻璃吞石子六亲不认，连我爹都不敢戗她的毛梢，大王不知死活，竟让女将下来拖她，这就必然有了好戏，等着瞧吧！

大王是受过军事训练的人，他让朱老师和我大姐并排站好，然后下达口令：立正——！大王声音洪亮，口令干脆。向前看！齐步走！我大姐与朱老师听令往前走。我大姐昂首挺胸，朱老师也很尊严。他们俩刚走了几步，还没走出感觉，大王就高叫一声：立定！大王问大家：你们看清楚了没有？大家一齐喊叫：看清楚了！大王问：你们看清楚了什么？众人面面相觑，全部变成了哑巴。大王冷笑道：群众的眼睛是亮的，大家想想看，刚才他们走步时，是先迈左脚呢还是先迈右脚？众人大眼瞪小眼，一个个张口结舌。大王说：他们两个，是我们这一大群人里（大王伸出左手画了一个圈），仅有的两个（伸出两根左手手指）走路先迈右脚的人。你们说，他们不是右派，谁是右派?! 朱老师听了大王的宣判，哇哇地哭起来。我大姐把小棉袄脱下往后一扔，大踏步跑到墙根，捡起两块半头砖，一手拿一块，像只小老虎，不分公母，狂叫着：呀——啊！就朝着大王扑了过去。

大王站起来，抖抖肩上披着的黄呢子大衣，强作镇静地说：你，你，小毛丫头，你想造反吗？大姐可不是那种随便就让人唬住的人，她悠了一下右臂，将一块砖头对着大王投过去。她绝对想砸破大王的头，但因为力气太小，砖头落在大王的面前，吓得大王蹦了一个蹦，像一个机灵的小青年。你这个小右派，还敢动真格的?！我大姐从小就喜欢骂人、说脏话，她骂人的那些话精彩纷呈，我不好意思如实地写，生怕弄脏了你们的眼睛。另外她发明的那些骂人话里有许多字眼连《辞海》里都查不到，所以我想如实地记录也不可能。

我大姐这个没有教养的女孩，举起第二块砖头，对着大王的头投过去，大王轻轻一闪就躲过了，像一个机灵的青年。我大姐两投不中，恼羞成怒，站在大王面前，跳着脚骂，那些词儿像密集的子弹，打得大王体无完肤。众人刚开始还挺着，伪装严肃，但终于绷不住了。一人开笑，大家就跟着哈哈大笑起来。我大姐有点缺心眼，人来疯兼着人前疯，众人越笑她越来劲，就像一个被人喝彩的演员。大王革命几十年，大概还没碰到过这样的问题。他习惯性地把手往腰里摸去，有人害怕地喊：不好了，大王摸枪了！有人不害怕地说：他是文职干部，没有枪。大家便又哈哈大笑起来。

大王终于愤怒了。他指挥不动别人，便指挥他的母翅膀：把她给我捆起来。这也是他的习惯性话语，张口闭口就要把人给捆起来。他身边没有绳子，他的母翅膀身上也没带绳子。四个女人一拥而上，她们都被我大姐气得鼓鼓的，可算等到出气的机会了。跟着大王划了那么多右派，还没遇到这样的刺儿头。在那个年代里，谁不怕她们？一听说被划成了右派，有哭的，有下跪的，有眼睛发直变成木头的，没有一个敢像这个小丫头，破口大骂，还拿着砖头行凶，如果不治服了她，这反右斗争就别搞了。她们一拥而上，把我大姐按倒在地。她们用穿着小皮靴的脚端着我大姐的屁股，我大姐骂不绝口，越骂人家越端，终于给端尿了裤子。我爹和我娘匆匆跑来，不知他们怎么得到了消息。我娘哭，我爹却笑。我爹笑着说：打打打，往死里打！这孩子我们早就不想要了。我娘哭着说：你不想要，我还想要呢……

　　跑到头前的李铁看到站着流泪的蒋桂英与蹲着哭泣的陈百灵，脸上表现出疑惑的表情，但他没有停止奔跑。他的脸从我们面前一闪而过。其他的人基本上是麻木不仁。最麻木不仁的是张家驹，他目光呆滞地望着前方，步速不变姿势也不变，活活就是一架机器。朱老师却偏离了跑道，大声说：嘿嘿，欺负女人瞎只眼！人群中有人感慨地说：老朱这人，睁着眼死在炕上，一肚子心事，像他这样子，还指望拿头名？又有人说：朱老师是热心人，阶级斗争天天唱，世界需要热心肠！桑林得到了可能是有生以来的最大尊敬，满脸是洋洋得意的神情。村里人说：嘿嘿，连桑林都看不过去了，你想想自己缺不缺德吧！嘿嘿挨了两拳，又受到了大家的批判，尴尬，委屈，虾着腰，提着鞭杆，说：桑林，你小子有种等着吧，我不报此仇就是大闺女养的私孩子。桑林说：你原本就是个私孩子。嘿嘿挤出人群，对着那两匹马使威风去了。

　　这时，篮球场上，右派队的教练员叫了暂停，县教工联队的也跟着暂停。两个队的队员都围拢在自家的教练周围，听面授机宜。我们离着比较远，只能看到教练员挥舞的双臂，但听不清楚他说些什么。嘿嘿劈开腿站在车辕干上,拿着牲口撒气,一鞭紧追着一鞭,抽着那两匹倒霉的马,鞭声清脆,就像放枪似的。正好大队长从这里路过,看到嘿嘿打马,便上前问:嘿嘿,你打它们干什么?嘿嘿打红了眼,抬手就给了大队长一鞭,啪!大队长脖子上顿时就鼓起了一道血红。大队长崔团,复员军人,自己说参加过广西十万大山的剿匪,智擒了女匪首,但随即就中了女匪首的美人计,又把她给放了。这就犯了大错误,差点让连长给毙了,只是因为他战功太多,才留了一条小命。这都是他自己咧咧的,可以信,也可以不信。如果不是那个女匪首,我早就提拔大了,还用得着跟你们这些个乡孙在一起生气?这是崔团经常说的话。

他的历史也许是自己虚构的,但他在现实生活中的表现却是我们有目共睹的。这人脾气暴躁,雷管似的。我亲眼看到他提着一杆鸟枪追赶老婆,原因是老婆在他吃饭时放了一个屁。他老婆跑不动了,就往一棵大杨树上爬。他追到树下,举起鸟枪,瞄准老婆的屁股,呼嗵就是一枪。路边发生了这样的事,所有的体育比赛都丧失了吸引力,人们一窝蜂拥过去,想看一场大热闹。但出乎人们意料的是,平日里性如烈火的崔团,竟然像一个逆来顺受的四类分子似的,摸着脖子上的鞭痕,嘴里低声嘟哝着,灰溜溜地走了,连句"倒了架子不沾肉"的硬话都没说。这让我们大失了所望,目送了崔团一段,看了站在车辕上像骄傲的大公鸡一样的嘿嘿几眼,便无趣地相跟着,回到操场边,继续观看比赛。

当李铁带着他的其实也不是他的队伍断断续续地转过来时,一个计时员举着一页小黑板冲上跑道。黑板上用白粉笔写着"15圈6000米"。李铁眼睛凸出,喘气粗重,像一个精神病人,直对着小黑板冲过去，计时员提着黑板慌忙逃离。他站在跑道边上，对依次跑过来的运动员说着：6000米了，6000米了！运动员们有的歪头看看黑板，脸上闪过一种慌乱的神气。有的却根本不看，好像黑板上的数字与自己毫无关系。懂行的右派看客在旁边议论道：到了运动极限了，这是黎明前的黑暗，是最最艰苦的时刻，熬过这时刻就好了，熬过这一段就看得见胜利的曙光了。但立即就有我们村的小铁嘴跳出来反驳右派言论：什么"运动极限"？这就跟挨饿一样，一天不吃饿得慌，两天不吃饿得狂，三天不吃哭亲娘，五天六天不吃，肚子里反而胀得难受了。你们看，张家驹有运动极限吗？张家驹跑法依旧，黑脸上干巴巴的，连一颗汗星儿都没有。有人说，一万米，对人家老张来说，那才叫张飞吃豆芽，小菜一盘儿！人家老张拉着慈禧太后从颐和园跑到天安门，一天跑四个来回！一万米算什么嘛！你们看，朱老师到了运动极限了吗？朱老师也还是那样，像我家的大白鹅，一步一探头，跑到我们身边时从不忘记跟我们打个招呼，不说话也要点点头，不点头也要笑一笑。

刚受过众人赞赏的桑林从怀里摸出一个黄芽红皮大萝卜，问道：老朱爷们儿，吃吗？朱老师摆摆手，笑道：爷们儿，孝顺老子也得选个时候！然后他就一蹿一蹿地跑过去了。从后边看，他的腿是被他那颗大头带动着跑。我们追着他的屁股喊：朱老师，加加油，追上去！有人说，不到时候，到了时候他会追上去的，万米长跑，最重要的是气息，老朱气息好。什么呀?！那不叫气息，那叫肺活量！朱老师的肺活量，是我们亲眼见识过的。

夏天的中午，朱老师带着我们到河里去洗澡，当然说去游泳也可以。我们习惯把游泳说成洗澡，几十年如一日。只是在那些右派们来了后，游泳才进入我们的语言。我们到了河边，全都脱得一丝不挂，把身上那条唯一的裤头挂在河边的红柳棵子上。河里水浅，只有石桥底下水深。那儿不但水深，而且由于桥面的遮盖水还特别凉，所以我们一下河就往石桥下面跑。朱老师在我们身后大喊：回来回来！不许光屁股下河！石桥那儿，早有一群右派在，游——泳！有男右派，有女右派。女人下河，五谷不结，这是我爹他们的说法。我爹他们的说法只对我娘她们这些女人有约束力，对人家那些女右派一点用也不管。人家尽管是右派，但大家都清楚，右派也比农民高级。什么贫下中农也是领导阶级呀，那都是人家哄着咱们玩的，如果拿着这话当真，那你就等着遭罪吧！右派不种地，照样有饭吃；贫下中农不种地，饿死也没有哭儿的。你贫下中农再高级，不信去沾沾蒋桂英她们，人家连毛也不会让你摸一根！

右派们在桥下戏水，男的穿着裤头，女的穿着的也算裤头吧，不过她们的裤头比男人的裤头长得多，我们给她们的裤头起了很文雅的名字。我们也终于明白了洗澡和游泳的区别。我们下河，一丝不挂，所以我们是洗澡；右派下河，穿着裤头，所以他们是游泳。其实我们和右派在河里干的事情基本上没有区别。我们在河里一个劲地打扑通，扑通够了就跑到河滩上去，往自己身上抹泥巴。他们在河里也是一个劲地打扑通，扑通够了就站在桥墩旁边往身上抹胰子。这样一比较，我看他们更像洗澡，而我们更像游——泳。

游泳啊，游——泳！我们根本不听朱老师招呼，狂呼乱叫着，光着屁股冲向石桥下面。朱老师无奈，穿着大裤头子跟在我们后边，像我家那只大白鹅下了河。朱老师擅长仰泳，他躺在水面上，头翘起来，脚翘起来，中间看不见，身体一动也不动，就像几块软木，黑色的，朝着石桥下漂来。

右派们对朱老师挺尊重，并不因为他是个土造的右派就歧视他。其实朱老师的右派是大王亲自划定的，比他们的档次还要高呢。他们在桥下喊：朱老师，到这里来，到这里来呀！朱老师就仰过去，身体靠在桥墩上，与那些右派们谈天说地。我们有时候闹累了，也围在他们周围，听他们说话。右派的话跟我爹他们的话大不一样，听右派谈话既长知识又长身体。我当兵后常常语惊四座，把我们的班长、排长弄得很纳闷：一个没受过什么教育的农村孩子，肚子里怎么会有这么多学问呢？他们哪里知道，我在桥墩底下受到过多高层次的全面熏陶，从天文到地理，从中国到外国，从唐诗到宋词，从赵丹到白杨，从《青春之歌》到《林海雪原》，从小麦杂交到番茄育苗……

有时候，他们谈着谈着，会突然静下来，谁也不说话，只有河水从桥洞里静静地流过去。只有流水冲激着桥墩发出不平静的响声。几十颗大脑袋围着桥墩，几十颗小脑袋围着大脑袋，这简直就像传说中的水鳖大家族在开会，小的是小鳖头，大的是大头鳖，其中最大的一个头就是我们朱老师的头。这家伙下河也不摘掉他的眼镜，在阴暗的桥洞里，他的眼镜闪烁着可怕的光，一看就让人想到毒蛇什么的。他老先生翘起两只脚，河水被他的脚掌分开，形成了两道很好看的波纹。桥面上的水啪嗒啪嗒地滴下来，滴到身上凉森森的。桥外边阳光耀眼，河面上波光粼粼。一个女右派打了一个非常好听的喷嚏，我们愣了一下，然后就哈哈大笑。朱老师说：我们比赛憋气吧。

比赛水下憋气，是朱老师和右派们的保留节目。几个人围在一起，都把鼻子淹没在水下，屏住呼吸，眼睛相望着，憋啊，憋啊，终于憋不住，猛地蹿起来，像一条大黑鱼。剩下的人继续憋，憋啊，憋啊，终于憋不住，猛地蹿起来，像一条大黑鱼……蹿起来的就变成了看客，看着那些还在顽强地坚持着的人。最后，剩下的，每次都是朱老师和右派小杜。小杜是黄河水文站的，天天和水打交道，熟知水性，他说从他的祖上起，就当"水鬼"。清朝时还没有"潜水员"这个叫法，"水鬼"们完成的实际上就是潜水员的工作。他说他的老老爷爷在曾国藩的弟弟曾国荃手下当过"水鬼"，在安庆大战中凿漏过太平军的大艨艟，为反动的满清皇朝立过战功。

朱老师与"水鬼"后代四眼相对，用眼睛对着话：你有什么了不起？我没有什么了不起，就是能比你在水中多待一会儿。别吹，出水才看两脚泥！两个人较着劲，谁也不肯先蹿出来。小杜说他的老老爷爷能在水下待两个小时，不用任何潜水工具。瞎吹，尽瞎吹！信不信由你。一分钟过去，两分钟过去，三分钟过去，憋到了大约五分钟的时候，小杜终于憋不住了，呼地蹿了起来，好像发射了一颗水雷。他摸了一把脸，将鼻子上的水抹去，然后就大口地喘气。

朱老师还在憋着，大家都数着数，571，572，573，574……600……朱老师还憋着，眼睛发红，好像充了血。右派们说：行了老朱，别憋了，你赢了，你绝对赢了。我们也说：朱老师，上来吧，憋坏了脑子谁给我们上课呀！在众人的劝说下，朱老师才出了水，看样子很从容。小杜说：老朱这家伙会老牛大憋气。陈百灵说：多么惊人的肺活量！朱老师说：实话告诉你们吧，我掌握了水下换气的方法，别说在水下憋十分钟，就是憋一小时也没事。小杜说他的老老爷爷能在水下待两个小时是完全可能的，你们不要不相信。

长跑运动员，要有坚硬的骨头，要有结实的肌肉，关键的还要有不同于常人的两叶肺。朱老师的肌肉和骨头并不出色，但他有两叶杰出的肺，这就弥补了他的所有不足。所以连专业的长跑运动员李铁都气喘吁吁地在运动极限上挣扎时，朱老师却呼吸均匀，泰然自若。

观礼台上的大喇叭突然又响起来。当它又响起来时，我们才想到，它不知什么时候停了。它放出的还是进行曲，曲子不老，唱片太老了，留声机的针头也磨秃了。进行曲里夹杂着刺啦刺啦的噪声。那个计时员又举着黑板跑到跑道上给运动员们提醒：20圈8000米。这就是说他们已经跑过了五分之四，离终点只有五圈，只有两千米。连五圈都不到，连两千米都不到了。可以说是胜利在望了呀！他们还是保持着原先的次序，从我们面前跑了过去，对计时员好心的提示显得很是麻木。等他们又一次转到我们面前时，我们才发现计时员的提示还是很起作用。

这时，跑在最前面的还是李铁，但他跟后边的团体之间的距离已经缩短。第二名暂时还是骆驼脸青年陈遥，他的两片厚唇翻翻着，一缕湿发垂在脸上，挡住他的视线，害得他不得不频频地抬起手将那缕头发捃上去。我校的小王老师由原先的第三名落到第五名，黑铁塔已经超了他变成了第三名，另一位我们不知来历的大个子保持着第四名。

小王老师不甘心就这样落了后，计时员的提示好像给他打了一针强心针，鼓起了他最后一拼的勇气，我们看到他加快了步频，他的个子最小，他的步频本来就是最快的，现在就更快了。他把头往后仰着，简直像进行百米冲刺，口里还发出哼哼的叫声。他的身体与第四名平行了。我们高声喊叫着：王老师！加油！王老师！加油！他的身体终于超过了第四名自己变成了第四名。看样子他还想趁着这股劲冲到最前面去，但第三名回头望了一眼后也迫不及待地加了力。小王老师就这样被黑铁塔给压住了。他的像小野兔一样的步速渐渐地慢了下来，步子的节奏也乱了套。他的双腿之间好像缠上了一些看不见的毛线。他越跑越吃力。他的眼睛也睁不开了。他一头栽到地上。紧跟在他身后的那个大个子躲闪不及，趴在了他身上。我们的运动会比较简单，没有救生员什么的，观众们热情地跑上去，把大个子和小王老师拖下来。那个大个子神思恍惚地说：别拦我……挣起来就往前跑，完全丧失了目标，碰倒了好几个观众，大家把他架起来遛着，就像遛一匹疲劳过度的马。小王老师双手按着地跪在地上，激烈地呕吐着，早饭吃下的豌豆粒从鼻孔里喷了出来。我们满怀同情地看着他，不知如何是好。

减员两名之后，跑道上人影稀疏，好像一下子少了许多人一样。李铁还保持着领先的地位，但陈遥已经紧紧地咬住了他。黑大汉第三，距前两名有七八米的光景。第四名是那个我们不知道来历的人，他好像很有后劲，正在试图超越黑铁塔。黄包车夫还是那样，拖着他的无形的洋车，旁若无人，只管跑自己的。他的目的好像不是来争什么名次，他的任务只是要把他的车上的乘客送到目的地，或是从颐和园送到天安门，或是从天安门送到颐和园。我们的朱老师跟在黄包车夫后边，步伐看不出凌乱，但脸上的颜色有些灰白。从我们身边跑过时，我们为他加油，他对着我们简单地挥了一下手，脸上的笑容显得有点勉强。我们悲哀地想到：朱老师毕竟是年纪大了。

当他们绕过弯道转到跑道的另一边时，一辆破破烂烂的摩托车沿着跑道外边的土路颠颠簸簸，但是速度很快地冲过来，蹦了一蹦后，它就停在了离我们很近的地方。摩托的马达放屁似的叫了几声，然后死了。驾驶摩托的是一个身穿蓝色制服的警察，坐在车旁挂斗里的也是一个身穿蓝色制服的警察。他们在摩托上静止了一会儿，然后就从车上跳下来。他们一句话也不说，与观众混在一起。但他们绝对不是观众，我们这些没有政治经验的小学生也看得出来，他们不是来看热闹的。他们腰束皮带，皮带上挂着枪套，枪套里装着手枪。气氛顿时紧张起来，空气中充满了阶级斗争的气息。我们一方面心里乱打鼓，一方面兴奋得要命。我们一方面想看看警察的脸，一方面又怕被警察看到我们在看他们的脸。一个小女孩举着一枝粉红的桃花横穿了跑道，向操场正中跑去。那里的标枪比赛已经结束，铅球比赛正在进行。一个小男孩手里举着大半块玉米面饼子（饼子上抹着一块黄酱），跑到摩托车旁，边吃着，边弯腰观看着摩托车。

他们从跑道那边又一次转了过来。距离终点还有三圈，万米比赛已经接近尾声。李铁的步伐已经混乱不堪。陈遥的喘息声就像一个破旧的风箱。黑铁塔咬住了陈遥的尾巴，他只要往前跨两步就能与陈遥肩并着肩，但看起来这两步不是好跨的。黄包车夫成了第四名，他并没有加速，而是因为原来的第四名减了速。朱老师还是最后一名，他从开始就跑得怪让人同情，那是因为他的身体的畸形，不是因为他的体力。现在，谁是本次比赛的赢家，还是一个谜。

现在应该是我们这些观众狂呼乱叫的时候，但由于两个警察的出现，我们都哑口无声。我们不希望警察的出现影响运动员的情绪，但心里边又希望他们能看到观众旁边出现了两个警察。我们莫名其妙地感到警察的出现与正在奔跑着的某个运动员有关。李铁跟跄了一下，几乎摔倒，这说明他看到了警察。陈遥的身体往里圈歪着，好像要躲闪什么，说明他也看见了警察。后边的两位都看见了警察。黄包车夫没看到警察，他还是那样。朱老师看得最仔细，他生性好奇，我想如果他不是在比赛中，很可能会上前去与警察搭话。

比赛还剩下两圈时，计时员举着提示黑板鬼鬼祟祟地跳到跑道正中，然后就匆匆忙忙地跑开了。李铁摇摇晃晃，头重脚轻地扑到警察面前。陈遥拐了一个弯，对着掷铅球那些人跑去。这是怎么啦？据说运动员在临近冲刺时，因为极度缺氧，大脑已经混乱，神志已经不清，李铁和陈遥的行为只能这样来解释了。黑铁塔竟然也跟着陈遥向掷铅球的人那儿跑去。难道他也疯了？那个我们不知姓名的人，看到前面发生了这样的情况，停住了脚步，六神无主地原地转起圈子，嘴里唠叨着：这是怎么了？这是怎么了？黄包车夫就这样将自己置身于第一名的位置上，他机械地往前跑，连眼珠也不偏转。就这样我们的朱老师成了第二名，接下来他即便爬到终点，也是第二名。经过警察时，他歪着头，脸上挂着莫测高深的微笑。

两个警察十分友好地伸手将李铁架起来。他两眼翻白，嘴里吐出许多白沫，像一只当了俘虏的螃蟹。一个警察拍着他的背，另一个警察掐他的人中。他的黑眼珠终于出现了，嘴里的白沫也少了。他浑身打着哆嗦，哭叫着：不怨我……不怨我……是她主动的……

观众群里，蒋桂英哇的一声哭了。

距离终点还有一百米，有两个人跑到跑道两边，拉起了一根红线。三个计时员都托起了手里的秒表。本次比赛马上就要结束了。我们的朱老师在最后的时刻，像一颗流星，发出了耀眼的光芒。他飞速地奔跑，就像我家的大鹅要起飞。黄包车夫还是那样，以不变应万变。在距离终点十几米处，朱老师越过了黄包车夫，用他的脑袋，冲走了红线。

朱老师平静地走到警察身边，伸出两只手，说：大烟是我种的，与我老婆无关。

警察把他拨到一边去，面对着木偶般的黄包车夫。

一个警察问：你是张家驹吗？

张家驹木偶着。

另一个警察把一张白纸晃了晃，说：你被捕了，张家驹！

手铐与手腕。

原来你们不是来抓我？朱老师惊喜地问。

警察想了想，问：你刚才说种了大烟？

是的，我老婆有心口痛的毛病，百药无效，只有大烟能止住她的痛。

那么，警察很客气地说，麻烦您也跟我们走一趟吧。

四、结　尾

朱老师多年光棍之后，在我爹和我娘他们的撮合下，与村里的寡妇皮秀英成了亲。

皮秀英瓜子脸，吊梢眉，相当狐狸。大家都说：皮秀英有福，嫁给大能人朱老师，连多年的陈疾也好了。

朱老师家与皮秀英家的房屋相距不远，自从两人成亲后，皮秀英家的大门就没有打开过，没成亲前她反倒经常地坐在大门槛上，纳着鞋底子，斜眼看着过往的行人。

也从来没看到朱老师到皮秀英家里去。

有人看到皮秀英与朱老师一起从朱老师家的大门出来过。

每年的麦黄时节，从皮秀英家的院子里，便洋溢出扑鼻的香气，有时还能听到皮秀英与朱老师的说笑声。

好奇的人将脸贴到大门缝上往里望，发现门里边不知何时砌起了一道砖墙，挡住了人们的视线，也挡住了人们破门而入的道路。

有一个想爬她家墙头的人，被暗藏在墙头上的大蝎子给蜇了一乱子。

我爬到皮秀英家房后的大杨树上，看到她家阔大的院子里，密密麻麻地生长着一种叶子毛茸茸的植物。满院子都是，连角落里、厕所里都是。在这种挺拔植物的顶梢上，盛开着像狐狸一样鲜艳、娇媚、妖气横生的胖大花朵。花朵的颜色有白、有红、有紫、有蓝……五颜六色，香气扑鼻。朱老师拿着一柄小锄，弓着腰，在花间除草。皮秀英弯着腰，将尖尖的鼻子放到白花上嗅嗅，放到红花上嗅嗅，放到紫花上嗅嗅，放到蓝花上嗅嗅……她的屁股后边拖着一条蓬松的大尾巴，像一团燃烧的火。我刚想惊呼，她的尾巴就不见了。

后来，谜底揭开，没有狐狸，也没有仙丹，只有一条地道，从朱老师家院子通到皮秀英家炕前……

(1998 年)

幽默与趣味

第一章　幽　默

一个炎热的星期日的中午，住在筒子楼第六层的某大学中文系教师王三正伏身在小方桌上为《中国诗歌大辞典》的《诗歌风格卷》撰写一些条目。这是应朋友之邀写的，可以捞点稿费。他写完了"雄奇"，又开始写"诡异"。诡异可以解释为奇异、怪诞，这是古典诗歌中比较少见的一种风格。这种风格的诗多表现离奇、荒诞的超现实内容……这时，有一只黏腻腻的手在他的脖子上拍了一下。他吃了一惊，跳起来，碰翻了桌上的墨水瓶。蓝色的墨水沿着桌子腿流到地上。房子只有十二平方米，里边安置着一张双人床、一台电冰箱、一台电视机、一张长沙发、一张婴儿床、一张小书桌、一只大衣柜，还有一些儿童玩具之类的东西，挤到不能再挤，所以那道蓝墨水很快就爬到杂物中去。拍他脖颈的人是他的妻子。王三是个瘦小的苏北人，他的妻子却是个肥胖高大的山东人。他的妻子是个退役的排球运动员，退役前只高不肥，退役后，尤其是生了孩子后，身体可怕地膨胀起来，那张破旧的弹簧床每天夜里都在她的压迫下痛苦地呻吟着。因为当初是大学生王三没命地追求排球运动员，所以现在大学教师王三对业余体校教师依然敬畏如虎。每当他与妻子对面而立时，他就感到自己猥琐得像只猴子，腿打弯，胳膊下垂，总有双腿站立不如四肢着地稳当的感觉。适才这件事，公道地说错不在王三，但是他却一个劲地哆嗦，背弓得像鱼钩，抬脸仰望着妻子那张通红的满月大脸。他定睛在妻子唇上那些既像汗毛更像胡须的东西上，怯怯地说："你拍我干什么？"

妻子说："我本想让你跟我去厕所替我搓搓背——算了，去买个拖把吧！"

王三小心地跳过蓝墨水，从妻子的身边挤过去。

"过马路时小心点，别让车撞死你！"

他听到妻子在身后叮嘱自己，心里感到很凉爽。一瞬间他想起排球运动员当年的英姿，不由得摇了摇头。

他们家住在筒子楼的尽里头，走到楼梯口要穿越一道道的障碍。这些障碍由煤气罐、碗橱、破烂纸箱等构成。葱味蒜味烂西红柿的味道弥漫在走廊里。孩子哭老婆叫收音机唱的声音喧闹在走廊里。灯光昏黄在走廊里。大白天里开着灯这条走廊也像一条幽暗的隧道。走了六十道台阶，拐了六次弯，王三站在了马路的边缘上。强烈的阳光刺得他睁不开眼睛。他用手掌横在眼镜上方，借这点肉的阴影，睁开眼睛，寻找斑马线。

这打眼罩远望的习惯是在农村时养成的，认识排球运动员后，她多次讥笑他这个动作像《西游记》里的孙猴子，并要求他改掉这习惯，他也试图改正，但总也改不掉。

打眼罩远望时，他的腿罗圈着，背弓着，脖子前伸，下巴上扬，确实像只猴子。

找到斑马线后，他左右望了望，似乎没有车辆，便怯生生地往前走。刚走了三五步，就听到岗楼附近爆发了一声怒吼：

"站住！"

他不由自主地打了一个哆嗦，猛不丁地立住脚，惯性使他的脑袋十分夸张地往前探出去，很像一匹想伸头偷食草料的瘦马。一辆插着小红旗的三轮摩托车载着两位白衣警察从他面前飞驰而过。他摸摸胸口，感到心跳得很快，像一只被猎狗追赶着的野兔。他想赶快穿越斑马线，到马路对面去，寻找那家杂货铺，完成妻子交给他的任务，才跨了一大步，又听到后边吼叫：

"站住！"

他赶紧把迈出去的腿收回来，身体尽量挺直，向高里发展，以免影响交通。岗楼那儿喊着：

"说你呐，那个戴眼镜的！"

他摸摸脸上的眼镜，惊惶不安地转过身去向岗楼那儿张望。一个黑脸的彪形警察大声嚷叫着什么，戴着雪白手套的手挥舞着，似乎在招呼他过去。他的双腿禁不住颤抖起来。

他眼睛直直地望着那位招手的警察，不敢不走地对着警察忸忸怩怩地挪过去。挪动了两步，就听到耳边犹如炸了雷似的响了一声断喝：

"站住！戴眼镜的，说你呐！"

他立即又停住脚步，看到一辆咬着一辆的豪华轿车大队高速度地从面前驰过。嗡—— 一辆皇冠——嗡—— 一辆奔驰——嗡—— 一辆奥迪——嗡—— 一辆尼桑——嗡—— 一辆红旗——五颜六色的车子像闪电一样从他眼前飞过，逼得他连思索的时间都没有。汽车轮子卷起的旋风强烈地吸引着他，灼热的气流里充斥着燃烧沥青的味道和烤煳橡胶的味道，还有燃烧不尽的汽油味道，熏得他头晕恶心。每驰过一辆车他就感到自己被刮掉一层皮，渐渐地他感到自己的身体变成了一张单薄的纸，怎么也立不稳，怎么也挺不直，时而弯向前，时而弓向后，在灼热的废气流中噼噼啪啪地抖索着。车辆甩起的黑沙子像密集的子弹打在纸上。他感到自己如纸的身体随时都有可能被吸引到车轮下，被碾成团儿，被搓成卷儿。越是这样想着，身体薄如一张白纸的感觉愈是强烈，愈是感到站不稳立不直，脚下没有一点根基，地球没有一点吸引力。他特别想找点东西扶一下，一棵树，一堵墙，一个人的肩膀，甚至是一棵比较粗壮的草。但是他眼前只有飞驰的豪华轿车洪流。嗡——一团绿——嗡——一团红——嗡——一团黑——嗡——一团蓝——嗡嗡嗡嗡嗡嗡嗡，赤橙黄绿青蓝紫，五彩缤纷，由一股股黑白气流连缀着，变成了一条令人齿寒的恶龙，甭说走，只怕插翅也难飞越它。

强烈的阳光照耀在贼亮的、快速移动的车壳上，反射出一束束锐利的光芒，刺着他的眼睛，刺着他的身体，使他的眼睛瞎了，使他如纸的躯体上千疮百孔。他感到汗水泡软了纸片，随时都会瘫倒，似乎连一秒钟也支持不下去了。他绝望地闭上眼睛。闭上眼睛，身体更加轻飘飘了。彩色的车龙此时仿佛在围绕着自己团团旋转，彩色的气流团团旋转，那张纸——他的身体在车流与气流中的巨大漩涡里扭曲成一股细绳，扭呀扭，愈扭愈热，终于扭断，终于燃烧，变成一股蒸气，变成一缕白烟。大学中文系教师王三哀鸣着："我蒸发了！我燃烧了！"

后来他感到自己的思想已经脱离躯壳，而躯壳则变成一坨半干的牛粪，紧贴在马路中央的一根斑马线上。他的思想漂浮在车流上空三米处，同样团团旋转着，俯视着旋转的车、旋转的气体。旋转的车与旋转的气体混成一个旋转的光环，没有一处破绽，要想突破比登天还难。

他在半空中突然想起了一个简短的故事：说一个小孩子在田野里打死了一条小蛇，一群大蛇发现了，便追小孩。小孩跑回家，对妈妈说了危险，妈妈急中生智，将孩子倒扣在一口大缸里。蛇群追进家门，围着大缸转了几圈，便爬走了。小孩的妈妈揭开大缸一看，发现孩子已变成一堆枯骨。

他甚至已经看到自己的躯体变成了一堆白骨，绝望和恐惧使他大叫了一声。他的屁股沉重地跌在了马路上。这一跌竟使那些幻觉消失了，但真实的情景——那条飞驰着的豪华车龙，也足以让他胆战心惊了。

终于过去了一辆殿后的大轿车，绿灯亮起，积压良久的行人像潮水一样从他对面涌过来。他发现自己狼狈地坐在马路上，慌忙站起来，双腿抖得难以自持。他感到大腿间湿漉漉的，一时竟弄不清是什么原因。

他脑子里迷迷糊糊，竟忘记了自己为什么要站在马路中央，抬头前望，发现那位适才对着自己招过手的黑面警察还在对着自己招手。警察的脸上，似乎挂着一层熔化沥青似的微笑，这使得王三灼热的精神凉爽起来，他有些迫不及待地向警察走去。

他的腿一移动，就像从水里突然把脑袋伸出来一样，巨雷般的吼叫与嘈杂的喧闹声猛然闯进他的耳鼓，他听到那位警察喊叫：

"戴眼镜的，过来！"

他像一只猴子一样在人的躯体间钻动着，终于站在了黑面警察对面。警察腰里悬挂着一根长及大腿弯、像咽喉管子一样形状的黑色警棍。在相当于盲肠的部位上，还悬挂着一个赭红色的皮革枪套。站在警察面前的感觉竟然跟站在妻子面前的感觉有类似之处，于是，他就像惯常对付妻子一样，傻乎乎地笑起来。黑面警察伸出手，捏住了大学教师长长的蒜锤子形状的下巴，把他的傻笑撕裂了。

下巴上的痛苦使他立即意识到警察与妻子的鲜明区别，他感到警察的手像铁钳一样坚硬。

警察把他捏到岗楼后边，一棵叶片肥大的法国梧桐树下，松了手，愤怒地问：

"你是不是活够了！"

他非常真诚地回答："没有，还没有，我想把我的儿子抚养成人后再死。"

警察很可能把大学教师这真诚的回答错认为是玩世不恭，是对自己的嘲弄，所以，他半握着拳头，在王三的肩头上轻轻地砸了一下，便砸得王三身体倾斜，龇牙咧嘴，语调里带出哭腔来："真的呀，我没说假话，我现在真不想死，到国庆节时我才满四十岁，我儿子刚六岁，我怎么能死呢？"

警察脸上表现出哭笑不得的神情，悻悻地问：

"既然不想死，为什么闯红灯？"

"我老婆赶我去买拖把……"

"我没问你老婆！"

"她原先是排球队员，现在是业余体校的教练……"

"我问你为什么闯红灯！"警察几乎是怒吼了。

"我……我色盲……"大学教师狡猾地撒了谎。

"你是干什么的？"警察问。

"我是大学教师，教古典文学的，我正在家写书，我老婆拍了我一掌，我一起身，把墨水瓶闯翻了，我老婆……"

"你老婆揍了你一顿，然后赶你出来买拖把！"警察打断他的话头，嘲讽道，"买回拖把你还要擦地板，对不对？"

"对，"他说，"希望你不要罚我的款。"

警察挥挥手，不耐烦地说："去去去，看不清红绿灯，跟着别人走！"

他毕敬毕恭地对着警察鞠了一躬，警察已经转过身去。他胆怯地扯了一下警察的衣角，警察迅速转回身来，严厉地问：

"你想干什么？"

他又鞠了一躬，怯怯地问："我可以走了吗？"

警察笑得像哭一样，大声但充满同情心地说：

"难道还要我把你背到马路对面去吗？！"

他连连点头哈腰，说："不敢当，不敢当，我自己能过去，我自己能过去。"

警察又说："真是个宝贝！"说完就像逃避蛇蝎般匆匆走了。他目送着警察走远，心里洋溢着胜利感、自豪感和对这个同情自己的高大警察的满腔感激，转身回到马路边。

他又站在人行横道的边缘了，那些白色的斑马线似乎是一道道难以逾越的障碍，横在他的面前。他注视着路对面的信号灯，果然就分不清红绿了。难道撒了一个谎就真的成了色盲？他揉着眼睛，安慰着自己：可能是阳光把眼睛刺激麻痹了，暂分不清红绿；或者是信号灯失灵了；或者是停了电；不可能是警察睡了觉，因为这儿的信号灯是自动控制，岗楼里没有人。他左盼右顾着，发现路上没有车辆后，随即又发现一个穿着粉红色连衣裙、戴着米黄色草帽、皮肤很白嫩，尾巴一样的头发撅儿撅在脑后的美丽姑娘，大摇大摆地迈着小碎步儿，"咯噔咯噔"地从他的身旁走进了斑马线里。他想起了黑面警察的教导，"看不清红绿灯，可以跟着行人走"，我可不是追姑娘！他急匆匆地追着粉红连衣裙姑娘跑进了斑马线。一声尖利的刹车声在他的耳畔响起，他一侧脸，看到一辆紫红色的"桑塔纳"牌轿车停在离他身体只有半米远的地方。他的头"嗡"的一声响，感到自己的头在一秒钟的光景里像只气球一样膨胀起来，飘飘冉冉欲拔颈升腾而去，脑子里一片空白。车辆与路面急剧摩擦冒出的黑烟和焦煳的橡胶臭气飘到他的眼前。他感到这尖厉的刹车声像一把利刃把自己的思想划破了。他看到车门缓缓打开，一个身穿黑西服、留着寸头的精壮司机从车里钻出来。他本能地向后退着，退着。脸色苍白的司机向前逼着，逼着。他看到司机步伐凌乱，身体有些摇晃。他的脚后跟碰到马路牙子上，腿弯子一打软，顺势就瘫坐在马路上了。司机伸出手，揪住了他的衬衣领子，把他提了起来。他感到脖子勒住了，呼吸不畅。司机的手痉挛着，猛地往前一推，他一屁股跌在水泥墩子铺成的人行道上，尾骨一阵尖锐的痛楚，一直上升到脖颈。他看到司机咬牙切齿地说：

"今日要是轧死你，怨谁？"

王三的眼泪一下子涌出来，他哭着说："师傅，好师傅，怨我，怨我，轧死我活该，活该！"

司机长出了一口气，神情复杂地看了王三一分钟，然后，走回到他的车边，钻进汽车，缓缓地把车开走了。王三满怀悲哀地目送着紫红轿车，发现它跑得很慢，好像一条挨了沉重打击的狗。

王三从人行道上爬起来，找了一棵法国梧桐当靠山，先是站着，后来背沿着树往下滑，慢慢地就坐在树根上了。他身上冷汗淋漓，畏畏缩缩地去看那斑马线，一看到那两道乌黑的轮胎擦痕，他就像被电击了一样全身抽搐起来。他深刻地体会到了：真正的恐怖不是死，而是死里逃生后的后怕。他想方才要是司机的反应稍微慢一点，自己就葬身车轮之下了。他眼泪又一次涌出来，恐怖与自卑一起折磨着他。我怎么这样笨？我怎么这般窝囊？他想，这个大城市太可怕了。苏北一望无际的原野出现在他的眼前，那平坦的乡间土路上，行走着悠闲的黄牛，田野里的风吹动着碧绿的稼禾，弯曲的河道里缓慢流动着清明的水，水边生长着茂密的芦苇，鸟儿鸣叫，牧歌响亮。他想起了昨天写过的条目"闲适"：闲适是一种恬适、雅静的诗歌风格。追求舒适、闲静，原是古代封建文人的一种生活情趣，是统治阶级享乐主义的一种表现形式，带有明显的阶级烙印。他想这样的解释纯属胡说八道。他准备回家后立即重写"闲适"条目。

又有几个中学生模样的大男孩骑着自行车从斑马线上横穿过去，来往的汽车都为他们减速。他开始痛恨自己，勇气缓慢地生长起来。你是堂堂的大学教师，在这个城市里有正式的户口，你是这城市的一个光明正大的市民，难道连条马路都过不去吗？他站起来，四下里望望，并没发现有谁在注意自己。他拍拍裤子上的土，整整衣服，挺起胸膛，他下决心像那粉红姑娘一样，大摇大摆地横穿马路，他鼓励着自己：你没有任何理由自卑！你一定能安全地穿过马路！不是人怕汽车，而是汽车怕人。

他第三次站在人行横道的边缘上，那两道乌黑的擦痕又一次让他的脑袋膨胀，刚刚鼓舞起来的勇气又差不多消耗殆尽了。他想：索性回家去吧，对妻子撒个谎，就说杂货店里的拖把卖光了。

这时，一个好机会降临了。他先是听到身后传来一阵叽叽喳喳的叫声，继而就看到某幼儿园的几十名孩子，由两位阿姨领着，向人行横道走过来。两位阿姨，一在队伍的前头，一在队伍的后头，她们两位扯起一根长长的红绳子，孩子们的手腕都套在绳子扣上，仿佛红枝条上结着一串果实。

他听到前头的阿姨说："抓好绳子，过马路了。"

他非常想伸手抓住那红绳子。

孩子们的队伍慢慢地穿过马路，来往的车辆都停了下来。这情景感动得王三鼻子酸溜溜的，他感到这个城市里美好的东西确实不少。

他在幼儿队伍的掩护下，跨越了斑马线。

王三挤进了杂货商店，寻找卖拖把的柜台。找到了。有两位穿着白制服、胸脯上别着号码牌的女售货员正在诡秘地谈论着什么。他猥猥琐琐地靠到柜台前，他看到售货员用蔑视和厌恶的目光看着自己。他立即感到自惭形秽。他仿佛闻到了自己身体正在散发着动物园中的动物身上那种腐臭的味道，他简直不敢前进一步了。两个女售货员，一个很年轻，另一个很老。老的脸上有一块月牙形的明亮疤痕，年轻的一脸雀斑。她们丑陋的容貌使他的自卑感消失了不少。他想我是大学教师，你们俩不过是两个站柜台的，有什么了不起！这样想着他靠到了柜台前，并且用双手按住了柜台上的玻璃。这时他闻到了狐狸的味道。他想这两个女人中必有一个有狐臭，或者两个都有狐臭。他的腰笔直地挺起来。他说：

"同志，我买个拖把。"

脸上有疤的老女人看了他一眼，用手掌扇着鼻子前的空气说：

"什么味道？"

他感到她的眼睛盯着自己。脸上有雀斑的小女人也用手扇着风说："真臭！"

王三感到脸皮燥热起来。他降低了声音说：

"师傅，我买根拖把。"

老女人从背后抽出一根蓝红两色布条扎成的拖把递过来，恶声恶气地说：

"六块四毛九！"

王三更喜欢那根用白布条扎成的拖把，但他不敢麻烦女售货员，慌慌张张地从兜里往外掏钱，却发现口袋里空空荡荡。汗水一下子满了脸。他记起自己出门时忘了拿钱。他脸上流汗是因为空麻烦了售货员。

王三结结巴巴地说：

"对不起，我的钱，我的钱丢了……"

他又一次撒了谎。

老售货员仇视着他，把拖把从柜台上拿起，狠狠地扔到身后的拖把堆里。

"对不起……"王三连连道歉，"实在是对不起……"

雀斑脸售货员又跟疤脸售货员诡秘地交谈起来，好像王三的道歉连放屁都不如。

王三悲愤交加地走出杂货商店。

斑马线又横在了他的眼前。

有两位腰扎皮带、臂戴红袖标的老年妇女正在横过马路，王三立刻跟上了她们。他知道这些蹒跚的、有着"解放脚"的老太太都是业余警察，她们上管国家大事，下管鸡毛蒜皮，权力大得无边无沿，连警察都怕三分。跟着她们过马路万无一失。

跨越了约有四五条斑马线时，王三一眼看到了那两条乌黑的轮胎擦痕，他的心一下子抖了起来。——也是该着出事，这时恰好又响起一声尖利的刹车声，王三像只被热水猛泼了的鸡一样，条件反射地扑到一个老太太胸前寻求保护——也许他的手碰到那老太太的身体了吧？——老太太尖叫一声，伸出五根尖锐的手指，在大学教师的瘦脸上抓了一把。他感到脸上火辣辣的。看到那两个老太太虎视眈眈地逼上来，他仓皇地后退着，甚至忘了躲避车辆。他听到老太太骂：

"流氓！竟敢占老娘的便宜！"

"不不不，"他举着双手辩解着，"我不是故意的……我是大学教师，知识分子……"

"哼！中国的事坏就坏在你们这些知识分子手里！"老太太骂着，把双手举到王三面前，那十根弯曲的手指像老鹰的爪子一样，闪烁着钢铁一样的光芒。王三一阵胆寒，顾不上辩解，忘了车辆，掉转身子，踩着斑马线，往马路对过窜去。

他听到身前身后身左身右都响起"嘎唧嘎唧"的紧急刹车声，他感到自己的脑袋像气球一样炸裂了。他跑上人行道，看到那些诸如"抓流氓""抓小偷""抓坏人"的时代熟语像一根根雪白的木棍子，在他的头上纵横交错地飞舞着，逃生的念头鼓舞着他的双腿。他感到自己跑得空前的快。

大学教师在人行道上飞跑着，迎面驰来的许多自行车躲躲闪闪地给他让着路。他看到自行车上那些红男绿女惊讶的、兴奋的神情。他没有一丝一毫的疲倦感，却感到一种因为衣服急剧摩擦皮肤而产生的微弱快感，为了增强这快感，他加速地奔跑，后来他感到自己整个人都浸泡在幸福的潮水里了。他感到四肢矫健灵活，犹如森林中的猿猴；身体浑圆滑溜，宛如淤泥中的泥鳅。他自如地在自行车的密林中游动着，无数次地，都是当急速冲来的自行车即将闯上自己的身体时，自己身体一侧就回避了。路边刷着白石灰的树干像一排等距排列的士兵，一个砸着另一个，连绵不断地扑倒在地。体育场的绿色铁栅栏像剪刀一样剪着他的身影。他感到这次奔跑正是二十年前在故乡河边那次狂奔的继续。那次他是追赶爱情，那次他与同班女生汪小梅看完了《钢铁是怎样炼成的》，被保尔·柯察金与林务官女儿冬妮娅的爱情深深地麻醉着，他们模仿着保尔和冬妮娅的追逐。汪小梅是学校里的田径明星，正好扮演着善跑的冬妮娅。王三那时是个满头乱毛的野小子，恰好符合了保尔的身份。他们在河边上，踩着柔软的绿草飞跑。那时河边的芦苇如轻浪般一浪一浪追逐着，那时河中的流水像一匹明晃晃的绸缎。

　　气喘吁吁、筋疲力尽的大学教师王三从浪漫的少年梦中解脱出来，满身冒着热汗，跌在了这个腐臭城市的人行道上。在一排绿色的铁皮垃圾桶旁，他踩着一块西瓜皮，像无聊的滑稽剧中的丑角一样，夸张地挥舞着手臂，滑行了数米，然后沉重地跌在垃圾桶之间。他的身体像一枚炸弹，轰起了成群结队的苍蝇。他想干脆就死在这里罢了，但远远地看到由那两位红袖标老大娘率领着追捕大军正呐喊着逼近。巨大的恐怖动员起大学教师最后的气力，他跳起来，继续往前跑。这时又一声破裂的锣响在他的耳畔炸开，紧随着锣声还有咚咚的擂鼓声。他歪了一下脸，看到毒辣的阳光底下，摆着一张方桌，桌上摆着一盆开败了的君子兰花，桌周站着几位老太太，插着几面油腻的彩旗，旗在阳光中垂着头，老太太们则敲着锣打着鼓，满脸油汗闪光，神情极为生动。一个瘪嘴的老大娘颤悠悠地喊：开展全民灭鼠运动——人人有责哪——咣，咚咚咣——王三被这些业余警官们吓怕了苦胆，绕着他们向一条窄街窜去。他听到后边那两个老太太在喊：老姐妹们，截住那个流氓呀！王三一回头，看到正在进行灭鼠宣传的那几位老太太停止了敲锣打鼓，眼睛瞪得溜圆，蓝光闪烁，像正要对老鼠发起突袭的狸猫一样。她们的尖利的长指甲像慈禧太后的长指甲一样，表现出法律的威严。只看了她们一眼王三就吓得屁滚尿流。他放着精神性的响屁抱头鼠窜，他知道落到这群老女人手里绝没有好下场，不被她们咬死也要被她们骂死。

在逃跑时他恍惚记起了自己的家，智力在绝望中诞生，这样奔跑下去难以逃脱猫的追捕，急中生智，他想起了家，家是避难所，"街上有惊涛骇浪，家是平静的港湾"。于是他在奔跑中辨别环境，这条斜街很陌生，仓皇的逃窜已使他失掉了方位感，在这座迷宫般的城市里他几乎从来就没有分清过东西南北，何况在逃命的过程中，唯一的出路是沿着斜街奔跑，一条斜街里蹿出的猫吓了他一跳，也使他发现了一条小胡同。他一拐弯进了小胡同，穿胡同而过，竟然迎面看到了一幅巨大的广告牌，广告牌向人们广告着罐装猕猴桃饮料的丰富营养，丰富营养通过那绿毛青脸的大猴子表现出来，它津津有味地喝着猕猴桃饮料。看到了这广告王三激动无比，因为这广告牌后面就是他家所在的那栋楼房，他曾经无数次地站在这广告牌下注视那只猴子，好像在和它交流思想感情。猴子的眼睛是用一种能够在暗夜里放光芒的新型颜料所画，王三在夜晚时趴在窗台上就能看到这灼灼的猴眼。他是个喜欢耽溺在沉思中自娱的男人，每当受到了生气的女排运动员的痛打后，便从注视猴眼中得到安慰。他幻想着自己变成猴子，在茂密的丛林中上蹿下跳着，渴了饮山间清冽的泉水，饿了吃树上新鲜的果实。

不久前的一天，妻子用大巴掌扇他的屁股，他忍痛不住，一句妙语涌到嘴边：你再欺负我，我就变成猴子。当时他的妻子笑出了声，他趁机从她的胯下钻出来，非常严肃地说：我不是跟你开玩笑。他指着窗外边那广告牌上闪闪放光的绿毛大猴子，说：它已经给了我信息，你再打我我就变成一只猴子。说完这话，他看到妻子痴痴地看着那只正在夕阳里喝饮料的猴子，脸上渐渐变了色。

这件事王三本已忘记，现在竟清晰地浮上心头。是啊，他向着那广告牌跑着，想，我为什么不变成一只猴子呢？为什么不呢？这个念头执拗地纠缠着他，使他感到一种麻醉的安全。他现在是轻车熟路地往自己的家奔去，他几乎不怕那些追捕者了，他钻进门洞，跳跃着楼梯，想，我不怕你们，我一回到家立即变成一只猴子，让你们永远也无法找到我。他已经体验到一种类似猿猴的快乐，他感到腿脚空前的灵活，每次跳跃都富有弹性，一跳就是二级台阶，甚至跳四级，奋力一跳竟然可达五级。就这样他飘飘欲猴地跳完六十级台阶、跑完幽暗而深邃的走廊，然后努力撞开自家的那扇唯一的门。他感到眼前白光闪闪，定眼看到闪烁白光的是自己高大肥胖的妻子。她正在用一条黑乎乎的毛巾蘸着脏水在背上来回"拉锯"。房门洞开，她尖叫一声，一个鱼跃跳到门后。她的反应十分敏锐但身体的动作却很笨拙，这是发了福的体育人才的共同特征。她推上门，回头大骂：王三，我打死你这个流氓！

她高高地举起拳头，冲着王三的脑袋擂下去。在她的拳头下落的过程中，她发现丈夫的身体萎缩了。发生在她眼前的事情令人难以置信：大学教师王三在一分钟内，变成了一只瑟瑟发抖的绿毛青脸的雄性猿猴。

第二章　与

这位高高地举着大拳头的高大女人正是当年的汪小梅。无情的岁月是如何把一个天真活泼、身段苗条的少女变成了一个性情暴戾、身体膨胀的女人的？心中悲伤的作者在这里不想叙述。作者是汪小梅和王三的同乡又是好友，少时在同一所学校念书，长大又在同一座城市混饭，他当然有能力把汪小梅的变化过程描述清楚，但是他不愿意。王三由大学教师变成猴子，这变化比汪小梅的变化要重要得多，这变化使汪小梅的变化显得不值一提。听到王三变成猴子的消息后，作者并没有过分吃惊，因为他曾经多次开玩笑说王三像只猴子。后来又听说汪小梅和王三双双失踪了，他也没怎么吃惊，他知道中国的知识分子是笼中的鸟儿，关在笼子里时，天天叽叽喳喳，甚至还用头去撞笼子的铁条，但真的放他们飞，用不了几天就会飞回来。所以当王三和汪小梅的学校派人来调查时，他却打保票说他们会回来的。后来果然就回来了。回来后王三还当他的大学教师，汪小梅还当她的体校教员，好像什么事情也没有发生一样。作者曾问过王三变成猴子的感觉，王三说没什么感觉，变成猴子之后的事他全部不记得，变成猴子之前的事还记着。作者也采访过汪小梅，汪小梅很简略地说了一些王三变成猴子之后她的生活过程。本文的第一部分根据王三的谈话编写，第三部分根据汪小梅的谈话编写。王三参与编写的《诗歌大辞典》最近出版了，他赚了一些稿费，尝到了甜头，现在又在写一篇研究卡夫卡《变形记》的文章，这些文章研究角度独特，水平不低。汪小梅对待王三的态度大有好转，她正在服食一种叫作"月见草油"的减肥剂，有些效果。他们两口子一般不愿跟人谈变猴子的事，对朋友可以例外，所以如有研究生物的遗传与变异的朋友对此事感兴趣，可以通过我与王三和汪小梅联系。因为这件看起来很荒诞的事情里，肯定潜藏着一柄解开人类世界大奥秘的钥匙。解开这奥秘的人，将比达尔文还要伟大。当然这研究将冒很大的风险，这是个飞蛾扑火的差事，"姜太公钓鱼——愿者上钩"！

第三章　趣　　味

　　她高举着的拳头僵在了半空。她的怒骂断绝在喉咙中，好像一块卡住了的黏痰。她看到丈夫只有流露着恐惧的眼睛没有变化，其他的部位都在迅速地抽搐着、萎缩着，在抽搐中萎缩，在萎缩中抽搐着。他的腰背佝偻了，四肢弯曲了，衣服滑落，眼镜跌落，嘴唇缩进，牙床凸出，耳朵变薄，脖子变粗，拇指变长。绿色的细毛突然迸出来，像皮肤上爆起鸡皮疙瘩一样迅速。最可怕的是：一条粗大油滑的尾巴从它的两腿间缓慢地长下来，一直触到地面上。适才还站立着她丈夫的那个角落里，现在站着一匹真正的猢狲。它生着一身碧绿的毛、一张青色的面孔，双腿弯曲着，身体在发着抖，只有那两只可怜的眼睛里放射出的光芒还是属于丈夫的。她的惊愕无以言表。她感到一股团团旋转的小北风缠住了自己的身体，适才还闷热的房间突然变得寒气砭骨。她感到在一瞬间周身的血液停止了循环、心脏停止了跳动、肺叶停止了翕合、肠胃停止了蠕动。当这些器官恢复正常时，她感到有一阵剧烈的悲伤情绪袭来，咸滋滋的眼泪盈眶而出，黏稠的冷汗湿了她的全身，她感到了空前的惊惧、困惑和忧虑，胳膊像中枪的鸟翅一样垂挂下来，从她的大张开的嘴巴里，发出了马嘶一样的哭声。"不，不，这不会是真的！"她尖利地鸣叫着，用手背揉着眼睛，仔细地看着那只猴子，猴子也用求饶的、可怜的眼睛看着她。她绝望地看到，丈夫肮脏的衬衣、长裤连同那条破裤衩，一团破布似的萎靡在猴子的脚下，好像某些动物蜕下来的旧皮。那只黄了框的眼镜跌在地上，断了一条腿。铁打的事实摆在她的面前，自己身为大学教师的丈夫已经变成了猴子。这时，她突然想起了丈夫不久前说过的话：你要是再敢打我，我就变成猴子！

她感到非常后悔，王三任劳任怨的劳动精神和逆来顺受的宝贵品格突然闪烁出耀眼的光芒。她情不自禁地向猴子扑了过去，嘴里大叫着：三啊三，是我错了啊……

她本想把猴子抱在怀里，用自己温柔的肉感化它，但变成猴子的丈夫果然也就具有了猴子的敏锐，他从她的胳肢窝里油滑地钻过去，等她转过身来，发现它已蹲在冰箱的顶上，狡猾地眨动着黑眼睛，又短又薄的嘴唇往后咧着，龇出两排雪白的牙，模样十分狰狞——也许是顽皮，也许是抗议——要准确地判断它的表情还需要时间。尤其让汪小梅难以接受的是：一条绿油油的长尾巴，从她的丈夫——从猴子的双腿间垂下来。

她胸中澎湃的激情冷却了许多，但她还是试图靠近它，尽管事实如铁一样坚硬，但她在感情上还是难以接受这事实。她往冰箱前靠了一步，猴子把身体耸耸，背紧紧地贴在了冰箱后的墙壁上，它的两条后腿支起来，积蓄着力量，准备跳跃。它的牙龇得更加突出，并发出了吱吱的鸣叫声。这叫声已经是纯粹的猴子的声音了。

她站在猴子面前，因为借助了冰箱的高度，她与它的目光可以齐平，居高临下十几年的优势陡然消除之后，她感到精神空虚，心灵内疚。她抽泣着，让一滴滴的清泪打在胸口上，她自己认为这种姿态是最有魅力的召唤丈夫的姿态。她呼噜呼噜地哭着说：

"三啊三，是我不对，是我不好，我不该打你，不该欺负你，看在咱俩夫妻十几年的分上你变回来吧，看在咱俩青梅竹马的分上你变回来吧，看在保尔·柯察金和冬妮娅的分上你变回来吧……"

她的诉说差不多接近了字字血、声声泪的程度，猴子龇着嘴，眼睛滴溜溜转。她看着它那两只单薄地从绿毛中耸出来的粉红色的大耳朵，继续诉说：

"三啊三，我的话你难道听不见？常言道，'一日夫妻百日恩'，我即便有千错万错，到底也与你同床共枕十余年，还为你生了个儿子，'不看僧面看佛面'，看在咱们儿子的面子上，你也要变回来。你一变倒轻松了，撇下我和儿子怎么办？我没有了丈夫怨我自作自受，可儿子不能没有爸爸呀。你要是遭了车祸，得了急症，挨了枪崩，横死竖死，也有个讲说，可你变成猴子，有人问起儿子说你爸爸呢，你让他怎么回答？你让他说，我爸爸变成了猴子？三啊三，我承认我不对了，人生在世，谁还能没点错误？谁还能没点缺点？'人无完人，金无足赤'，连毛主席他老人家都说过：有缺点错误不要紧，只要改正了就是好同志。三啊三，只要你变回来，我保证痛改前非，像当年在河边追逐时那样敬你爱你，你的衣服我来洗，你的饭我来做，儿子的事情我来管，一切的一切我负责，我一定全力以赴地当好后勤，支持你干事业，我这辈子就这么着了。我愿为了你牺牲，让你踩着我的高大肩头，攀登到事业的珠穆朗玛峰上去。到了那时候，咱也就有了两室一厅的单元，甚至装上了电话，甚至在厕所里安装上了热水器，每天你都能洗个热水澡。三啊三，幸福的生活在向我们招手，求求你，变回来吧，趁着儿子不在家你快变回来吧……"

尽管她说得天花乱坠，猴子依然是猴子。但事情并不是没有转机，她兴奋地发现，当提到儿子时，猴子的眼里涌出了泪水。这说明它人性未泯。它的身体虽然变成了猴子，但它的思想还是大学中文系教师王三。她抓住这时机，鼓动如簧之舌，继续劝说。汪小梅原本是惯用拳头代替语言的妻子，能连篇累牍地演说，连她自己都感到惊异。她试图往前靠近，她想只要能把猴子抱在怀里，天大的冤仇也会化解，猴子就会变回王三。她说：

"三啊三，我的亲人，你难道不知道，我打你骂你其实是疼你爱你的表现吗？有时我出手重了些，但这并不是我的本意，你知道我当过女排的主攻手，人送外号'铁巴掌'，有时我只想轻轻地拍你一下，可能就把你拍得龇牙咧嘴，请你原谅吧。你是个男子汉大丈夫，不要和我妇道人家一般见识，今后我连一指头也不戳你就是，三啊三，变回来吧，变吧，你要是害羞，我就转回头，闭上眼？或者，你更愿意在我怀里变？来吧，三，我愿意，来，搂着我你来变，我闭上眼……"

她张开胳膊，闭上眼睛，等待着猴子扑进怀中来。但这时房门被猛烈地敲响了。

她恼怒地睁开眼，看到猴子从冰箱上纵身一跃，跃到窗框上方那两根暖气管子上悬挂起来。她愤怒万分地拉开房门，几乎挡住了门口，面对着那些扁着地瓜脚，瘦着皱皮嘴，蓬着花白毛，戴着红袖标（这一点至关重要，即便是流浪汉，只要戴上红袖标好人也害怕），提着锣，夹着白木棍子，撇着南腔北调的代表着法律和道德的老太太们。

"你们干什么？"体校女教员气势汹汹地问。

她满身的肉光晃得老太太们昏花了眼，一个个把手掌罩在眼眉上方，往屋里张望。

一个满口胶东话的老太太说："有一个流氓跑到你屋里来了！"

另一个满口京腔的老太太说："瘦得像猴一样，戴着一副眼镜。"

两个老太太说着就要往屋里挤，体校教员不由得怒火中烧，双臂一伸，就如铜墙铁壁。她红着眼问："谁给你们的权力让你们搜查民宅？"

胶东口音老太太一拍胸脯，指指红袖标，理直气壮地说："人民给俺的权力！"

体校教员感到有一股炽烈的火焰在胸膛中燃烧，她很客气地伸出大手，捏住了老太太尖尖的鼻子。老太太的鼻子似乎涂了一层苍蝇屎之类的东西，又黏又腻，令体校教员心中生出极端的厌恶。她松了手指，攥成拳头，对准老太太的脑袋，像当年在运动场上击打排球那样，猛击了一下。老太太像一条装满了沙土的脏口袋，一声不吭地歪倒在走廊里，歪倒的过程中她的胳膊打翻了对门人家摆在煤气灶上的钢精锅子，让半锅子稀饭泼洒了出来，泼洒到她的同伙身上，更多地泼洒到她自己身上，钢精锅子在她胸膛上打了一个滚，然后清脆地响着跌在水泥地上。老太太们呼着："打死人啦，打死人啦！"乱纷纷往外撤，摆满杂物的狭窄走廊里，响起一片碰撞之声。走廊两侧的住家们都拿起简易的防护武器，守住了门口，看着这群业余警察狼狈不堪地逃窜过去。体校教员看着那躺在地上呼呼喘粗气的老太太，心中只有仇恨没有害怕，她恶狠狠地说："你愿意躺在这里就躺在这里好了。"她从自家的煤气罐旁，提起一把热水瓶，拔了塞子，让一线热水慢慢地往老女人裸露的肌肤上流。老太太鬼叫着爬起来，呼唤着逃走的姐妹们，自己也一歪一扭地跑，一边跑一边骂。她花白的头发凌乱如麻，满身脏泥，看着怪可怜的。

体校教员关上门，插住了插销，背靠到门上，裸露的肌肤感受到了门上那些凉森森的铁器件。马路上的热风把沾满了尘土、印着椰子树图案的绿色窗帘布吹起来，透过残破的纱网她看到了窗外白杨树的树冠，听到了树上叶片被风吹动发出的哗啦啦的响声。蝉在树冠中间枯燥地鸣叫着。她还看到了被树冠遮住了部分的猕猴桃饮料广告牌，巨大的猴头在明亮的阳光中宛若活物一样。体校教员不敢与它对视。她从门后横拉起的铁丝上扯下一条毛巾，擦了擦眼，然后，抑制不住地大声哭泣起来。她哭着说："三，你的仇我已替你报了，我的错我也认了，你如果还不变回来，你就太不像话了……"

她哭着，仰起脸来，看到猴子蹲在暖气管子上，那条尾巴更加突出而明显地垂挂在窗框上方的明亮光线里。她冲着它哭，它却对着她龇牙咧嘴。体校教员心中渐渐生出愤怒来，她走到窗下，一个立地拔葱，想揪住它的尾巴，但她的如意算盘落了空。她的意图太明显了，她的身体太笨拙了，猴子的反应太敏捷了。她的手指尖刚触到它毛茸茸的尾巴梢，猴子便从她的头上一个飞跃，滑稽而轻松地跳到了衣柜的顶上。它的尾巴扫起柜顶的灰尘，迷了她的眼睛。

她说："你可以不管我，但你总不能不管你的儿子吧？我这就去接他回来，希望你能给儿子留下个好印象。变不变由你决定吧！"

她匆匆穿上衣服，走出房门，在外边把门锁了。她从门的缝隙里盯着猴子，看到它坐在柜子顶上，圆圆的黑眼睛里闪烁着忧郁的光芒。它好像在沉思。

体校教员从自己的堂叔家把六岁的儿子王小三接回来，这是个六岁的小家伙，秋天准备上学。因为儿子与堂叔的小孙子一块去了动物园，所以她坐等了很长时间。坐在堂叔家里，她心神不定，坐立不安。她的堂婶说：你如果有事就先回去吧，待会儿让你叔把小三送回去就是。她说：不。她一直等到傍晚，堂叔才领着孩子回来。她牵着儿子的手返回时，沉沉西下的红日把街道的树木照射得金灿灿的，显得很温柔又很凄凉。

她带着儿子坐了三站路的电车，下车后拐进了王三奔逃过的那条斜街。她也看到了那些敲锣打鼓地宣传灭鼠的老太太们。她想起了挨了皮拳的那位老太太，她想此事也许会有些麻烦，但无论什么麻烦也比不上丈夫变成了猴子麻烦。她牵着儿子的手，问："小三，去动物园看了什么？"

小三大声说："看了猴子！"

她心头一震，心里泛起一股难以言状的滋味。她别有用心地问："儿子，告诉妈妈，猴子好吗？"

小三说："好，猴子好玩。"

她问："小三，要是你爸爸变成猴子，你怕吗？"

小家伙欢呼起来："好呀，好呀，爸爸变成猴子啦！"

她拉着儿子的手，不再说话，一步步往家里挪。她期望着中午所见到的是个梦境，她期望着一推开家门，就会看到瘦如猴子的王三伏案编写着《诗歌大辞典》。她既想回家又怕回家。如果丈夫已变回来，她想回家，如果丈夫依然是只猴子呢？

在那块迎面扑来的巨大广告牌前，她惊悚地停住脚。看到广告牌上猴子双眼灼灼，充满灵感，她深信丈夫变形与这幅广告有绝对的关系。

"妈妈，你看猴子吗？"王小三扯着她的手指问。

她感到无法回答这个问题。她转过头去，望着掩映在白杨树冠里的自家那个油漆剥落的窗户。窗户里漆黑一团，白杨树冠上叶子千片万片，光闪闪的，宛若悬挂了一树金币。

"妈妈，回家吧，我饿了。"王小三说。

她想，事情已经发生了，躲也躲不过。她弯腰把儿子抱起来，侥幸地想：但愿这是一场噩梦。

爬完楼梯，拐进此时已亮了昏黄灯光的走廊，家家户户都在烹饪，油烟浓烈，油锅吱啦啦地响着。正在做饭的人都衣衫不整，蓬头垢面。走廊里的煤气味儿几乎到达了令人无法呼吸的程度。她像往常一样不跟任何人打招呼，躲躲闪闪地走着。她感到这些人的目光都鬼鬼祟祟的，仿佛都知道了她家里的事。

她受刑般地走完走廊，回到自家门口。站在门口掏钥匙时，她真诚地乞求上帝：上帝啊，保佑我丈夫变回人形吧！将钥匙插进锁眼，用力一别，这一瞬间她感到眼前直冒绿星星。屋里黑咕隆咚的。她把儿子搡进屋子，急速地把门顶住。她闭着眼睛拉开了灯绳，光明骤然塞满了整个房间。当然，猴子依然是猴子，它蹲在冰箱上，正在打瞌睡，灯光一亮，它受了惊吓，一个蹿跳上了衣柜顶。

体校教员软绵绵地跌坐在地上。她此时的内心里有一点百感交集的意思。儿子王小三惊喜万分地大声嚷叫起来："猴子！妈妈，猴子，妈妈，咱家有一只猴子！"

猴子在柜子顶上吱吱地叫起来。王小三紧张地抱住体校教员的腿。他见过铁栅栏里的猴子，但没见过房间里的猴子，所以他有点害怕。

体校教员抱起儿子，强压住呜咽，让泪水满面涌流。她对着猴子说："王三，你这个畜生！我恨你！"

王小三问："妈妈，你怎么又骂爸爸？爸爸哪里去了？"

她咬着牙根说："你爸爸……到外地出差去了。"

王小三很矫情地拍着手，说："好啊，爸爸出差去给我买了只猴子，爸爸让小猴子跟我做伴，是不是妈妈？"

体校教员无言可对。她抬头看看猴子，低头看看儿子，低声咕哝着："王三，你要是还有一点点人味，就想法变回来。"

"妈妈，你说什么？"王小三问。

她拍拍儿子的头，严肃地说："小三，咱家有一只猴子的事，千万不要对别人说，知道吗？"

王小三不解地问："为什么？"

她说："这猴子是爸爸从森林里好不容易捉来的，万一被别人知道了，动物园里的叔叔阿姨就会把它弄到动物园里去，那样，你就不能和它玩了。"

"告诉李东东也不行吗？"王小三问。

"谁也不能告诉，这事儿只能你和妈妈知道。"她紧紧地抓住儿子的肩膀，叮嘱道，"妈妈的话，你记住了没有？"

王小三认真地点点头。

"你在屋子里别动，我出去做饭给你吃。"

"不给小猴子吃吗？"

"他想吃就吃吧！"她无可奈何地说。

她把该用的东西一次端出去，然后随手带上门。她感到走廊里的人又在看自己，便低了头，匆匆干活。在油锅吱吱啦啦的响声里，她听到儿子在屋子里欢乐地笑着、吆喝着。

等她把饭菜端回屋里时，看到儿子正与猴子在屋子里撒欢儿。猴子从柜上跳到冰箱上，又从冰箱跳到床上，再从床上跳到窗台上……真正地上蹿下跳。儿子追逐着它。它故意地去逗引儿子。

"妈妈，小猴子真好玩！"王小三吆喝着。

体校教员鼻子一阵酸。她把饭菜摆在小方桌上，说："儿子，吃饭吧。"

她安排儿子坐下，然后冷冷对着猴子说："不想与你的儿子同桌进餐吗？"

王小三警惕地问："妈妈，您跟猴子说话？"

体校教员没有吱声。按照惯例，她摆开了三套碗筷。丈夫的位置在那儿。

"妈妈，爸爸真的出差去了？"王小三问。

"真的。"

"爸爸到哪儿出差？"

"到很远很远的地方。"

"再远也得有个名字呀！"

"对，再远也得有名字。"

"花果山，"她竟然用嘲讽的口吻说，"水帘洞。"

王小三拍着手，用这个城市里的儿童惯用的娇嗲嗲的口吻说："嘿！妈妈真逗，把爸爸送到孙悟空家里去了。"

"吃饭吧！"她大声地命令着儿子，自己也端起了饭碗，胡乱塞进一口饭，咀嚼时，泪水竟滴进碗里。

这时，猴子轻巧地从窗台上跃下来，用两条后腿支着身体，熟练但十分笨拙地走过来。它的步态蹒跚，像一个刚学步的婴儿。

她辛酸地注视着它，它也直直地注视着她。从它的眼睛里，她又看到了丈夫。她始终存在着丈夫突然变回人形的幻想，就像他突然变为猴子那样。这变化的契机处处存在，也许它一坐在熟悉的饭桌前，就会突然变化。于是她对着它，用手指指它平常坐惯了的那只小木凳。猴子受到鼓励，挪到饭桌前，装模作样地坐了下来。她闻到它身上散发出一股酸溜溜的臭气，看到几只粉红的跳蚤在它青色的肚皮上爬动。她感到有些反胃。这百分之百的是一只猴子，没有半点丈夫的踪影，于是她想，白天发生的一切，包括现在正在持续着的情景都是一场大梦的组成部分，也许丈夫果真是到外地去了，这猴子也许是从动物园里逃窜出来，流落到了民间。猴子伸出一只青色的趾爪弯曲的手，搔耳朵后边的毛。王小三递给它一双筷子，它接过去，放到胳肢窝里夹住。王小三夹给他半条咸鱼，它接鱼时让筷子落在地上。它用一只前爪把鱼按到嘴边，开始了龇牙咧嘴眨巴眼睛的进食过程。可能是咸鱼太咸了，也可能是鱼刺扎了它的嘴，它扔掉嚼得黏糊糊的带鱼，抓耳挠腮，嘴里发出怪叫声。王小三害怕地将身体靠到体校教员的腿边。他悲哀地叫了一声："妈妈!"体校教员紧紧地搂住儿子，定定地，用含义复杂的眼神看着猴子的眼睛，然后她叹了一口气，慢悠悠地伸出筷子，在它的肚皮上戳了一下，猴子一声尖叫，跳了起来，几个连环腾跳，它又悬挂在暖气管子上，像一个硕大的果实。

吃过晚饭后，王小三闹着要看电视。星期日晚上有《动物世界》。她心灰意冷地为儿子开了电视，然后麻木地坐在床沿上，看到各色化妆品涂抹着一张张妖冶的女人脸庞，听着那些女人们虚情假意地既推销化妆品又推销自己的矫揉造作的声音。儿子几乎与电视同步地复述着广告中那些无聊的话语：著名影星××为什么能够永葆青春？我用珍珠增白粉蜜！三九胃泰，够威够力。医生我得了乳腺增生，请用特制新药"乳癖消"。广告连篇累牍，长得仿佛万里长城。终于到达了嘉峪关。电视屏幕上一片昏暗之后，赵忠祥那鼻音浓重的解说声响起，好像预先安排好似的，这晚上的《动物世界》的主人公们竟破了天荒的是中国特产：黄山猴子。黄山的猴子比亚马孙河畔茂密的热带雨林里的猴子和爪哇岛的猴子更具有亲切性，更具有鲜明的民族特色，更令体校教员惊悚万分。难道事情仅仅是偶然地碰到一起吗？她不由得偷偷观察蹲在暖气管子上的猴子，发现它也像儿子一样，聚精会神地盯着屏幕。屏幕上出现黄山秀丽奇特的山峰，出现了那棵饱受屈辱的迎客松。她记得丈夫曾说过：黄山的迎客松是个受侮辱与受损害的形象，它是一头暴怒的雄狮，鬃毛怒张，恨不得把所有的客人撕成碎片，何迎之有？她记得丈夫还写过一首"诗"。体校教员文艺细胞不多，凭直觉觉得这首诗仿佛不错，那时他们新婚不久，生活里还有点点蜂蜜的味道，她记得王三朗诵这首《迎客松》时那神采飞扬的样子。她劝他拿去发表，第一换点钱，第二出出名。她记得王三非常严肃地说："不行不行，这首诗太尖锐了，一旦发表，会震动千家万户。"他说要把这首诗"藏之抽屉，以传后世"。将近十年过去，她想起了这首诗，不由得看了看抽屉。诗句在她的脑海里颠来倒去着，她记得很牢。像布哈林的小妻子背熟了布哈林的遗书一样，她当时在王三的敦促下背熟了这首诗，竟然十年不忘，可见自己的记忆力依然不错，如果不是干上了体育，没准也能当个女作家女诗人什么的。

在胡思乱想中，黄山的猴群跳跃在森林里，摄像机不时地把一只只猴子的特写镜头拉到屏幕上，让他们对着观众龇牙咧嘴，吱哇乱叫。赵忠祥说这是一个内部等级森严的家长式社会，有首领就有争权夺位，因而猴群里就有政治、战争与和平。用拟人化的语言介绍它们听来很有趣，这也是惯用的"幽默"伎俩。赵忠祥说动物学家给这群猴子里的每一只猴子都命了名，如"破耳朵""缺指头""蓝面孔"之类，这些都是根据该猴的生理特征命的名，并不十分有趣；有趣的命名是给那只曾经担任过最高领导后被赶下台的老猴子的，因为它经常一只猴坐在岩石上沉思默想，有点像决策中的政治家，可能是叫"政治家"太刺激了，赵忠祥说动物学家称这只老猴子为"思想家"。"思想家"呆呆地蹲在一根树杈上，看着群猴在它面前玩着各种把戏：追逐、打秋千、梳毛、捉虫子。摄像机镜头对准了猴群的新领袖，有两只曾经侍候过"思想家"的母猴子正在给新领袖梳毛捉虫子。这情景应该像刀子一样戳着"思想家"的心吧？它忧伤的眼神说明了这一点。

王小三突然说："妈妈，电视上的猴子都有名字，咱们也给我们家的猴子起个名字吧。"

她想名字是十分现成的，可以叫它"王三"，因为它是王三化成的；也可以叫它"大学教师"，因为王三是大学教师。

一种恶作剧的情绪在她心里产生了，她说："叫它'王三'怎么样？"

儿子激烈地反对："妈妈坏，妈妈坏透了！爸爸才是王三呢，猴子怎么会是王三？"

"那就叫它'大学教师'吧！"她平淡地说着，恶作剧的情绪已经消逝了。

"也不行！"儿子说，"爸爸才是大学教师！"

她说："妈妈没文化，你来起吧！"

王小三摇晃着圆溜溜的小猴头，咬着嘴唇，看样子是在搜肠刮肚。赵忠祥正在解释猴子的表情和动作所代表的内心感情：龇牙咧嘴表示欢乐，拍打肚腹表示愤怒，等等。她想这倒是很有用处的一课，看情况自己必须熟悉这种动物的一切，才能适应目前的家庭状况，这时王小三叫起来：

"妈妈，我们叫它刘慧芳怎么样？"

体校教师看过几集《渴望》，知道刘慧芳是《渴望》的女主人公，在她身上集中了东方女性所有的美德，但她由衷地讨厌这个人物，可能是因为她自己太不贤惠了，所以才厌恶特别贤惠的女性吧？她恶声恶气地说：

"不好！"

儿子的积极性受到沉重的打击，他沉吟着说："叫刘慧芳不好，那能叫什么呢？"

"刘慧芳是个女人，猴子是公的！"她像是要证明自己的否决完全正确一样，大声说，尽管她自己清楚她的否定并不缘于猴子和刘慧芳的性别。

儿子的积极性又膨胀起来，他说：

"有了，妈妈，咱叫它宋大成吧！"

她摇摇头说："也不好，宋大成太胖了。"

儿子失望地说："那只好叫王沪生了。但是我不喜欢王沪生。"

她拍了一下儿子的头颅，说："王沪生好，就叫它王沪生吧。"

儿子别别扭扭地说："好吧，就叫王沪生吧！"他紧接着补充了一句，"妈妈你忒像徐月娟。"

她无可奈何地叹了一口气。

电视屏幕上的猴子攀附着树枝，渐渐隐去，《动物世界》结束了。

她关掉电视，督促儿子上床睡觉。儿子求告着："妈妈，让我跟'王沪生'玩一会儿再睡，好妈妈，行吗？"

她抬起头来，仰望着那龇牙咧嘴的猴子，根据赵忠祥的解说，它龇牙咧嘴，表示的是一种欢乐的感情。你欢乐什么呢？今后的日子可怎么过，她忧虑忡忡，感到极端的绝望。她听到儿子喊：

"'王沪生'，下来，陪我玩一会儿！"

"王沪生"果然一跃而下，落在了床铺上。儿子欢笑着扑上去。猴子与儿子折腾起来，狭小的房间里顿时响起了噼里啪啦的声音。她呆呆地看着它们，心中一片迷蒙。

整整一个夜晚，汪小梅没敢合眼睛。扰乱着她的心绪让她无法入睡的，不是恐惧也不是愤怒，而是一种焦虑。她感到坐着不舒服，躺着不舒服，只有走动着比较舒服。儿子带着甜蜜而满足的笑容在他的小床上睡了。这小床已经明显地短了，她本来是想等丈夫的稿费来了后给儿子买张新床的。丈夫的稿纸和笔凌乱地摆在那张小桌子上，丈夫却变成了猴子蹲在暖气管子上打盹。这《诗歌大辞典》的条目怕是永远也写不完了，她悲哀地想。她不停地走动导致腿脚沉重，腿肚子里仿佛灌进了铅水。大约是凌晨一点的光景，她坐在床上，脱掉了衣服，仰在床上，脑子倒海翻江地折腾了几十个小时，已经处于混乱状态。她仰着，本想伸手拉灭灯，但看到那猴子满身青翠的丝毛，就索性让灯亮着。后来她想还是把灯灭掉好，也许在黑暗中猴子会变成丈夫。她迷迷糊糊地说："王三，这是你最后的机会了。"说完，她一伸胳膊，啪哒一声将灯拉灭了。

灭灯后她沉入黑暗之中，想起暖气管子上蹲着的那个毛茸茸的东西，她感到有些胆怯，她克制着自己没有开灯。路灯的微弱光芒射到房间里来，所有的物体都有些朦胧，她偷偷地观察着猴子。它蹲在那里一动不动，两只猴眼却渐渐地放出幽蓝的光芒来。后半夜了，灼热的城市冷却下来，清凉的夜风穿透窗户上的纱网，一丝一缕地钻进房间，抚摸着她裸露的肌肤，她感到很舒服。躺在床上，她能够看到被路灯青蓝的光芒照亮了的绿油油的白杨叶片，而无法看到的杨树后边的画着大猴子的广告牌却突然占据了她的脑海。这时她感到丈夫的变形是这只猴子的一个杰作，变形后的丈夫必须接受广告牌上猴子的支配。她的恐惧产生的原因是丈夫猴子背后站着一只满怀阴谋的猴子。如果是王三一人变化，即便他变成一只鳄鱼，体校教员也不会怕，因为他虽然变了外形，但灵魂无法变化。一瞬间她就要折身起来拉灯绳了，但这时却有一团毛茸茸的东西压在了她的胸口上。她头脑异乎寻常地清楚，肉体却如僵死了一般。她拼命地挣扎也无济于事。她更加明白了，作祟的不是猴子丈夫而是广告牌上那只大猴子。她看到了猴子丈夫轻捷地从暖气管子上跃了下来。它的身体在空中划出一道绿油油的美丽弧线。她听到了它落在地上时的轻微声响。她竭尽全力挣扎着，连她自己都听到了自己的喉咙里发出沉闷的吼叫声。她听到了儿子均匀的鼾声。变成猴子的王三会不会伤害儿子？她更加焦急了。她想自己关灯上床是一个严重的错误。

窗外的树叶子哗啦啦地响起来，后来这哗啦啦的声响与一个令人发竖皮紧的冷笑混合在一起。她绝望地看到猴子在房间里慢腾腾地活动着，时而两腿站立行走，时而四肢着地爬行。它跃上衣柜跃上书桌跃上冰箱……它充分利用着空间。它拍了拍儿子的小床，甚至用弯曲的爪子去抚摸儿子的面庞。体校教员感到悲剧将发生，她几乎要昏过去了，但悲剧的事情没有发生，猴子似乎没有恶意。它蹒跚着走到冰箱边，令人惊讶地用两只前肢拉开了冰箱的门，冰箱里的灯光扑到猴子的脸上，使它的面孔显得异常生动。它伸出爪子去戳了戳一块冻得硬邦邦的肥膘肉。冰箱里的味道扑出去，充满房间。它拉开了冰箱的最下边一格，抓出了一个皱了皮的苹果，咔嚓咔嚓地啃起来。它吃得蛮有滋味呢。看到它吃苹果的样子，体校教员对它能否再变成王三已经彻底绝望了。它已经与动物园里的猴子没有任何区别了。在痛苦挣扎中，她想也许应该去为它买一些水果了。

后来它又蹦到窗台上去呲啦啦地撒了一泡极臊的猴尿，幸好它是对准了纱网撒尿，尿水一股股地落到白杨树冠里去了。体校教员想到了它的排泄问题，不可能让它去厕所，不可能在房间里挖厕所，只能在房间里摆一个盛着干沙土的旧脸盆，必须训练它把屎尿排泄在脸盆里。她曾经看到过朋友家养的猫就是排泄在装着干沙的旧脸盆里。她想猴子是灵长类动物，是人类的表兄弟，训练起来可能比猫容易。

再后来她看到猴子一步步走到床边，走到她的面前。她感到猴子冰凉但十分温柔的爪子开始抚摸她，摸得她浑身爆出鸡皮疙瘩。她闻到了猴子身上的味道。她不知道接下来猴子还将干什么事情。她怪叫一声。这一声怪叫冲出了喉咙，冲开了压迫着她的部分神经的梦魇。她周身冷汗，半死不活地躺着，听着自己怪叫的余音在房间里袅袅地飘荡着。

她拉开灯。猴子电一般地蹿到柜子上去了。她一直坐到天亮。

第二天一早，她把儿子送到幼儿园里去。儿子迷恋猴子，哭了足有十分钟。然后她到公用电话亭给自己的单位和丈夫的学校打了电话，撒了一通弥天大谎，说丈夫和儿子一起发了高烧。

走出电话亭，她觉得自己倒真有些发烧。正是上班时间，每一条街上都车水马龙，有一台洒水车不合时宜地在斜街上洒水，惹得群众骂街。喷水车喷洒出的水线被阳光戏着，折射出许多绚丽的好看颜色。她听到一个被水淋湿了裤子的小伙子骂这个世界上的人都病了。她感到头晕眼花，浑身无力，六神无主。她盲目地在街上游荡着，一直到了上午九点多钟。后来她清醒过来，想无论如何也要活下去，头痛欲裂，先看病吧。她们单位的合同医院离此地不远，她走到这家医院门口又心血来潮地跳上一辆公共汽车，坐了十几站路，在一所大医院门前下了车。

她挂了一个内科的号，买了一张病历，找到内科的门口，坐在走廊里的凳子上等叫。不知等了多久，她被叫了进去，一个戴眼镜的中年男医生示意她坐下。她坐下。医生问她怎么啦，她张口结舌地说不出话来。医生用狐疑的目光盯着她，她感到医生的眼睛把自己的心事看透了。医生又问了一句什么话，她没有听清楚。她说：大夫，你说该怎么办？医生说什么该怎么办？她说我丈夫的事该怎么办？医生看看病历和挂号单又看看她的脸，说你丈夫怎么了？她说你不是都知道了吗？医生红着脸说我知道什么？她说你知道我丈夫变成猴子啦你能不能想个办法让他变回来？医生吃惊地跳起来说你挂错了号了重新挂号去吧挂精神科！她对医生的态度不满意，说：我丈夫真的变成了一只猴子你不要以为我在撒谎！医生说去吧去吧重新挂号去吧先去看你自己的病然后再说你丈夫的事。她说我丈夫比我重要他是大学教师他正在写文章还要给学生上课你想法把他变回来吧。医生起身跑出去了，一会儿带着几个穿白衬衣的女人回来了，她看到这几个女人都很粗壮结实像改行的运动员。一个女的很野蛮地问你是哪个单位的？她不高兴地说你管我是哪个单位的干什么。几个女的一齐上来说你快走不要在这捣乱再捣乱我们用电电你。她说你们凭什么用电电我！一个女人说你有精神病！她说你才有精神病我丈夫变成了猴子千真万确你们不想法治疗还污蔑我医德何在。一个女人说把你丈夫送动物园里去就行了治什么！她很冲动地扑上去想打那个出言不逊的女人，胳膊却被拧住了，这几个女人都很有力气，连拉加拽地把她拖出了内科诊断室。她挣扎着骂她们，她们把她拖到二楼上去果真用一根电棒子触了她一下，她一下子就晕了过去。一会儿她醒过来，一个女人拿着电棍子说你走不走不走还电你！她感到怒火满胸膛，但确实怕那电棍子的厉害，无奈，只得强压怒火，骂几句脏话，冲出了医院门诊大楼。

在大街上她徘徊了许久，然后坐上公共汽车，她记得自己好像要去一个专治精神病的医院，却鬼使神差般地在自然博物馆前下了车。然后她买了一张门票进入展厅。这地方她很熟悉，几乎每隔一个星期就要来一次。频繁地到这里来并不是因为她对这里感兴趣，她对这里不感兴趣，但她儿子对这里特别感兴趣，一进去就拽不出来。什么恐龙呀，猿人呀，儿子一边看一边像个饱学的老头子一样嘴里嘀嘀咕咕。她曾经把这现象告诉过王三，王三说这是好现象。她进入展厅后第一次感到这里的一切令人触目惊心。过去被忽视的东西现在十分鲜明地凸出出来。这个展厅雄辩地证明着的一个熟透了的理论——人是由猿猴进化而来！这个理论像一道辉煌而狰狞的九龙壁横在了她的面前，每一个字就是一条张牙舞爪的狂龙。站在那些图画和模拟塑像面前，她意识到自己拐弯抹角来到这里并不是鬼使神差。一切都跟丈夫变成猴子有关。她是来寻找例证的。既然猴子能够变成人（尽管是极其缓慢的），那么人变成猴子就不是彻底的荒诞。这是虽然荒诞但有根据的变化。她记得与王三谈恋爱时，这个大学中文系的学生曾经十分耐心给她讲过很多文学，有古代的有现代的，有中国的有外国的。现在她回忆起古今中外的文学中讲了许多人与神物之间互相变化的故事，譬如狐狸变人、人变甲虫等等。当时她是左耳听右耳冒，现在竟然还能再现那些十分清楚的印象。她又一次意识到自己的记忆力非常之好。她站在一排装着人类胚胎发育各阶段标本的大玻璃瓶子前，突然发现，人在母腹中的短短九个月，实际上是由兽变为人的缩影。在最初阶段，人的胚胎与猴子胚胎几乎没有区别，这就说明，每个人的身上都隐藏着一种变成猴子的基因，只要机会合适，每个人都可以变化。每个人都有可能变成猴子。她想，这不是倒退吗？但她立即又想到，在学校里听老师讲马克思主义时，老师说任何事物的变化发展都呈一种螺旋状。猴子变成人，人变成猴子，然后再由猴子变成人。如此循环往复以至无穷。教师说这种循环不是简单的重复，而是在原来基础上的提高。想到此，她郁闷的胸膛里袭进了一股清风，昏昏沉沉的头脑清醒了许多。生活果然如天上的彩霞一样绚丽，如地下的乱麻一样复杂：适才还是绝路一条，现在忽然大有希望。她想按照政治教师的理论，丈夫的这次变化仅仅是一次对王三的否定——猴子否定了王三——随后而来的应该是王三再否定猴子。但否定了猴子的王三已经不是原来的王三，而是在更高层次上的王三了。她一直对王三的碌碌无为不满意，这下好了，完成了否定之否定发展变化过程的王三必将以卓越的头脑创造出辉煌的业绩。对未来的美好前景的憧憬使体校教员心情极好。她腿脚轻飘飘地走出了自然博物馆。上了汽车后她还回望着所有这些破旧的建筑物，对它充满了感激之情。

在临近家门的水果摊上，她买了一包水果，有鸭梨，有苹果，有香蕉。她想起了猕猴桃。找到了猕猴桃，这种毛茸茸的东西价格昂贵，她犹豫半天，最后还是咬牙买了四颗。

转眼到了星期六，下午必须去幼儿园把全托的王小三接回来。

这六天在体校教员的感觉里，几乎长过了六年。她在企盼与焦虑中过日子，她在恐惧与愤怒中过日子。她企盼猴子尽快变化成王三；她焦虑着猴子越来越像猴子；她恐惧猴子趁自己睡熟时在自己身上做出什么事来，还恐惧丈夫变成猴子的消息传出去；她愤怒猴子在本就小的空间里不停地上蹿下跳，胡拉乱尿搞得她一刻也不得安宁。

她一直没去上班，业余体校是个纪律松弛的单位，没人过问。丈夫的大学可是名牌大学，星期三即来电话催问。电话是要到走廊里公用电话那儿，一个曾在市动物园饲养过河马和海豹的退休老职工来敲门传呼。在开门的瞬间，她看到眼窝深凹进去、动作古怪的老头满怀鬼胎地往屋里扫了一眼。这一眼扫得她心慌意乱。她看到他敏感地抽搐着鼻子，像在嗅什么味道。她想他一定嗅到了猴子的味道。在电话里，她又对丈夫的领导撒了谎，说王三上吐下泻，病得起不了床。

下午她锁好门走下楼梯，准备去幼儿园接王小三。走到半路上，忽然又想起了锁门时似乎没听到锁舌弹入锁口时那咔嗒一响。如果没锁住门——肯定没锁住门——无法收拾的情景在她眼前晃动起来：猴子跑了出来在走廊里蹿跳，邻居冲进了房间观看猴子。于是她急匆匆原路回家，上楼时，几乎与那个河马饲养员撞了个满怀。河马饲养员用河马般阴沉的目光逼视着她，她没有道歉，她开始怕这个恨这个老家伙，她大步流星地穿过走廊，到达自家房间的门口。门口一团漆黑。她推了推门，门锁得很牢。

她感到自己的神经确实出了毛病。她摸出钥匙拧开了门，看到猴子蹲在枕头上，手里捧着一本像砖头那么厚的字典在观看。一见到她进来，它扔掉字典，尖叫着，按照它既定的登高路线，由床头到冰箱由冰箱到衣柜由衣柜到暖气管子。它蹲在房间的制高点上，用不愉快的眼神看着她。她看看跌在床下的字典，看看居高临下的猴子，心中陡然翻腾起热浪：这是王三变成猴子之后第一次接触书本！猴子原本是王三与文化之间的障碍，现在它拿起了书本，变成了王三通向文化的中介。就像多数中介都必将消解在两个终端事物之间一样，猴子的消解也是必然的，甚至可以说已经开始。有一股酸酸的感觉压在她的鼻梁上，使她的鼻腔发痒，热热的清液从她的眼睛里沁出。她激动得嗓子打着颤抖对猴子说："三啊三，我的好孩子，你别怕，看到你看书，你不知道我的心里是何等的高兴，看吧，你大胆地看吧，你最好到你的书桌前写你的文章……"

她替猴子拉亮了灯，锁好了门。反复推拉证明确实锁好了门，她满怀希望地走，走着，走着，走到儿子的幼儿园。

她看到儿子瘦了许多，瘦出了一些猴模样。她问："儿子，你怎么啦？"

王小三眼泪汪汪地说："妈妈，我想猴子。"

不愉快的情绪立刻又泛滥起来，但她还是强装着笑脸说："猴子在家里，一会儿你就可以看到它了。"

她拉着儿子的手正要走，幼儿园大班的肥胖的范小姐叫住了她。范小姐与体校教员私交很好，当初全托王小三时就是走了她的后门。

范小姐问："大姐，你们家弄了一只猴子？"

体校教员大吃一惊，忙说："没有没有，我们家又不是动物园，弄只猴子干什么？"

"就是嘛，你们家又不是动物园，养猴子干什么。"体校教员认为，范小姐用别有用意的口吻说，"可你们的儿子这一周吃饭不好好吃，睡觉不好好睡，哭着嚷着要回家看猴子。"

范小姐用细长的眼睛盯着体校教员，体校教员掩饰道："他爸爸给他买了一个猴子玩具。"

范小姐说："怪不得呢。"

体校教员抱着儿子走出幼儿园大门。对儿子的泄密行为她很恼火。走到一个僻静处，她严肃地问儿子："小三，你为什么不听我的话把我们家的机密泄露给人？"

王小三夹着两眼泪花说："妈妈，我错了，你打我吧……"

体校教员看着儿子这副小可怜的样子，无可奈何地叹了一口气，说："反正已经泄露了，打你有什么用。"

一进家门，王小三一声欢呼，猴子一声尖叫，人和猴就闹到一堆去了。体校教员绝望地看到：那本大字典已经被猴子撕得粉碎，床上、地下都是字典的尸骸。

第二天上午，体校教员坐在床边麻木不仁地看着儿子和猴子厮闹，这时房门被敲响了。她警觉地站起来，问："谁？"

门外有一个熟悉的男子声音响起："大嫂，是我。"

"你是谁？"体校教员问。

"我是小许呀，王三老师的同事。"

"你来干什么？"她毫无礼貌地问。

门外的人似乎愣了一下，然后说："听说王老师病了，我来看看他。"

"他不在家。"

"大嫂，我把王老师的工资带来了，还有一些他的信件，另外，系领导让我跟王老师谈一些事情。"

体校教员认识这位小许，他是王三的好朋友。即便王三不在家，也没有理由把人家拒之门外。她很着急地看着孩子，发现猴子已经竖起耳朵听门外的动静。它的眼神里还具有明显的王三的特征。她的目光在房间里转动，非常自然地，她看到了衣柜。她对着门外说："你等一等。"

她附着儿子的耳朵叮嘱了许多话，然后，开了衣柜门，一把揪住猴子的脖子，将它塞进了衣柜。这是她第一次接触猴子的皮毛。猴子咧着嘴，发出吱吱哇哇的叫声。她顾不了许多，迅速地关好柜门，并上了锁。她略微收拾了一下凌乱不堪的房间，再次叮咛了儿子几句，然后，拔掉门上的插销，拉开了门。

她看到模样清秀的小许一进门就皱起了鼻子，知道他嗅到了猴子的味道。她冷冷地说："对不起，家里有孩子，乱糟糟的。"

小许说："没什么，没什么，我家比你家还要乱。"

"坐吧。"她依然冷冷地说。

小许在王三坐惯了的那把椅子上坐下，眼睛鬼鬼祟祟地东张西望。

体校教员说："王三出去了，要晚上才回来。"

"没事，没事，我坐几分钟就走。"小许说，"这是小三吧，半年不见，长高了不少。"

小许说完就对着小三招手，说："小三，还记得我是谁吧？"

小三瞪着眼看着他，一脸的不高兴。

体校教员说："这孩子，越长越不懂事！这不是你许叔叔么，快叫!"

小三的眼睛早转到衣柜那儿去了。体校教员伸手把他扯过来，说："不是让你叫许叔叔吗?"

小许摆着手说："不用了不用了，小男孩一般都嘴懒。"

体校教员说："跟他老子一模一样，三脚踢不出个响屁来。"

小许笑了几声，问："听说王老师病得不轻?"

体校教员说："也没什么大病。"

小许从书包里掏出一个信袋，说："这是王老师的工资，您点点数。"

体校教员说："点什么，错不了的。"

小许说："还是点点好。"

这时大衣柜里有猛烈的声音响起，小许警觉地回头去看。

体校教员脸色煞白地挤到衣柜前，拍着柜门骂道："该死的耗子，等客人去了再跟你算账!"

小许说："这耗子真够猖狂的。"

体校教员说："可不是怎么着，要不政府花大力气宣传灭鼠干什么。"

小许又掏出几封信说："这是王老师的信，您转给他吧!"

体校教员说："谢谢您啦!"

衣柜里又闹腾起来。小许笑着说："这耗子成了精了。"

体校教员红着脸说："是成了精了。"

小许说："大嫂，转告王老师，说系里领导让他无论如何下周要到学校去趟，有关评职称的事，马虎不得。"

体校教员说："好，他回来我就告诉他。"

小许站起来，说："小三，跟我去玩吧。"

小三张了张嘴，没发出声音。

小许说："大嫂我去了。"

体校教员说："谢谢你小许，这么大老远还跑一趟，真是太谢谢了。"

小许说："不客气不客气。"

体校教员送小许到门口，小许双手抱拳，说："大嫂免送！"

体校教员说："小许好走！"

体校教员背靠在门上，大口地喘着粗气。王小三急不可耐地拧开大衣柜的门，放猴子出来。猴子跳出来，抓着柜子里的衣服一件件往外拖，好像要借此发泄被关在柜子里的愤怒。

体校教员感到自己已经接近了发疯的边缘。猴子翘起的尾巴和那赤红的屁股激起她生理上的强烈厌恶。她骂道："王三你这个畜生，我对你已经做到仁至义尽了！"

猴子不理她，只管往外拖衣服。体校教员弯腰抄起一辆玩具坦克车，对准猴头掷过去。她经过训练的胳膊抛出的物件既有力又准确，坦克车正中猴子的后脑勺。它凄厉地叫了一声，身体跳起足有一米高，然后轻绵绵地跌在地上。

王小三大声哭叫起来。他扑到猴子身上，用在幼儿园里学到的脏话痛骂着体校教员。体校教员的身体沿着门板滑坐在地上。她一声不吭，像痴了一样。

体校教员背着哭得发昏的儿子，到了她的堂叔的家。堂叔一见她娘俩的模样，吓了一大跳，慌忙下楼把正在街上宣传灭鼠的老伴叫回来。老两口询问半天，体校教员只是默默流泪，什么话也不说。她的堂叔是一家大棉纺织厂的退休干部，脾气很烈，他一拍桌子说："不要哭了嘛！有什么问题说出来嘛！这样哭下去根本解决不了问题嘛！"

于是体校教员便两行鼻涕两行泪地向堂叔和堂婶诉说了王三变成猴子的经过和王三变成猴子后她的悲惨处境。

堂叔哆嗦着手点了一支烟，吸了两口，说："你不是胡说?"

体校教员道："不信你就去看看，我把它打昏了，它躺在我们房间里呢！"

堂婶道："这可真是从来没听说过的奇事。"

王小三又哼哼唧唧地哭起他的猴子来。

体校教员说："别哭了，那猴子是你爹变的，咱娘俩被他害苦了。"

堂叔想了许久，然后说："小梅，这件事如果真像你说的那样，大概也没有法子可以挽回了，我看你该去公安局报案！"

堂婶说："你出什么馊主意！一报案，小梅还不得落个谋杀亲夫的罪名！人家才不会相信那猴子就是王三呢！"

堂叔道："那就向王三的学校领导去汇报。"

"这跟去向公安局报案有什么区别?"

堂叔说："那你说怎么办?"

堂婶道："我琢磨着，他能变成猴子，也就能变回来，关键是要找个他怕的人诈唬诈唬他。"

堂叔道："他怕谁?"

堂婶道："我记得他小时候挺怕他爹。你记不记得，有一次咱大哥喊了他一声，吓得他把裤子都尿了?"

堂叔道："大哥快八十岁了，虎老了不咬人，只怕再也诈唬不住他了。"

堂婶说："也只好死马当成活马医了。"

堂叔道："去把大哥接来？"

堂婶道："那多慢？这样吧，把小三放在这儿，我看着，你和小梅把他送回老家，让大哥扇他耳刮子，诈唬他几声，没准就变回来了。大哥是属虎的，虎是百兽之王，吓唬只小猴子还是绰绰有余。"

堂叔道："火车上不让带活物的。"

堂婶道："你们厂里不是跟盐城有业务关系吗？盐城每天都有拉货的车来，送司机条烟，搭个便车就行了。"

堂叔说："就照你说的办吧，不过，万一变不回来呢？"

堂婶生气地说："嗨哟，你看你哪像个大老爷们！变不回来再想变不回来的法子，老是这样拖着，事情早晚要发，那时小梅浑身是嘴也辩不清楚了。"

堂叔说："就听你的吧！"

堂婶、堂叔、汪小梅、王小三四个人回家看变成猴子的王三，堂叔一边走一边唠叨："这这这这算什么事哟！"

四个人走到斜街的尽头，就听到筒子楼前吵吵嚷嚷一片人声。一拐弯就看到广告牌前的白杨树下围着一大堆人。阳光很强烈，那些人都仰着脸往树上看。体校教员敏锐地感觉到事情与猴子有关。她对堂叔和堂婶说："坏了，事情八成败露了。"

王小三眼尖，叫道："猴子，我家的猴子在树上。"

四个人急忙跑到树下，仰起脸来，果然看到那只猴子蹲在一根树杈上，对着树下的观众扮鬼脸。

观众议论纷纷，说肯定是动物园里的猴子逃出来了。体校教员看到那个过去的河马饲养员杂在人堆里。他的目光不在猴子身上，他的目光定在那扇被猴子推开的窗户上。体校教员感到河马饲养员是个可怕的敌人。

有几个顽皮男孩从腰里摸出弹弓瞄准猴子发射泥丸。有一颗泥丸打在猴子臂上，猴子尖叫一声，在树冠中蹿跳起来，它的灵活矫健的身形让体校教员的绝望到达极点。如此合格的猴子要想变成人几乎是不可能的了。

王小三从堂姊手里挣脱出来，像匹小兽一样扑向持弹弓的顽童。他扑倒了一个顽童，并且用牙齿咬破了那顽童的手背。顽童手背上流着血，啼哭起来。王小三也哭了，他哭着叫："不许你们打它，这是我家的猴子，它是我爸爸变的!"

围观者中爆发出一阵阵怪笑，怪笑之后是七嘴八舌的怪话。

体校教员茫然失措地呆立着。

一个巡逻的警察踱过来，悄悄地仰脸观察着。

体校教员看到警察的手指颤抖着伸向腰带，他的腰上挂着手枪。一个灰白的、罪孽深重的念头在她脑子里闪过，她希望警察开枪把它从树上打下来。只要警察一开枪，便一了百了。可怜的警察有开枪射杀罪犯的权力，却没有开枪射杀猴子的权力，他颤抖的手指移到裤兜里，摸出一条脏手绢，擦拭着脖子上的汗水。

警察喊道："散了吧散了吧，不要围在这里生事。猴子问题我通知动物园来解决!"

群众没有理睬他。他又干巴巴地喊了几声，然后一个人懒洋洋地走了。

堂姊果然是个有主意的人，她把丈夫、汪小梅和王小三招呼到楼上。

汪小梅开了门。

毫无疑问树上的猴子就是王三变成的那只猴子，因为窗户洞开，屋里没有猴子。猴子是踏着窗台跳到树上的。汪小梅知道猴子跳窗逃走与自己用玩具坦克车袭击了它有关。

堂叔和堂婶像两个老练的公安一样察看着屋里的一切。汪小梅向他们讲解着。面对着满屋的猴屎猴尿和沾在暖气管子上的猴毛，堂叔和堂婶面色严肃。

堂婶说："把它引进来。"

堂叔说："怎么引它？"

堂婶道："用水果。"

堂叔道："家里有水果吗？"

汪小梅拉开冰箱摸出两个干巴了皮的橘子。堂婶说："小三，你叫它！"

小三举着橘子，踩着一只小凳子，趴在窗台上，对着猴子喊："猴子，过来，过来吃橘子！"

猴子蹲在树冠尽顶上一根手指般粗细的树杈上，身体随风摆动。广告牌上的大猴子闪闪发亮。

堂婶说："小三，叫爸爸！"

小三举着橘子，喊："爸爸，来家吃橘子！"

猴子转过了头。它全身的毛油汪汪地闪。

堂婶把汪小梅推到墙旮旯里躲藏着，让王小三继续喊。

"爸爸呀，回来吧！"猴子果然从树梢上溜到与窗户平齐的地方，然后一个凌空飞跃，像一道绿油油的闪电滑进了房间。

堂婶扑上去关闭了窗户。楼外的喧闹声立刻变得很微弱了。

王小三把橘子递给猴子。猴子抢过橘子，跳到暖气管子上，蹲着啃起来。橘子的汁液滴到地上。

门外传来敲门声。汪小梅缩成一团。堂婶上去开了门。迎门站着几个戴红袖标的老太太。其中一个说："居民楼里不许饲养动物！"

堂婶说："哟，这不是胡大姐吗？"

傍晚时分，四个人牵着脖子上拴着腰带的猴子离开了筒子楼。一切的麻烦都被堂婶解决了。

他们去了棉纺厂，找到一辆江苏盐城的车。司机是个胡须很盛的小伙子。他同意汪小梅携带猴子搭车。

王小三哭得很凶。

晚上九点多钟，卡车驶离城市，进入茫茫的原野。道路宽阔平坦，夜行的车辆很多，一道道的灯光把路边的高大树木照得成排扑倒似的。发动机的轰鸣在深沉的夜里显得格外刺耳，汽车飞驰，有点风驰电掣的意思，有点威风凛凛的意思。汪小梅抱着猴子坐在驾驶室里。猴子嘴里的酒气熏得她昏昏欲睡。为了使猴子安静，给它灌了半斤白酒，这当然也是堂婶出的高招。

车在漫漫长夜中奔驰。汪小梅有些心虚。

第二天早晨，体校教员汪小梅牵着猴子出现在山东南部的一个小县城里。她感到肚子有点饿了，便沿路寻找饭铺，就这样寻寻觅觅地，她牵着猴子来到了火车站广场。猴子跟着她，时而直立行走，时而四肢爬行，有几次曾试图蹦到汪小梅肩头上去，但都没有成功。并不是猴子的弹跳力不够，而是汪小梅的身体回避。虽是凌晨，车站的小广场上还是人来人往。广场边缘上有很多露天的小饭摊，有卖油条豆浆的，也有卖烧饼卤肉的。汪小梅买了半斤油条、两碗豆浆。她送一碗豆浆给猴子，猴子不喝。她递一根油条给猴子，猴子接了，胡乱咬了几口，便扔掉了。为了猴子的健康，她买了一串山楂葫芦喂它，猴子吃山楂葫芦，汪小梅被条件反射出一腔口水。

后来，她就牵着猴子在车站广场上漫无目的地转悠起来，一群好奇的人跟在她和她的猴子的后边。这个县城远离山林又远离大城市，活猴子是个稀罕物，所以观者甚众。有人还说：大姐，让你的猴子给我们耍几套把戏吧。汪小梅不理他们。

牵着猴子的女人成为这个县城车站广场的一个小风景很长一段时间了，早晚的气温也逐渐凉了下来，事情终于有了结局——

那一天车站广场上来了一个掮着猴子的男人。男人手提着一面铜锣，他是个很熟练的耍猴戏的人。他一边敲着铜锣一边歌唱着：

> 铜锣一敲咣咣咣
> 叫一声我的猴儿听端详
> 你给各位乡亲耍把戏
> 各位乡亲便会把你来犒赏
> 你玩一个二郎担山追明月
> 再玩一个凤凰展翅赶太阳
> 玩一个花和尚倒拔垂杨柳
> 再玩一个武松打虎景阳冈
> ……
> 各种的把戏你玩了一遍
> 约你个笸箩去收犒赏

小猴子端着一个草编的小笸箩，戴着红色的小帽，穿着青色的小衣裳，拖着尾巴，十分滑稽可爱地绕圈收钱。看过了猴戏的人都把一些二分面值或五分面值的硬币扔到小筻箩里。也有一些比较慷慨的人，扔一张一角或两角的纸票。猴子端着小筻箩，转到了汪小梅面前，这时的汪小梅已经衣衫褴褛形同乞丐，腰里没有一分钱。她定定地看着面前的猴子，又抬头看看那耍猴的男人。男人也在直着眼看着她。她感到与这男人似曾相识，却又想不起何时何地与这男人相识。这时，她身后的猴子已经冲到了男人的猴子面前，两只猴子没有撕咬，而是像它们的主人一样，两张猴脸正对，四只猴眼相接，猴脸上的表情生动如画。后来汪小梅的猴子主动地伸出一只手去摸了摸男人的猴子的脑袋，男人的猴子也伸出手回摸汪小梅的猴子。它们的动作极像幼儿园里的两个小朋友，但它们不是幼儿园的小朋友，所以便产生了幽默、产生了趣味，围观的人们都陶醉在这幽默与趣味之中，暂时忘却了各自的烦心事。

（1991 年 5 月于北京厂桥仓库）

第三辑

喧嚣与真实

——

 导读提示

人类社会似乎从来没有像现在这般热闹——琳琅满目的商品、花样繁多的娱乐，还有各式各样的观点、意见，无时无刻不在轰炸着我们的大脑。世界从未如此丰富多彩，也从未这般令人无所适从。在本辑文章中，我们将透过莫言的眼睛，去观察种种社会、文化现象。

打人者在举起拳头的一刻，也成了被打者；在这个效率至上的时代，有时"悠着点，慢着点"，才能行得更稳、走得更远；在他人目光的包围中，我们还能展现自己本来的面貌，保持独立思考的能力吗？尽管获得了诺贝尔文学奖，莫言依然认为自己只是一个"讲故事的人"……

当时代的喧嚣充斥着耳膜，让我们感到困惑、犹疑，不妨跟随莫言的文字，在阅读与思考中，重新找回内心真实的声音。

吃 的 耻 辱

"吃人家嘴短"的意思很明白，仅仅有这点意思那简直不算意思，我的意思是说吃人一棵胡萝卜所蒙受的耻辱哪怕用一棵老山参也难清洗。

有一次，朋友把我请去吃饭，吃了一盘胡萝卜丝，吃了一盘粉丝，还吃了一盘像橡皮一样难以嚼烂的肉。吃完了，我心感动，心中暗想，吃人一碗，要报一盆，点滴之恩，应该涌泉相报。

隔了几天，一群朋友聚会，我为了一句什么话把这位曾经请我吃过一次饭的朋友得罪了。他咬牙切齿地说："你的良心让狗吃了吗？前几天，我去香格里拉饭店买了美国加州的酱小牛肉，去长城饭店买来西班牙产的胡萝卜，去友谊商店用外汇券买了专供外国人的波罗的海鱼子酱，还有高级的奶油，吃得你小子满嘴流油，可是你一转眼就忘记了。那些小牛肉还没消化完吧？"

我感到浑身冰凉，这时悔之莫及。我恨不得把自己这张不争气的嘴巴用胶布封了。你当年吃煤块不也照样活吗？你去吃人家那点胡萝卜丝和粉丝干什么？实在馋了，你自己去买一麻袋胡萝卜把自己吃成一只兔子也花不了多少钱，但你吃了人家的东西，就要听人家的，就要承受人家施加到你身上的侮辱。我这人最大的毛病就是没有记性，像狗一样，记吃不记打。当时气得咬牙切齿地发狠，但过不了几天就忘了。又有一个朋友请我去吃饭，上了一只煤球炉子，炉子上放了一口锅，锅里放了十几只虾米，一堆白菜，还有一些什么肉。吃着吃着我的凶相又原形毕露了，那朋友就说："看看莫言吧，吃的一上桌，又奋不顾身了！"

一句话把我的心彻底地凉透了，因为吃人家的东西所蒙受的耻辱一桩桩一件件涌上心头。我怎么这样下贱？我怎么这样没有出息？你实在想吃，一个人下个馆子不就行了吗？你想怎么吃就怎么吃！你想多么凶恶地吃就多么凶恶地吃。你吃光了肉把盘子也舔了也没人嘲笑你。你自己经常地忘记自己的身份，你忘了自己是一个乡巴佬，人家那些人从根本上就瞧不起你，压根儿就没把你当个人看。人家有时找你玩玩，那是无聊，那是天鹅向水鸭子表示亲近，如果水鸭子竟因此而想入非非，那水鸭子就惨了。想明白了道理后，我发誓宁愿饿死也不再吃人家的东西了，就像朱自清宁愿饿死也不吃美国面粉一样。我还发誓万不得已跟人家在一起吃饭时，一定要奋不顾身地抢先付账。我付账，那么即便我吃得多一点人家也就不会笑话我了吧？

有一次去吃烤鸭，吃到一半时我就把账结了。几个贵人都十分高雅地填饱了那些高贵的胃袋后，桌子上还剩下许多，这时，农民的卑贱心理又在我的心中发作了。多么可惜啊，这些大葱，这些大酱，这些洁白的薄饼，这些香酥的鸭片，都是好东西，浪费了不但可惜，还要遭到天谴的。于是我就吃。这时，有人说："瞧瞧莫言吧，非把他那点钱吃回去不可。"我感到脸上火辣辣的，好像挨了一记响亮的耳光。人家还说："你们说他的饭量怎么会这样大？他为什么能吃那样多？要是中国人都像他一样能吃，中国早就吃成水深火热的旧社会了。"

我这才悲哀地认识到，世界上的事情，其实早就安排好了。

该着受侮辱的命，给你戴上顶皇冠也逃脱不了的。

前年春节回家探亲时，我把这些年在北京受到的委屈，一桩桩一件件地说给母亲听。母亲说："我就不信，人活一口气，再去吃宴席，行前先喝上两大碗稀饭，然后再吃上两个大馒头，上了宴会，还能做出那副饿死鬼相吗？"

回到北京后，我遵循着母亲的教导，上了宴席，果然是不猴急了，吃得温良恭俭让，像英国皇室里的厨子那样。我等待着大家的表扬，可是一个人却说："看看莫言那个假模假样的劲儿，好像他只用门牙吃饭就能吃成贾宝玉似的。"

众人大笑，食欲大增。有个人说："人啊，还是本色些好，林黛玉也要坐马桶的。"

"娘啊，简直是没有活路了啊……"

娘说："儿啊，认命吧。命中该有什么，就得承受什么。"

我问："娘啊，咱们一大家人，为什么就单单我因为吃蒙受了很多耻辱？"

娘说："儿啊，你这算什么？娘在六〇年里，偷生产队的马料吃，被人抓住了吊起来打。当时想，放下来就一头撞死算了。可等到放下来，还不是爬着回了家。你大娘去西村讨饭，讨到麻风病的家里，看到人家过堂里方桌上有半碗吃剩的面条，你大娘看看无人，扑上去就用手挖着吃了。麻风病人吃剩的面条，脏不脏？你受这点委屈算得了什么？娘分明看到你一天比一天胖了起来，不享福，如何能胖起来？儿啊，你这是享福啊，不要身在福中不知福啊！"

我仔细地思考着母亲的话，渐渐地心平气和了。是啊，所谓的自尊、面子，都是吃饱了之后的事情，对于一个饿得将死的人来说，一碗麻风病人吃剩的面条，是世间最宝贵的东西。当然也有宁愿饿死也不吃美国救济粮的朱自清先生，但人家是伟人，如我这种猪狗一样的东西，是万万不可用自尊、名誉这些狗屁玩意儿来为难自己的。

（1992 年）

打 人 者 说

题目是《打人者说》，其意为：凡打人者，总是有许多的话要说。首先要对被打者说，说"我"——或是"我们"——更多的时候是"我们"，为什么要打"你"，抑或是"你们"。凡打人者，之所以打人，总是首先要占领一个道德的高地，于是义正词严，举拳有理。一般情况下，被打者是没有权利，也没有机会为自己申辩的，因为，当象征着正义或代表着正义的拳头高高地举起来时，道德审判的工作就已经完成。接下来进行的就是正义的报复。我们在我们的历史上以及在我们的现实生活中，已经见惯了这种正剧——即便是惨剧，我们也只能当作正剧看。我们在从小接受的教育中，已经把这样的惨剧当成公道和天理。这公道和天理的根本依据就是：杀人者偿命，作恶者受罚。于是，我们把人施之于他人肉体的暴力，当成了天道的报应。于是，我们不仅习惯于棍棒施之于肉体，我们还习惯于拳脚施之于妇婴，以及那些天才狱卒们发明的酷刑，因为这一切，都是假借了正义和天道。关于人跟动物的根本区别，有种种亦庄亦谐的判断。但我要说：人与动物的根本区别在于，人可以对同类施以酷刑。

以上这些漫无边际的感慨，都是因为不久前我去怀柔的一个画室，看了中央美术学院毕建勋教授一幅巨大的中国画而生发的。这幅画长约六米，高约三米，画面上有一百多人，有两个人在痛打一个躺在地上的人，其余都是身份各异、年龄不同、表情万端的围观者。这幅画作的题目就叫《打人》。刚开始我以为是幅油画，但问过之后知道是幅国画，是使用中国水墨和中国纸张画成的中国人物画，这些对我来说都无关紧要，对我有意义的是这幅巨作所产生的力量。画家问过我的感受，我说：震撼！又问，还是震撼。这震撼当然与画作的尺幅有关，但这不是最重要的，最重要的是这幅画作所表现出的我们司空见惯了的场景，实际上成了一面巨大的镜子。这镜子照出的是人心，是我们已经麻木的灵魂。

我对画家说，我已经活了五十五岁，童年时曾经挨过很多次打，父母打过，老师打过，村里的同伴打过，村里的干部也打过，但我除了打过女儿一次，从来没有打过人。即便是打女儿那一次，也是我心中难以逝去的痛，想起来便感到深深的罪疚。但这能否说明我就是一个好人呢？能否说明我是一个善良的人呢？不能！因为我看过无数次打人，当然都是以正义的名义打恶人。当我看到集市上的小偷被群众顷刻之间打得血肉模糊时，我的心中产生过不忍，但我当时并不认为这样的行为是不人道的。即便我心中觉悟到就是真正的罪犯群众也没权力对其施以酷刑和肉体打击时，我也没有胆量跳出来为被打者说一句话。这幅巨作上的那些旁观者，其实就是我，其实就是我们。

旁观者是我们，打人者会不会也是我们？其实，只要做了旁观者，完全可能成为打人者。我，也许是我们，每个人的内心深处都藏着一个打人者。当我们遭受了不白之冤时，当我们蒙受了奇耻大辱时，当我们遭受了不白之冤蒙受了奇耻大辱而又没有力量报复时，我们的心中，是否想象过一个对那些恶人施以暴力的场景？你们也许没有，但我有。几年前当一个蛮不讲理的女人无端地欺辱了我和家人时，我想象过对这个女人施以酷刑的场面。这样的冤冤相报是人世间循环上演的戏剧，符合多数人的心理。据此我说，尽管我们从来没有打人，尽管我们今生也不会打人，但这幅题名《打人》的巨作却与我们每个人有关，因为我们都在精神上打过人，并有可能成为真正的打人者。

当然，我们也很有可能成为被打者。当所有的人都认为施恶者挨打是天道时，那么，天道就是一张施恶的遮羞布。当强者对弱者举起拳头时，完全可以把被打者说成是杀人犯强奸犯纵火犯，但没有人去深究被打者是不是真的有罪。就这样，许多无辜的人，都被当成恶人打了，或者被打死了。人，一旦可以打人，不管出于什么理由，就说明人还不是真正的人；人，一旦可以打人，不管你打的是什么人，你距离野兽就很近。其实，这个地球上，真正的猛兽不是老虎也不是狮子，而是人。人可以成为天使，也可以成为魔鬼。人心可以是天堂，也可以是地狱。所谓六道轮回，其实都在人心中，一念之差，此身已堕入地狱。拳头举起来，灵魂沉下去。这些意思，画家已经用他的画面，向我们表露得十分清楚。

当年，鲁迅用他的笔，揭露了"看客"心理。有人说这是中国人的劣根性，其实，这不独是中国人的劣根性，而是全人类的劣根性。我的小说《檀香刑》是受鲁迅对看客心理的批判启发而作。我想到，看客之外，还有施刑者与受刑者，这三者之外还有导演，四方合一，方能构成一台大戏。于是我写了刽子手，写了罪犯，也写了施刑的场面。有些人对这部小说中的"残酷描写"多有批评，但我想，酷刑也是一面镜子，会照出各种嘴脸，当我们从中看到自己的狰狞嘴脸时，是需要一点勇气才敢于承认那就是"我"的。毕教授的画作《打人》与我的拙作《檀香刑》多有暗合之处，只不过画面的力量较之文字的力量更为直接。我不敢说自己已经看懂了毕教授的画，但起码，从毕教授的画里，我看到了我自己。

似乎仅仅用画笔还不足以将心中的话表现出来，毕教授与他的研究生盛华厚，又合作了与《打人》这幅画密切关联的诗剧《打人》。我认真地读了这诗剧，深受感动。尤其是尾声部分，几乎是泣血椎心，像一个人，为了把爱灌输到荒凉的人心而顿足悲号。看到这里，我似乎懂了，毕教授画《打人》，不仅仅是要用这种巨幅画面警醒世人，而且要唤醒人心中沉睡的爱，对他人的爱、对自己的爱，也是对人类的爱。爱是《打人》的唯一主题。

> 我挚爱的人啊/你们自己把自身摧残至此/你把我摧残至此/你把你摧残至此/那无处不在的摧残/就是我的悯人悲天/别再让我痛苦万般

这样的爱超越了阶级、种族甚至善恶。虽然这样的爱从来没被实行过，今后也不可能被实行，但我相信这样的爱是存在的。

（2010 年 8 月 21 日）

贫富与欲望*

　　人类社会闹闹哄哄，乱七八糟，灯红酒绿，声色犬马，看上去无比的复杂，但认真一想，也不过是贫困者追求富贵，富贵者追求享乐和刺激——基本上就是这么一点事儿。中国古代有个大贤人司马迁说过："天下熙熙，皆为利来；天下攘攘，皆为利往。"中国的圣人孔夫子说过："富与贵，是人之所欲也；贫与贱，是人之所恶也。"中国的老百姓说："穷在大街无人问，富在深山有远亲。"无论是圣人还是百姓，无论是知识分子还是文盲，都对贫困和富贵的关系有清醒的认识。

　　为什么人们厌恶贫困？因为贫困者不能尽情地满足自己的欲望。无论是食欲还是性欲，无论是虚荣心还是爱美之心，无论是去医院看病不排队，还是坐飞机头等舱，都必须用金钱来满足，用金钱来实现。当然，如果出生在皇室，或者担任了高官，要满足上述欲望，大概也不需要金钱。富是因为有钱，贵是因为出身、门第和权力。当然，有了钱，也就不愁贵，而有了权力，似乎也不愁没钱。因为富与贵是密不可分的，可以合并为一个范畴。

　　贫困者羡慕并希望得到富贵，这是人之常情，也是正当的欲

　　* 本文原标题为《悠着点，慢着点："贫富与欲望"漫谈》。

望。这一点孔夫子也给予肯定，但孔夫子说：尽管希望富贵是人的正当欲望，但不用正当的方法得到的富贵是不应该享受的；贫困是人人厌恶的，但不用正当的手段摆脱贫困是不可取的。时至今日，圣人两千多年前的教导，早已变成了老百姓的常识，但现实生活中，用不正当的方式脱贫致富的人比比皆是；用不正当的方式脱贫致富，但没受到惩罚的人比比皆是；虽然痛骂着那些用不正当的方式脱贫致富了的人，但只要自己有了机会也会那样做的人更是比比皆是。这就是所谓的世风日下，人心不古。

古之仁人君子，多有不羡钱财，不慕富贵者。像孔夫子的首席弟子颜回："一箪食，一瓢饮，在陋巷，人不堪其忧，回也不改其乐。"三国时高人管宁，锄地见金，挥锄不顾。同锄者华歆，捡而视之，复掷于地。虽心生欲望，但能因为面子而掷之，已属不易。庄子垂钓于濮水，楚王派两个使臣请他去做官，他对两个使臣说：楚国有神龟，死后被楚王取其甲，用锦缎包裹，供于庙堂之上。对神龟来说，是被供在庙堂之上好呢？还是活着在烂泥塘中摇尾巴好呢？使臣说，那当然还是活着在烂泥塘中摇尾巴好。庄子的这则寓言，包含着退让避祸的机心。

尽管古人为我们树立了清心寡欲、安贫乐道的道德榜样，但却收效甚微。人们追名逐利，如蚊嗜血，如蝇逐臭，从古至今，酿成了无量悲剧，当然也演出了无数喜剧。文学作为反映社会生活的艺术形式，当然会把这个问题作为自己研究和描写的最重要的素材。文学家大多也是爱财富、逐名利的，但文学却是批判富人、歌颂穷人的。当然文学中批判的富人是为富不仁或通过不正当手段致富的富人，文学中歌颂的穷人也是虽然穷但不失人格尊严的穷人。我们只要稍加回忆，便能想出许许多多的文学作品中的典型人物，作家在塑造他们的性格时，除了给予生死和爱恨情仇的考验之外，经常使用的手段，就是把富贵当成试金石，对人物进行考验。禁得住富贵诱惑的自然是真君子，禁不住富贵诱惑的便堕落成小人、奴才、叛徒或是帮凶。当然，也有许多的文学作品，让他的主人公借着金钱的力量，复了仇，雪了恨，达到了自己的目的。也有的文学作品，让自己的善良的主人公有了一个富且贵的大团圆结局，这就又从正面肯定了富贵的价值。

人类的欲望是填不满的黑洞，穷人有穷人的欲望，富人有富人的欲望。渔夫的老婆起初的欲望只是想要一只新木盆，但得到了新木盆后，她马上就要木房子；有了木房子，她要当贵妇人；当了贵妇人，她又要当女皇；当上了女皇，她又要当海上的女霸王，让那条能满足她欲望的金鱼做她的奴仆，这就越过了界限，如同吹肥皂泡，吹得过大，必然爆破。凡事总有限度，一旦过度，必受惩罚，这是朴素的人生哲学，也是自然界诸多事物的规律。

民间流传的许多具有劝诫意义的故事都在提醒人们克制自己的欲望。据说印度人为捕捉猴子，会制作一种木笼，笼中放着食物。猴子伸进手去，抓住食物，手就拿不出来。要想拿出手来，必须放下食物，但猴子绝对不肯放下食物。猴子没有"放下"的智慧。人有"放下"的智慧吗？有的人有，有的人没有；有的人有的时候有，有的人有的时候没有。有的人能抵挡金钱的诱惑，但未必能抵挡美女的诱惑；有的人能抵挡金钱美女的诱惑，但未必能抵挡权力的诱惑。人总是会有一些舍不得放下的东西，这就是人的弱点，也是人的丰富性所在。

中国的哲学里，其实一直不缺少这样的理性和智慧，但人们总是"身后有余忘缩手，眼前无路想回头"。贪婪是人的本性，或者说是人性的阴暗面。依靠道德劝诫和文学的说教能使人清醒一些，但不能从根本上解决问题。于是，佛教就用"万事皆空，万物皆无"来试图扼制人的贪欲，因为贪欲是万恶之源，也是人生诸般痛苦的根源。于是，就有了《红楼梦》里的《好了歌》：

世人都晓神仙好，唯有功名忘不了！
古今将相在何方？荒冢一堆草没了！
世人都晓神仙好，只有金银忘不了！
终朝只恨聚无多，及到多时眼闭了！
世人都晓神仙好，只有娇妻忘不了！
君生日日说恩情，君死又随人去了！
世人都晓神仙好，只有儿孙忘不了！
痴心父母古来多，孝顺儿孙谁见了？

要控制人类的贪欲，最直接最有效的手段还是法律。法律如同笼子，欲望如同猛兽。人类社会千百年来所做的事，也就是法律、宗教、道德、文学与人的贪欲的搏斗。尽管不时有猛兽冲出牢笼伤人的事件，但基本上还是保持了一种相对的平衡。人与人之间的友好关系，需要克制欲望才能实现；国与国之间的和平关系，也只有克制欲望才能实现。一个人的欲望失控，可能酿成凶杀；一个国家的欲望失控，那就会酿成战争。由此可见，国家控制自己的欲望，比每个人控制自己的欲望还要重要。

毫无疑问，贫富与欲望，依然是当今世界的主要矛盾，是人类痛苦或者欢乐的根源。中国人近年来的物质生活有了巨大的改善，个人的自由度较之以前也有了大幅度的宽松，但人们的幸福感却没有多大的提高。因为财富分配不公，少数人利用不正当的手段致富导致的贫富悬殊已成为影响社会安定的主要原因。那些非法致富的暴发户们的骄奢淫逸、张牙舞爪引起了下层百姓的仇视，以至于形成了一种强烈的仇富心理。而富豪与权势的勾结又制造出种种的恶政和冤案，这就使老百姓在仇富心理之外又加上一种仇官心理。仇富与仇官的心理借助网络这一现代化的传播方式，掀起一波又一波的滔天巨浪。即使某些人物和阶层谈网色变，恶行有所收敛，但网络自身也成为藏污纳垢的场所。

一百多年前，中国的先进知识分子曾提出"科技救国"的口号；三十多年前，中国的政治家提出"科技兴国"的口号。但时至今日，我感到人类面临着的最大危险，就是日益先进的科技与日益膨胀的人类贪欲的结合。在人类贪婪欲望的刺激下，科技的发展已经背离了为人的健康需求服务的正常轨道，而是在利润的驱动下疯狂发展以满足人类的——其实是少数富贵者的——病态需求。人类正在疯狂地向地球索取。我们把地球钻得千疮百孔，我们污染了河流、海洋和空气；我们拥挤在一起，用钢筋和水泥筑起稀奇古怪的建筑，将这样的场所美其名曰城市；我们在这样的城市里放纵着自己的欲望，制造着永难消解的垃圾。与乡下人比起来，城里人是有罪的；与穷人比起来，富人是有罪的；与老百姓比起来，官员是有罪的。从某种意义上来说，官越大罪越大，因为官越大排场越大、欲望越大，耗费的资源就越多。与不发达国家比起来，发达国家是有罪的，因为发达国家的欲望更大。发达国家不仅在自己的国土上胡折腾，而且还到别的国家里，到公海上，到北极和南极，到月球上，到太空里去瞎折腾。

地球四处冒烟，浑身颤抖，大海咆哮，沙尘飞扬，旱涝不均等等恶症候，都与发达国家在贪婪欲望刺激下的科技病态发展有关。

在这样的时代，我们的文学其实担当着重大责任，这就是拯救地球、拯救人类的责任。我们要用我们的作品告诉人们，尤其是那些用不正当手段获得了财富和权势的富贵者们：他们是罪人，神灵是不会保佑他们的。我们要用我们的作品告诉那些虚伪的政治家们：所谓的国家利益并不是至高无上的，真正至高无上的是人类的长远利益。我们要用我们的作品告诉那些有十几辆豪华轿车的男人们，他们是有罪的；我们要告诉那些置买了私人飞机、私人游艇的人，他们是有罪的。尽管在这个世界上有了钱就可以为所欲为，但他们的为所欲为是对人类的犯罪，即便他们的钱是用合法的手段挣来的。我们要用我们的文学作品告诉那些暴发户们、投机者们、掠夺者们、骗子们、小丑们、贪官们、污吏们：大家都在一条船上，如果船沉了，无论你是身穿名牌、遍体珠宝，还是衣衫褴褛、不名一文，结局都是一样的。

我们应该用我们的文学作品向人们传达许多最基本的道理，譬如房子是盖来住的，不是用来炒的。如果房子盖了不住，那房子就不是房子。我们要让人们记起来：在人类没有发明空调之前，热死的人并不比现在多；在人类没有发明电灯前，近视眼远比现在少；在没有电视前，人们的业余时间照样很丰富。有了网络后，人们的头脑里并没有比从前储存更多的有用信息；没有网络前，傻瓜似乎比现在少。我们要通过文学作品让人们知道：交通的便捷使人们失去了旅游的快乐，通讯的快捷使人们失去了通信的幸福，食物的过剩使人们失去了吃的滋味，性的易得使人们失去了恋爱的能力。我们要通过文学作品告诉人们：没有必要用那么快的速度发展，没有必要让动物和植物长得那么快，因为动物和植物长得快了就不好吃，就没有营养，就含有激素和其他毒药。我们要通过文学作品告诉人们：在资本、贪欲、权势刺激下的科学的病态发展，已经使人类生活丧失了许多情趣且充满了危机。我们要通过文学作品告诉人们：悠着点，慢着点，十分聪明用五分，留下五分给子孙。

我们要用文学作品告诉人们：维持人类生命的最基本的物质是空气、阳光、食物和水，其他的都是奢侈品。当然，衣服和住房也是必要的。我们要用我们的文学作品告诉人们：人类的好日子已经不多了。当人们在沙漠中时，就会明白水和食物比黄金和钻石更珍贵；当地震和海啸发生时，人们才会明白，无论多么豪华的别墅和公馆，在大自然的巨掌里都是一团泥巴。当人类把地球折腾得不适合居住时，那时什么国家、民族、政党、股票，都变得毫无意义，当然，文学也毫无意义。

我们的文学真能使人类的贪欲，尤其是国家的贪欲有所收敛吗？结论是悲观的。尽管结论是悲观的，但我们不能放弃努力，因为，这不仅仅是救他人，同时也是救自己。

（2010 年 12 月在东亚文学论坛上的演讲）

喧嚣与真实

主办方昨晚通知我，要在上台演讲前给我化妆，我拒绝了。因为我想，化妆可以把白的变成黑的，也可以把黑的变成白的，但是不可能把丑的变成美的。美的必须要化妆，依然很美；丑的无论如何涂脂抹粉都不会变美。所以我想还是以本来面貌见人为好，尤其在台上演讲的时候，更要给大家以真实面貌。一个人只有保持自己的真实面貌，才可能说真话，办真事，做好人。

其实一个人要保持本来面貌还是挺不容易的，因为我们每个人都生活在社会当中，我们除了要跟自己的家人打交道之外，还要跟社会上各个阶层的人打交道。学生跟老师和同学打交道，员工除了跟自己的家人打交道外，也要跟老板和自己的同行打交道，这样的社会结构就迫使每一个人都有几副面孔。无论是多么坦诚朴实的人，在舞台上和在卧室里都是不一样的，在公众面前和在家人面前也是不一样的。我想我们能够做到的，也只能是尽量地以本来的面貌见人。

今天演讲的题目叫"喧嚣与真实"，这是主办方给我的题目。这个题目挺难谈的，看起来是涉及社会生活的两个方面，实际上是很多方面。社会生活总体上看是喧嚣的，喧嚣是热闹的。热闹是热情，是闹，是热火朝天，也是敲锣打鼓，是载歌载舞，是一呼百应，是众声喧哗，是捕风捉影，是添油加醋，是浓妆艳抹，是游行集会，是大吃大喝，是猜拳行令，是制造谣言，是吸引眼球，是人人微博，是个个微信，是真假难辨，是莫衷一是，是鸡一嘴鸭一嘴，是拉帮结伙，也是明星吸毒，也是拍死了"苍蝇"，也是捉出了"老虎"，是歌星分手了，是二奶告状了，是证明了宇宙起源于大爆炸，也是证明了宇宙不是起源于大爆炸。确实是众声喧哗。

我想，社会生活本来就是喧嚣的，或者说喧嚣就是社会生活的一个方面，或者说是本来面貌，没有任何力量能让一个社会不喧嚣。当然了，我们冷静地想一想，从多个角度来考量一下，喧嚣也不完全是负面的，喧嚣也是社会进步的一种表现。原始社会是不喧嚣的，我们去参观半坡遗址的时候，我们想象当时人们的生活场面肯定是不喧嚣的。我们回想中国漫长的封建社会，那时也是不喧嚣的。但是我们回想最近几十年来，我们1958年大炼钢铁时很喧嚣，二十世纪六十年代"文化大革命"时也是很喧嚣的，后来改革开放的前几年比较安静，但是最近十几年越来越喧嚣。这种喧嚣有的是有声的，是在广场上吵架，或者是拳脚相加；有时候是无声的，是在网络上互相对骂。

我想，面对这样的社会现象，我们必须客观冷静地对待，既不能说它不好，也不能说它好。这样一种现象，就像我刚才说的，实际上也有正反两个方面。我们作为生活在社会中的个体，应该习惯喧嚣。我们要具备从喧嚣中发现正能量的能力；我们也要具备从喧嚣中发现邪恶的清醒——要清醒地认识到，喧嚣就是社会生活的一个方面，而使社会真正能够保持稳定进步的是真实。因为工人不能只喧嚣而不做工，农民不能只喧嚣而不种地，教师不能只喧嚣而不讲课，学生不能只喧嚣而不上课。也就是说，我们这些社会生活中的大多数人，还是要脚踏实地、实事求是，老老实实做人，踏踏实实做事，否则只喧嚣就没饭吃。

关于真实，我想也是社会更加重要的基础。真实不仅仅是一个社会的本来面貌，也是事实的本来面貌。有时候喧嚣会掩盖真实，或者说会掩盖真相，但大多数情况下，喧嚣不可能永远掩盖真相，或者说不能永远掩盖真实。我可以讲四个故事，来证明这个结论。

第一个故事是，几十年前，大概在二十世纪七十年代的时候，我的一个闯关东的邻居回来了，在村子里扬言他发了大财。他说他在深山老林里挖到了一棵人参，卖了几十万人民币，从村子东头讲到西头，又从西头讲到东头。很多村民争先恐后地请他吃饭，因为大家对有钱人还是很尊敬的，大家还希望一遍遍听他讲述如何在深山老林里挖到这棵人参的经历。我们家当然也不能免俗。我们把他请来，坐在我家炕头上吃饭。我记得很清楚，他穿了一件在当时的农民眼里很漂亮的黑色呢子大衣，即便坐在热炕头上也不脱下。我记得我们家擀面条给他吃，我奶奶发现他脖子上有一只虱子，于是他的喧嚣就被虱子给击破了，因为一个真正有钱的人是不会生虱子的。过去人们讲穷生虱子富生疖子，我们知道他并没有发财，尽管他永远不脱下那件呢子大衣，但我想他的内衣肯定很破烂。又过了不久，这个人的表弟也穿了一件同样的呢子大衣，奶奶说："你这件大衣跟你表哥的很像。"他说："我表哥的就是借我的。"事实又一次击破了这个人喧嚣的谎言。

另一个故事是，我在北京的检察院工作期间，曾经了解和接触了很多有关贪官的案件。当然我不是检察官，因为我们是新闻单位，我们要报道，我是记者，所以才了解了很多这方面的案例。其中有一个河北某地的贪官，他平常穿得非常朴素，上下班骑自行车，给人一种非常廉洁的形象。他每次开会都要大张旗鼓、义正词严地抨击贪污腐败。过了不久，检察院从他床下面搜出了几百万人民币，所以真实就把贪官关于廉洁、关于反腐败的喧嚣给击破了。事实胜于雄辩。

第三个是我的亲身经历。2011 年我在故乡写作，有一次去买桃子，一个卖桃子的人看起来很剽悍，他也认识我，或者他认出了我。他一见面就说："你怎么还要来买桃呢？"他点了我们市领导的名字说，某某某给我送一车不就行了吗。我说我又不是当官的，他干吗要送我。我买了他五斤桃子，问桃子甜吗，他说甜，新品种。我让他给我够秤，他说放心。结果我回家一称，只有三斤多一点，他亏了我将近两斤，然后一吃，又酸又涩。所以这个事实真相，又一次把卖桃人的喧嚣给击破了。

第四个故事也是我的亲身经历。我有一个亲戚，经常见面。每次见他，他都义愤填膺地痛骂当官的，咬牙切齿。但今年他的儿子参加中考，离我们县最好的中学的录取分数线差了五分，他就来找我了，说就差了五分，让我看看找一找人，让孩子能去。我说现在谁还敢，现在反腐败的呼声如此高，现在难了。他说他不怕花钱，他有钱。我想：让我去送钱，这不是让我去行贿吗？我问："这不是腐败吗？你不是痛恨贪官污吏吗？现在你这样做不是让我帮着你制造新的贪官污吏吗？"他说："这是两码事，这是我的孩子要上学了。"这个真实也把亲戚反对贪官污吏的喧嚣给击破了。

我对这四个故事的主人公没有任何讥讽嘲弄的意思，我也理解他们，同情他们。假如我是那位亲戚，我的孩子今年中考差了几分，上不了重点中学，也许我也要想办法去找人，我也会跟我的亲戚说，不怕花钱。为什么会出现这种现象？为什么大家在不涉及自己切身利益和家庭问题的时候，都是一个非常正派、非常刚强、非常廉洁的人，而一旦我们碰到这样的事情，尤其是涉及孩子的事情时，我们的腰为什么立刻就软了？我们的原则为什么立刻不存在了？我想，这有人性的弱点，也有社会机制的缺陷。所以我讲这四个故事没有讥讽的意思，而是要通过这四个故事来反省，让每个人在看待社会问题的时候，在面对社会喧嚣的时候，能够冷静地想一想喧嚣背后的另一面。

我是一个写小说的，说得好听点是一个小说家。我想，在小说家的眼里，喧嚣与真实都是文学的内容。我们可以写喧嚣，但我认为，应该把更多的笔墨用到描写真实上。当然，小说家笔下的真实，跟我们生活中的真实是有区别的。它也可能是夸张的，也可能是变形的，也可能是魔幻的。但我想，夸张、变形和魔幻实际上是为了更加突出真实的存在和真实的力度。总而言之，面对当今既喧嚣又真实的风云万变的社会，一个作家应该冷静观察，要透过现象看本质。我们过去说，研究一个人，就是要听其言观其行。我们要察言观色。观察会让你获得大量的外部信息，然后要运用我们的逻辑来进行分析。我们要考量现实，也要回顾历史，还要展望未来，然后通过分析得到判断。在这样的观察、分析、判断的基础上，展开我们的描写，给读者一个丰富的文学世界。

（2014 年 8 月在第三届南方国际文学周上的演讲）

作为老百姓的写作

"民间"是一个巨大的话题，也是当下的一个热门话题。好像最早是上海的陈思和先生提出，然后各路英雄群起响应。你说你的，他说他的，各有各的理解，因此也就各有了各的民间。我作为一个写小说的，当然也有我对民间的理解。我的理解肯定没有理论家们那样系统、那样头头是道，但都是根据我的文学经验和创作体会得来的。

我认为所谓的民间写作，最终还是一个作家的创作心态问题。这个问题的一个方面是为什么写作。过去提过为革命写作、为工农兵写作，后来又发展成为人民写作。为人民的写作也就是为老百姓的写作。这就引出了问题的另外一个方面，那就是，你是"为老百姓写作"，还是"作为老百姓的写作"。

"为老百姓写作"听起来是一个很谦虚很卑微的口号，听起来有为人民做马牛的意思，但深究起来，这其实还是一种居高临下的态度。其骨子里的东西，还是作家是"人类灵魂工程师""人民代言人""时代良心"这种狂妄自大的、自以为是的玩意儿在作怪。

因此我认为，所谓的"为老百姓的写作"其实不能算作"民间写作"，还是一种准庙堂的写作。当作家站起来要用自己的作品为老百姓说话时，其实已经把自己放在了比老百姓高明的位置上。我认为真正的民间写作就是"作为老百姓的写作"。

当然，任何作品走向读者之后，不管是"作为老百姓的写作"还是"为老百姓的写作"，客观上都会产生一些这样那样的作用，都会或微或著地影响到读者的情感。但"作为老百姓的写作者"在写作的时候，不会也不必去考虑这些问题。他在写作的时候，没有想到要用小说来揭露什么、来鞭挞什么、来提倡什么、来教化什么，因此他在写作的时候，就可以用一种平等的心态来对待小说中的人物。他不但不认为自己比读者高明，他也不认为自己比自己作品中的人物高明。

"作为老百姓的写作者"，无论他是小说家、诗人还是剧作家，他的工作与社会上的民间工匠没有本质的区别。一个编织筐篮的高手、一个手段高明的泥瓦匠、一个技艺精湛的雕花木匠，他们的职业一点也不比作家们的工作低贱。"作为老百姓的写作者"会同意这种看法，但"为老百姓的写作者"肯定不会同意这样的看法。民间工匠之间也有继承、借鉴、发展，也有这样那样的流派，还有一些神秘色彩的家传，他们也有互不服气，也有同行相轻；但他们永远不会忘记自己是个普通的老百姓，他们永远不会把自己和老百姓区别开来，去狂妄地充当"人民的艺术家"。我们可以举一个例子，在离你们苏州不远的地方，曾经有一个瞎子阿炳。我们现在给他的名誉很高——伟大的民族音乐家、伟大的二胡演奏家。但当年的阿炳，当他手持着竹竿、身穿着破衣烂衫，在无锡的街头上流浪卖艺的时候，他大概不会想到自己是一个伟大的人物，更不会想到他编的二胡演奏曲子在几十年后会成为中国民间音乐的经典。他绝对不会认为自己比一般的老百姓高贵，他大概在想：我阿炳是一个卑贱的人，一个沿街乞讨者，一个靠卖艺糊口的贱民；我的曲子拉得动听、感人，人家就可能施舍给我两个铜板，如果我的曲子拉得不好听，人家就不会理睬我。如果我在马路上拉二胡，妨碍了交通，巡警很可能给我一脚（现在的艺术家、演员违章之后，就会亮出名片：我是谁谁谁）。总之，他阿炳心态卑下，没有把自己当成贵人，甚至不敢把自己当成一个好的老百姓，这才是真正的老百姓的心态。这样的心态下的创作，才有可能出现伟大的作品。因为那种悲凉是发自灵魂深处的，是触及了他心中最疼痛的地方的。请想想《二泉映月》的旋律吧，那是非沉浸到了苦难深渊的人写不出来的。所以，真正伟大的作品必定是"作为老百姓的写作"，是可遇不可求的，是凤凰羽毛麒麟角。

但这种"作为老百姓的写作"真要实行起来，其实是很难的。作家毕竟也是人，现实生活中的名利和鲜花不可能不对他产生吸引。因为在现实生活中，"为老百姓的写作"赢得鲜花和掌声的机会比"作为老百姓的写作"赢得鲜花和掌声的机会多得多。在当今之世，我们也没有必要要求别人这样那样，只是作为一种自我提醒，不要忘记了最重要的东西，而去追逐不太重要的东西。也就是说，你要明白你通过写作到底要得到什么，然后来决定你的创作的态度。

像蒲松龄写作的时代、曹雪芹写作的时代，没有出版社、没有稿费和版税，更没有这样那样的奖项，写作的确是一件寂寞的，甚至是被人耻笑的事情。那时候的写作者的写作动机比较单纯，第一是他的心中积累了太多的东西，需要一个渠道宣泄出来。像蒲松龄，一辈子醉心科举，虽然知道科举制度的一切黑暗内幕，但内心深处还是向往这个东西。到了后来，他绝了科举的念头，怀大才而不遇，于是借小说表现自己的才华，借小说排遣内心的积怨。曹雪芹身世更加传奇，由一个真正的贵族子弟，败落成破落户飘零子弟，那种人情冷暖、世态炎凉的体验是何等的深刻。他们都是有大技巧要炫耀、有大痛苦要宣泄，在社会的下层，作为一个老百姓，进行了他们毫无功利的创作，因此才成就了《聊斋志异》《红楼梦》这样的伟大经典。当然，他们也有自己的圈子，书出来后，也能赢得圈子里的赞赏，可以借此满足一下虚荣心；但这样的荣誉太民间了，甚至不能算作名利了。

在科举制度下，小说是真正的野狐禅，登不上大雅之堂的，当时的"正经人"大概很少写小说的。诗歌也是一样，诗歌的真正欣赏者应该是青楼女子。但只有在这种状态下，才能出现好东西。如果诗歌代替八股文成为科举的内容，那诗歌就彻底地完蛋了；如果小说成为科举的内容，小说也早就完了蛋。所以如果奔着这个奖那个奖写作，即便如愿以偿得了奖，这个作家也就完了蛋。没想到得奖却得了奖是另外一回事。我想这就是民间写作和非民间写作的区别。非民间的写作，总是带着浓重的功利色彩；民间的写作，总是比较少有功利色彩。当然，这样的淡薄功利，有时候并不是写作者的自觉，而是命运的使然。也就是说，蒲松龄直到晚年也还是在梦里想中状元的，但醒来后才知道这是不可能的了。曹雪芹永远怀念着他的轰轰烈烈的繁华岁月，但他知道这也是无可挽回的了。所以，那悲凉就是挡不住的了，而那对过往繁华的留恋也是掩饰不住的。无意中得来的总是好东西，把赞歌唱成了挽歌，把仇恨写成了恋爱，就差不多是杰作了。

我还想特别地强调一下，作家千万不要把自己抬举到一个不合适的位置上；尤其是在写作中，你最好不要担当道德的评判者，你不要以为自己比人物更高明，你应该跟着你的人物的脚步走。郑板桥说人生难得糊涂，我看作家在写作时，有时候真的要装装糊涂。也就是说，你要清醒地意识到，你认为对的，并不一定就是对的；反之，你认为错误的，也不一定就是错误的。对与错，是时间的也是历史的观念决定的。"为了老百姓的写作"要做出评判，"作为老百姓的写作"就不一定做出评判。

前不久有一家关于环保的报纸让我给他们写文章谈谈我对沙尘暴等自然生态恶化问题的看法，我马上就想到了北方草原的沙化和草原载畜量的关系。载畜量过多，草原得不到休养生息，就要沙化。十几年前我到中俄边境，看到对面的草原草有半人高，真是鲜花烂漫，风吹草低，只有很少的几群羊在挑挑拣拣地吃草。而我们这边的草原，草只有一虎口高，颜色枯黄，好似癞痢头一样。饥饿的羊群像鬼子扫荡一样来回乱窜。同样的自然条件，差别如此之大，完全是人为的。问题在于，我们这边能不能少养几群羊？牧民们的回答是：我们也不愿意看到草原变成这个样子，但不养羊我们吃什么？我们不养羊你们北京人怎么吃上涮羊肉呢？我们也知道黑山羊对草原和山林的破坏十分厉害，但你们需要羊绒围巾、羊绒大衣啊。这就涉及一个十分棘手的问题：一方面要保护环境，另一方面那里的老百姓要活命、要繁衍。除非政府能拿钱把他们养起来。政府没有那么多钱，那他们就要杀树、放牧。你要让我活下去。你们可以呼吁保护珍稀动物、保护大熊猫、保护东北虎，但事实上在偏远地区有很多老百姓的日子比这些珍稀动物的处境还要艰难。许多得了重病的人躺在家里等死，谁去管他们？但假如有一头大熊猫得了急病，马上就会有最好的大夫为它医治，治好了还要登报纸上电视。一个作家写关于环保的文章，看起来是很正义很有良知的，但事实上你所代表的也只能是一部分人的利益。所以我觉得，作家要学会反向思维，不要站在自以为是的立场上，也就是说，你不要以为你是作家就比老百姓高明。"为老百姓的写作"，因为作家自身的局限，很可能变成为官员、为权贵的写作。而"作为老百姓的写作"，也许就可以避免这种偏颇，因为你就是一个老百姓。

从某种意义上说，"为老百姓的写作"也就是知识分子的写作。这是有漫长的传统的。从鲁迅他们开始，虽然写的也是乡土，但使用的是知识分子的视角。鲁迅是启蒙者，之后扮演启蒙者的人越来越多。大家都在争先恐后地谴责落后，揭示国民性中的病态，这是一种典型的居高临下。其实，那些启蒙者身上的黑暗面，一点也不比别人少。所谓的民间写作，就要求你丢掉你的知识分子立场，你要用老百姓的思维来思维。否则，你写出来的民间就是粉刷过的民间，就是伪民间。

我想可以大胆地说，真正的民间写作，"作为老百姓的写作"，也就是写自我的自我写作。一个作家是否能坚持民间写作，有时候也不是他自己能够决定的。一般情况下，刚开始的写作都是比较民间的，但是成名之后，就很难再保持民间的特质。刚开始的写作，如果要被人注意，大概都要有些出奇之处，要让人感到新意，无论是他讲述的故事还是他使用的语言，都应该与流行的东西有明显的区别。也就是说，"文学的突破总是在边缘地带突破"。但一旦突破之后，边缘就会变为中心，支流就会变为主流，庙外的野鬼就会变为庙里的正神。尽管这似乎是一个难以逃避的过程，但有警惕比没有警惕好，有警惕就有可能较长时间地保持你的个性、保持你的民间心态、保持你的老百姓的立场和方法。

　　我们可以想想沈从文的创作，他在早期作品中，保持着真正的民间的立场和视角。他写那些江边吊脚楼里的妓女，如果是知识分子立场，那就会丑化得厉害。但沈从文却把她们写得有很多的可爱之处。因为他对这些妓女的看法与那些船上的水手对她们的看法是一样的。他也没有把她们写成节妇烈女，但还是写出了她们在职业范围内的真情："牛保，我等你三个月，你再不来，我就接待别的客人。"他写那个戴水獭皮帽子的朋友，如果是用知识分子的立场，那这个家伙就是个十恶不赦的大流氓，但他在沈从文的笔下是那样爽朗、粗野和有趣。但后来沈从文成了名作家，他的民间立场就很难坚守了。他要对他笔下的人物进行评判了，他已经不知不觉地处在居高临下的位置上了。

（2001 年 10 月在苏州大学"小说家讲坛"的演讲）

儿子的敌人

一

黎明时分，震耳欲聋的连串巨响把正在噩梦中挣扎的孙寡妇惊醒了。她折身坐起来，心里怦怦乱跳，头上冷汗涔涔。窗外，爆炸的强光像闪电抖动，气浪震荡窗纸，发出簌簌的声响。她披衣下床，穿上蒲草鞋，走到院子里。没有风，但寒气凛冽，直沁骨髓。她抬头看天时，有一些细小冰凉的东西落在了脸上。下雪了，她想，大慈大悲的观世音菩萨，保佑我的儿子平安吧。

攻打县城的战役在村子西南二十里外进行，大炮的阵地设在村子东北十五里的河滩柳树林里。炮弹出膛的红光与炮弹爆炸的蓝光在东北和西南方向遥相呼应，尖利的呼啸把它们联结在一起。三天前，民兵队长带着人来把院门和房门借走了，说是绑担架要用。他们噼里咔啦地卸门板时，她的心情很平静，脸上没有难看的表情，但民兵队长却说：大婶，您是烈属，又是军属，卸您家的门板，我知道您不高兴，但实在是没有办法，我们村要出五十副担架呢。她想表白一下说自己没有不高兴，但话到唇边又压了下去。此刻，在抖动不止的强光映照下，被卸了门板的门口，就像没了牙的大嘴，断断续续地在她的眼前黑洞洞地张开。

她感到浑身发冷，残缺不全的牙齿在口腔里各尽所能地碰撞着。她将左手掖在衣襟下，用右手的肥大袖筒罩着嘴巴，在院子里急急忙忙地转着圈子，脚下的草鞋擦着地面，发出踢踢踏踏的声音。每一声爆炸过后，她都感到心头剧痛，并不由自主地发出长长的呻吟。从敞开的大门洞里，她看到被炮火照亮的大街上空无一人，十几只黄鼠狼拖着火炬般的肥大尾巴在街上蹦蹦跳跳，宛如梦中景物。邻居家那个刚刚满月的孩子发出了一声嘶哑的哭号，但马上就没了声息，她知道是孩子的母亲用乳房堵住了孩子的嘴。

她有两个儿子，大儿子孙大林前年冬天死在打麻湾的战斗中。那次战斗也是黎明前发起的，先是从东南方向传来了一声惊天动地的巨响，震荡得房子摇晃，窗纸破裂，然后就是爆豆般的枪声。当时她与现在一样，也是把左手掖在衣襟下，用右手的袖筒罩着嘴，在院子里一边呻吟一边急急忙忙地转圈子，好像一头在磨道里被鞭子赶着的老驴。她的小儿子小林披着棉袄、赤着双腿从屋子里跳出来，眺望着东南方被火光映红了的天空，兴奋地嚷叫着：打起来了吗？打起来了，好极了，终于打起来了！她用长长的像哭泣一样的腔调说：你这个不懂事的孩子啊，打起来有什么好？你哥在里边呐！小林今年十九岁，是个号兵，此刻他正在攻城的队伍里。从大儿子当了兵那年开始，只要听到枪炮声，她就心痛、呻吟、打嗝不止，只有跪在观音菩萨的瓷像前高声念佛，这些症状才能暂时得到控制。

她进了屋子，点着豆油灯盏，找出一束珍藏的线香，引燃三炷，插进香炉里。如豆的灯火颤抖不止，房梁上的灰挂飘飘摇摇地落下来，三缕青烟变幻多端，屋子里扩散开浓郁的香气。她跪在菩萨瓷像前的蒲团上，看到蓝色的闪光中，低眉顺目的菩萨脸庞宛若一枚绿色的光滑贝壳。她仿佛听到菩萨在轻轻地叹息。她闭着眼睛，大声地念着：南无观世音菩萨，南无观世音菩萨……她的嗓音颤抖，尾声拖得很长，听起来像哭诉。念着佛号，她渐渐忘记了自己的身体，炮声不再进入她的耳朵，打嗝也止住了。但此时她的脑海里出现了大儿子血肉模糊的脸。她极力想忘掉这张其实并没有看见过的脸，但它却像浮力强大的漂木一样，固执地浮现在她的脑海里。

麻湾战斗结束后，在村长的陪同下，她与小林一起赶到了东南方向的一个小村子里，一位用绷带吊着胳膊的军人，将她带到了一片新坟前。受伤的军人指指一座新坟前的写着黑字的白木牌子，说：就是这里了。她感到脑子里突然变得迷糊起来，木木地想着：大林怎么会埋在这里呢？心里想着，嘴里就说了出来：大林怎么会埋在这里呢？受伤的军人用那只好手握着她的手说：大娘，您的儿子非常勇敢，他用炸药炸开了敌人的围墙，开辟了通往胜利的道路。听了军人的话，她还是有点迷糊，茫然地问着：你说大林死了？军人沉重地点了点头。她感到好像有人在身后猛推了自己一把，糊糊涂涂地就趴在了眼前的新坟上。

她并没感到多么难过，只是喉咙里甜甜咸咸的，像喝了一口蜜之后，接着又吞了一口盐。她甚至还亲切地嗅到了新鲜黄土的醉人的气味。只是当村长和受伤的军人将她从新坟上拉起来时，她才嘤嘤地、像个小姑娘似的哭起来……大林的脸像鱼儿似的沉了下去，小林的面孔紧接着浮现出来。这孩子有张生动的娃娃脸，面皮白净，口唇鲜红，双目晶亮，两道弯眉就像用炭画上去的。大林死了，小林成了独子。她原以为独子可以不当兵，但村长杜大爷让他去当。她跪在了村长面前，说：他大爷，开开恩吧，给我们老孙家留个种吧。村长说：孙马氏，你这话是怎么说的？现如今谁家还有两个三个的儿子预备着？我家也只剩下一个儿子，不是也当兵去了吗？她还想说什么，但小林把她拉起来，说：娘，行了，当就当吧，人家能去，咱们为什么就不能去？村长说：还是年轻人思想开通……

三天前小林回来过一次，说是连长知道他是本地人，特批给他一天假。她看到当兵不满一年的小儿子蹿出了半个头，嘴唇上那些茸毛胡子变黑了也变粗了，但还是那样一张笑盈盈的脸，生动活泼，像个没心没肺的大孩子。她的心中充满了欣喜，目光就像焊在了儿子脸上似的，弄得他不好意思起来，说：娘你别这样看我好不好？她的眼泪哗哗地就流了出来。他说：你哭什么？我这不是好好的吗？她抬起手背擦着眼，笑了，说：我是高兴呢，这次回来就不走了吧？儿子说：下午就走，连长给了一天假。她的眼泪又冒了出来。儿子不耐烦地说：娘，你怎么又哭了？她问儿子在队伍上能不能吃饱，儿子说：娘，你好糊涂，难道你没听说过"旱不死的大葱，饿不死的大兵"！她问儿子吃得好不好，他说：有时吃得好，有时吃得不好，但总起来说比在家里吃得好，你没发现我胖了，高了？她伸手想去摸摸儿子的头顶，但儿子像一匹欺生的儿马蛋子一样往后退了一步。接着她问儿子，当官的打不打人，儿子说：不打人，有时候骂人，但不打人。她还有许多问题想问，儿子却问起了小桃。她说小桃挺好的。他说娘我去看看小桃，然后撒腿就跑了。

小桃是宋铁匠家的老闺女，黑黑的面皮，乍一看不怎么地，但这闺女耐看，越看越俊。小桃跟小林从小就要好，还扎着小抓鬓时，大人们问她：小桃小桃，长大了给谁当媳妇？她说：小林！儿子进了家门说了没有三句话就急着去看小桃，多少让她有点心酸，但她的心很快就被幸福充满了。人哪，谁没年轻过呀？亲爹亲娘，那是另外一种亲法，与姑娘小伙子的亲不是一回事。她看到儿子斜背着一把黄铜色的军号，号把子上拴着一条红绸子，很是鲜艳。儿子穿着一套灰色的棉衣，腰里扎着一根棕色的牛皮带，走起路来大步流星，如果单从后边看，倒像个大人物了。她将埋在杏树下的一小罐白面刨出来，去邻居家借了三个鸡蛋、一小碗油，从园子里掘了一把冻得硬邦邦的葱，就忙碌着给儿子做葱花鸡蛋油饼。

半下午时儿子才回来。他的脸上蒙上了一层尘土，但眼睛却像火炭一样闪闪发光。她没有多问，就赶紧把热了好多遍的油饼从锅里端出来，催着儿子吃。儿子有些歉意，对着她笑了笑，然后就狼吞虎咽起来。她目不转睛地看着儿子，不时地把盛水的碗往他面前推推，提醒他喝水，以免噎着。转眼间儿子就把两张像荷叶那般大的油饼吃了下去，然后端起水碗，仰起头来喝水。她听到水从儿子的咽喉里往下流淌，咕嘟咕嘟地响着，就像小牛喝水时发出的声音。儿子喝完了水，用手背擦擦嘴巴，说实在对不起，娘，连长让我回家帮您干点活，可是我忘了。她说没有什么活要你干。他说娘我该走了，等打完了县城我就回来看你。他突然发现自己说漏了嘴，忙说，娘，这是军事秘密，您千万别对人说，我连小桃都没告诉。她忧心忡忡地说：怎么又要打仗？话未说完，眼泪就流了出来。他说娘您就放心吧，我会照顾自己的。我们连长说过，越怕死越死，越不怕死越死不了。上了战场，子弹专找怕死鬼！她什么话也说不出来，只是一个劲地用衣袖擦眼泪。儿子吭吭哧哧地说，本来想给您买顶帽子，但我的津贴让老洪借去买烟了，等打完了仗，他说，我一定攒钱给您买顶帽子，我看到房东家一个老太太戴着一顶呢绒帽子，暖和极了。她只是擦眼泪，说不出话来。儿子说，我走了，我跟小桃说好了，让她常过来看看，娘，您觉着她怎么样？让她给您做儿媳妇行不行？她点点头，说，是个好孩子。儿子说，娘，我走了，我还要赶三十里路呢！她急忙把锅里剩下的两张饼用包袱包起来，想让儿子带走，但等她把饼包好时，儿子已经走到了大街上。她拐着小脚跑出去，喊叫着：小林，带上饼！儿子回过头来，一边倒退行走着，一边大声地喊着：娘，您留着自己吃吧！娘，回去吧！娘，放心吧！她看到儿子把手高高地举起来，对着她挥动。她也举起了手，对着儿子挥动着。她看到儿子转回了头，好像要逃避什么似的，飞快地跑起来。她追了几步，便站住了。她的心痛得好像让牛用角猛顶了一下，连喘气都感到困难了。

黎明前那阵黑暗过去了，她在院子里，转着圈子打嗝、呻吟。往常里只要跪在菩萨像前就可以心安神宁，但今天她无论如何也跪不住了，只好跑到院子里转圈。大炮的声音不知什么时候停止了，从西南方向，传来了一阵阵刮风般的枪声，枪声里似乎还夹杂着人的呐喊，而军号的声音似乎漂浮在枪声和人声之上。她知道，只要有号声，就说明自己的儿子还活着。小雪还在飘飘地下落，地上积了薄薄的一层，她的草鞋在雪地上留下了一大圈凌乱的痕迹。她嗅到尖利的东北风送来了浓浓的硝烟气味，这气味让她想起了儿子走后自己去柳树林子里找他的情景。她听村子里那些来征集门板的民兵说，村子东北方向的柳树林子里有部队。她将儿子吃剩下的葱花鸡蛋油饼揣在怀里，走了半上午，找到了那里。她看到灰蒙蒙的柳树林子里，有几十门大炮高高地伸着脖子，一群小兵蚂蚁般地忙碌着。没等走到柳林边上哨兵就把她挡住了。她说想见见儿子。哨兵问她儿子是谁？她说儿子叫孙小林。哨兵说我们这里没有个孙小林。她说让我过去看看，我儿子在哪里我一眼就能认出来。哨兵不让她过去，她说，你这孩子怎么这样呢？要是你的娘来看你，你也不放她过去吗？哨兵让她问得一时语塞，这时一个帽子上插满柳枝的黑大汉走过来，问：大娘您有什么事？她说找儿子，找孙小林，她说我儿子是个吹号的，个子高高的，脸很白。黑大汉说，大娘，我们团里没有叫这个名的，我是团长，不会骗您，您的儿子，很可能在围城的步兵部队里。如果您想找，就到那里去找吧。不过，团长说，您最好别去，大战当前，部队忙得很，您去了也不一定能见到他。眼泪从她的眼睛里流出来。团长说：大娘，放心吧，我们现在有了大炮，跟打麻湾时不一样了。那时候攻城，步兵死得多，有了大炮之后，步兵发起冲锋前，我们的大炮先把敌人打蒙了，步兵冲上去抓俘虏就行了。团长的话让她感到很欣慰，也很感激，她将手里的包袱递给团长，说：团长，我听你的，不去给小林添麻烦了，这是他没吃完的饼，您要不嫌弃，就拿回去吃了吧。团长说：大娘，您的一片心意我领了，但这饼您还是拿回去自己吃吧。她说：您还是嫌脏。团长慌忙说：大娘，您千万别误会，我们有军粮，怎么好意思吃您的口粮？她怔怔地盯着团长的脸，团长接过包袱，说：大娘，好吧，我拿回去，谢谢您老人家。

　　西南方向响了一阵枪，但很快就沉寂了。她又跪在菩萨面前，磕头、念佛、祷告。她相信那个炮兵团长的话，心里确凿地认为，儿子的队伍，已经攻进了城市，战斗已经结束了。但大炮又一次响起来，她跑到院子里，看到许多炮弹在空中就像黑老鸹一样来来回回地飞翔着。有一颗炮弹落在了村子中央，发出一声惊人的巨响，她的耳朵就像进了水一样嗡嗡着，过了好大一会儿才听到声音。她看到一根灰色的烟柱从村子里升起来，一直升到了比树梢还要高的地方，才慢慢地飘散。她听到村子里响起了女人的哭声，男人的喊叫声，还有杂沓的脚步声，好像有许多人在大街上奔跑。她嗅到早晨的空气里弥漫着浓浓的火药味，比大年夜里村子里所有人家一起放鞭炮时的气味还要浓。就在大炮轰鸣的间隙里，枪声、呐喊声、军号声，又像潮水一样，从西南方向漫过来。听到军号声，她知道自己的儿子还活着。她回到屋子里，给菩萨上香，然后磕头、念佛、祷告。就这样她在院子和屋子里出出进进，不渴也不饿，脑子里乱哄哄的，耳朵里更乱，好像装进去了一窝蜜蜂。

中午时分，又一阵激烈的枪声响过，但这一次她没有听到军号声。她感到裤子里一阵发热，过了一会儿她明白自己尿了裤子。一群黑色的乌鸦从她的头顶上怪叫着飞了过去，一个不祥的念头占据了她的心灵。她手扶着门框子，浑身打着哆嗦。她知道自己的儿子死了，军号不响，就说明儿子已经死了。她晃晃荡荡地出了家门，走到胡同里。她感觉不到自己的双腿了，但她知道自己正在向前走。她走到大街上，看到一匹黑马从西边飞奔过来。马上骑着一个人，身体前倾着，黑色的脸就像一块生硬的铁，闪烁着刺目的蓝光。黑马像一股旋风从她的面前冲了过去。她的心里有些迷惑，迷茫地盯了一会儿马蹄腾起来的黄尘，然后继续往前走。街上出现了一些穿灰色军衣的兵，她知道他们是和儿子一伙的。他们的脸都紧绷着，一个个脚步风快，谁也顾不上跟她说话。她还看到从那间临街的碾屋里，拉出了几十根电线，有很多人在里边大声地喊叫着，好像吵架一样。一个穿着黑色棉袄、腰里扎着一根白布带子的男人弓着腰迎面过来。她感到这个人似曾相识，但一时又记不起他是谁。那人拦在她的面前，大声问：你到哪里去？这人的声音也很耳熟，但她同样记不起这是谁的声音。那人又问：您要去哪？她哭着说：我去看看我儿子，军号不响了，我儿子死了……那人伸手拉住她的袖子，往路边的屋子里拖着她。她努力地挣扎着，说：放我走，我去看看小林，大林死时我就没看到他，这次说什么也要看看小林……她放声大哭起来，我的儿子，我的小林，我的可怜的小林……在她的哭声里，那个既熟悉又陌生的男人松开了拉住她的衣袖的手，用同情的目光看着她。他的眼睛里有一些闪烁不止的光芒，似乎是泪水。她摆脱了男人，对着西南方向跑去。她感到自己在奔跑，用最快的速度。没等她跑出村子，络绎不绝的担架队就挡住了她的去路。

她看到第一副担架上抬着一个脑袋上缠满白布的伤兵，他静静地仰面躺着，身体随着担架的起伏而微微抖动。她感到心中一震，脑子里一片白光闪烁。小林，我的儿子……她大声哀号着扑到担架前，抓住了伤兵的手。在她的冲击下，前头那个抬担架的小伙子腿一软跪在了地上。担架上的伤兵顺下去，庞大的、缠着白布的脑袋顶在了前头那个小伙子背上。这时，一个腰扎皮带、斜背挎包、乌黑的头发从军帽里漏出来的女卫生员，从后边匆匆跑上来，大声批评着：怎么搞的？当她弄明白担架夫跪倒的原因后，就转过来拉着她的胳膊说：大娘，赶快闪开，时间就是生命，您懂不懂？

她继续哀号着：我的儿啊，你死了娘可怎么活啊……但她的哭声很快停止了，她看到伤兵的手上有一条长长的刀疤，而自己的儿子手上没有疤。卫生员拉着她的胳膊把她从担架上拖开，然后对着担架队挥一下手，说：赶快走！

她站在路边，看着一副副担架小跑着从面前滑过去，担架上的伤兵有的呻吟，有的哭叫，也有的一声不吭，好像失去了生命。她看到一个年轻的伤兵不断地将身体从担架上折起来，嘴里大声喊叫着：娘啊，我的腿呢？我的腿呢？她看到伤兵的一条腿没有了，他的脸白得像纸一样。他的挣扎使前后抬担架的民夫身体晃动，担架悠悠晃晃，就像秋千板儿，前后撞击着民夫的腿弯子和膝盖。

担架队漫长得像一条河，好像永远也过不完，但终于过完了。她铁了心地认为小林就在其中的某副担架上。她哭号着，跟着担架队往前跑。一路上跌跌撞撞，不断地跌跤，但一股巨大的力量使她跌倒后马上就能爬起来，继续追赶上去。

担架队停在了高财主家的打谷场上，场子中央搭起了一个高大的席棚，担架还没落地，就有七八个胸前带着白色遮布的人从席棚里冲出来。放下了担架的民夫们闪到一边，有的坐着，有的站着，不管是站着的还是坐着的都张开大口喘粗气。那些医生冲到担架前，弯下腰观看着。她也跟随着冲过去，大声哭喊着儿子的名字。一个戴眼镜的男医生瞪了她一眼，哑着嗓子对那女卫生员说：小唐，把她弄到一边去。卫生员上来，拉住她的胳膊，粗声粗气地说：大娘，行了，如果您想让您的儿子活，就不要在这里添乱了！

卫生员把她拉到一边，按着她的肩头，让她坐在一个半截埋在土里的石滚子上，像哄小孩子似的说：不哭不哭，不许哭了！

她把哭声强压下去，感到悲哀像气体一样，鼓得胸膛疼痛难忍。她停止了哭叫，就听到了伤兵们的呻吟和哭叫。伤兵们一个个地被抬进席棚，她听到一个伤兵在席棚里大叫着：不要锯我的腿，留下我的腿吧……求求你们，留下我的腿吧……

做完了手术的伤兵陆续从席棚里抬出来，放在场院中央，她逐个地观看着，心里满怀着希望，不断地念叨着：小林啊，我的小林……她既想看到儿子，又怕看到儿子。这个下午在她的感觉里，漫长得像一年，又短暂得像一瞬。伤兵一批批送来，几乎摆满了整个的场院。她在伤兵之间走来走去，那个姓唐的女卫生员好几次想把她拉走，都没有成功。黄昏时刻，做完了手术的伤兵大部分被抬走了，那些神情疲惫、胸前血迹斑斑的医生和嗓音嘶哑的女卫生兵小唐也随着担架走了。留在场院里的，除了几个看守的民夫，便是死去的士兵。

天依然阴沉着，但西边的天脚上出现了一片杏黄的暖色。零星的枪响如同秋后的寒蝉声凄凉悲切，拖着长长的尾巴滑过天际，然后便如丝如缕地消失在黄昏的寂静中。还是没有风，轻薄的雪片在空中结成团簇，宛如毛茸茸的柳絮，降落在死者的脸上。她一遍遍地看着那些死人，从一具尸体前挪到另一具尸体前。为了看得更加亲切，她用颤抖的手，小心翼翼地拂去他们脸上的雪花。她感到自己手上那些粗糙的老皮，摩擦着那些年轻的面皮，就像摩擦着绸缎。有时候她发现一个与儿子有点相似的面孔，心便猛地撮起来，接着便怦怦狂跳。她没有发现自己的儿子，但她总怀疑儿子就在死人堆里，是自己粗心大意把儿子漏掉了。后来，村长和几个民兵架着她的胳膊，提着马灯，把她送回了家。一路上她像个撒泼的女孩，身体往下打着坠儿，嘴里大声喊叫着：放开我，放开我，你们这些坏种，放开我，我要去找我的儿子……村长把嘴巴贴在她的耳朵上说：大婶子，你家小林没受伤，更没牺牲，您就放了这颗心吧。村长吩咐民兵硬把她抬到了炕上，然后大声说：睡觉吧，老婶子，小林没死，这一仗打下来，最次不济也得升个排长，你就等着享福吧！

她嗫嚅着：不，你们骗我，骗我，我家小林死了，小林，我的儿，你死了，你哥也死了，娘也要死了……

她还想下炕到场院里去找儿子，但双腿像两根死木头不听指挥，于是她迷迷糊糊地闭上了眼睛。

二

她刚刚闭上眼睛，就听到胡同里一阵喧哗。一个清脆的声音问讯着：

"这里是孙小林的家吗？"

她大声答应着坐起来。然后她感到腿轻脚快，就像一团云从炕上飘下去，随即就站在了被卸去门板的大门口。她感到自己的身体一点重量也没有，地面像水，总想使她升腾起来，只有用力把住门框，才能克服这巨大的浮力。胡同里一片红光，好像不远处燃起了一把冲天大火。她心中充满了惊讶，迷惑了好大一会儿，才弄明白，原来并没有起火，而是太阳出来了。阳光照在邻居家的土墙上，一只火红的大公鸡，端正地站在墙头上，伸展脖子，看样子是在努力啼鸣，但奇怪的是一点声音也不发出，公鸡啼鸣的雄姿，就变得像吞了一个难以下咽但又吐不出来的毒虫一样难看。土墙下大约有二指厚的积雪，白得刺目，雪上插着一枝梅，枝上缀着十几朵花，红得宛如鲜血。有一条黑狗从远处慢慢地走过来，身后留下一串梅花状的脚印。黑狗走到梅花前便不走了，坐下，盯着花朵，默然不动，如同一条铁狗。她看到，那个昨天在场院里见过的女卫生兵手里提着一盏放射出黄色光芒的马灯，身上背着一个棕色的牛皮挎包，挎包的带子上拴着一个伤痕累累的搪瓷缸子，还有一条洁白的毛巾。她带领着一副担架从胡同口儿走了过来，清脆的声音就是从她的口里发出来的："这里是孙小林家吗？"

她说是的，这里是孙小林家。她的心里有很多怀疑，这个女子，昨天晚上还是一副嘶哑的嗓子，好像破锣一样，怎么一夜工夫就变得如此清脆了呢？接着她就听到了墙头上的公鸡发出了撕肝裂胆般的叫声，公鸡也就趾高气扬，充满了英雄气概。随即她还听到了墙根上的狗叫和邻居孩子沙哑的哭声。从听到了公鸡啼叫的那一刻，她感到那股要使自己的身体飘浮起来的力量突然消失了，取而代之的是她感到自己的身体沉重无比，仿佛随时都会沉到地下去。刚才只有把住门框才能不飘起来，现在是不把住门框就要沉下去了。随着担架的步步逼近，她的身体越来越沉重，脚下俨然是一个无底的黑洞，身体已经悬空挂起，只要一松手，就会像石头似的一落千丈。

她双手把住门框，大声地哭叫着，企望着能有人来援手相救，但卫生员和两个民夫都袖着手站在一旁，对她的喊叫和哀求置若罔闻。她感到手指一阵阵地酸麻，逐渐变得僵硬，最后一点力气也没有了。然后她就感到身体飞快地坠落下去，终于落到了底，并且发出了一声沉闷的巨响，身体周围还有大量的泥土飞溅起来。她在坑底仰面朝天躺着，看到一盏昏黄的马灯探下来，在马灯的照耀下，出现了女卫生兵的涂了金粉一样的辉煌的脸。那张脸上的表情慈祥无比，与观音菩萨的脸极其相似，感动得她鼻子发酸，几乎就要像一个小孩子似的放声大哭。随即有一条黄色的绳子伸伸缩缩地顺下来，绳子的头上，有一个三角形的疙瘩，很像毒蛇的头颅。她听到一个声音在上边大喊：

"孙马氏，抓住绳子！"

她顺从地抓住了绳子。绳子软得像丝绵一样，抓在手里几乎没有感觉，好像抓着虚无。同时她也感到自己的身体很轻，像一个纸灯笼的壳子，随着绳子，悠悠晃晃地升了上去。

女卫生兵身体笔挺地站在她的面前，脸上的表情十分严肃，与刚才看到的菩萨面庞判若两人。两个身穿青衣的民夫抬着担架站在她的身后，两张脸皮宛如青色的瓦片。她看到绑成担架的门板，正是自家的门板。门板的边缘上刻着两个字，那是小林当兵前用小刀子刻上的。她不认字，但知道那两个字是"小桃"。门板上放着一个用米黄色的苇席卷成的圆筒，为了防止席筒滚下来，中间还用绳子捆了一道，与门板捆在一起。一种不祥的预感笼罩在她的心头，但这时她的心还算平静，等了一会儿，那个女卫生兵从怀里将一把金黄色的铜号摸出来时，她知道，最可怕的事情已经发生了。女卫生兵将那把黄铜的军号递到她的手里，严肃地说：

"孙大娘，我不得不告诉您一个不幸的消息，您的儿子孙小林，在攻打县城的战斗中，光荣地牺牲了。"

她感到那把军号就像一块烧红了的热铁，烫得手疼痛难忍，并且还发出了嗞嗞啦啦的声响。她感到自己的双腿就像火中的蜡烛一样熔化了，然后就不由自主地坐在了地上。她把烫人的铜号紧紧地搂在怀里，就像搂住了吃奶的婴儿。她嗅到了从号筒子里散发出的儿子的独特的气味。女卫生员弯下腰，伸出手，看样子是想把她从地上拉起来。她紧紧地搂着铜号，屁股往后移动着，嘴里还发出一些古怪的声音。女卫生员无奈地摇摇头，低声说：

"孙大娘，您节哀吧，我们的心里与您同样难过，但要打仗就要有牺牲，死人的事是经常发生的。"

女卫生员对着那两个民夫挥了挥手，他们心领神会地将担架抬起来，小心翼翼地往院子里走去。他们抬着担架从她的面前走过时，她嗅到了儿子身体的气味从席筒里汹涌地洋溢出来。她被儿子的气味包围着，心里产生了一种暖洋洋的感觉。抬担架的两个民夫个子都不高，担架绳子又拴得太长，过门槛时，尽管他们用力将脚尖踮起来，门板还是摩擦着门槛，发出了干涩锐利的声响。民夫将担架抬到院子当中，急不可耐地扔到地上。担架发出一声闷响，心痛得她几乎跌倒。女卫生员恼怒地批评他们：你们怎么敢这样？那两个民夫也不说话，蹲到墙根下抽起旱烟来。温暖的阳光照耀着他们黑色的棉衣和黑色的脸膛，焕发出一圈死气沉沉的紫色光芒，光芒很短促，像牛身上的绒毛。青色烟雾从他们的嘴巴和鼻孔里喷出来，院子里添了烟草的辛辣气，部分地掩盖了儿子的气味和雪下泥土的腥气。女卫生员站在她的面前，用听起来有几分厌烦的口吻说：

"孙大娘，您的儿子牺牲在冲锋的队列里，他的死是光荣的，你生养了这样的儿子应该感到骄傲。我们还很忙，我们遵照着首长的指示，要把牺牲了的本地籍战士送回各家去，您儿子是我们送的第一个人，还有几十具尸体等着我们去送，所以，我请求您赶快验收，腾出担架，我们好去送别人的儿子回家。"

她尽管心如刀绞，但还没到丧失理智的程度。她觉得女卫生员的说辞通情达理，没有理由不听从。于是她就站了起来，往担架边走去。这时，她听到一个女人像高歌样的哭声在大街上响起来。哭声进了胡同，越来越近，转眼间就到了大门外。她擦擦眼睛，看到那个用一条白色的手绢捂着嘴巴、跌跌撞撞哭了来的女人是铁匠的女儿宋小桃。小桃身披重孝，腰里扎着一根麻辫子，头上顶着一块折叠成三角形的白布，手里拖着一根新鲜的柳木棍子。按说没过门的媳妇是不应该戴这样的重孝的，但她戴了这样的重孝，可见对小林的感情之深。她心中十分感动，随着小桃大放悲声。

小桃走到担架前，一屁股坐下，双手拍打着地面，哭喊着：

"天哪，天哪，你说好了打完仗跟我成亲的，为什么急急忙忙地死了呢？"

女卫生员不耐烦地劝着她：

"行了，行了，别哭了，人死了，哭也哭不活了对不对？"

小桃根本不理她，双手轮番拍打着地面，继续哭喊。

村长和民兵队长带着几个肩挎大枪的民兵走进院子，女卫生员迎上去，问：

"你们是村子里的干部吧？劝劝她们，让她们别哭了，赶快验收，我们还要去送别人呢！"

"孙大婶，宋小桃，哭几声就算了。"村长对着她们冷冰冰地说，然后他歪过头去吩咐民兵队长："把席子解开吧，让大婶看看儿子。"

民兵队长将肩上的大枪递给身边的一个民兵，蹲下身，解着把席筒与门板捆在一起的绳子。他的手因为寒冷变得很笨，解了好久也没能解开。村长用膝盖把他顶到一边，愤愤地说：

"你还能干什么？"

村长从民兵的腰里拔出一把刺刀，插到绳子和席筒之间，轻轻地一挑，绳子就崩断了。他把刺刀还给民兵，蹲下身，仔细地打量着，好像在寻找席筒的合缝处。女卫生员的脸上挂着一种嘲讽的微笑，像看一个傻瓜似的看着村长。村长恍然大悟地说：

"原来是这样的！"

他弓着腰，使出很大的力气，将席筒翻转，席筒与门板联结的地方，发出了剥裂的声音，然后就猛地张开了。一道灿烂的绿光随着席筒的张开突然流泻出来。她的哭声一下子堵了，小桃的哭声也停止了。她看到，那些积聚的绿光像轻烟散尽之后，一个身穿绿衣的士兵鲜明地出现在眼前。她听到从众人的嘴里发出了一片惊叹。菩萨啊，她的心欢快地跳动着，不是我的儿子，他们抬来的不是我的儿子！她用肮脏的袄袖子擦着眼睛，把头低下去，一直低到离那个士兵的身体很近的地方。她嗅到了冰冷的、像结了冰的糖葫芦散出的甜丝丝的气味。

死者的脸很年轻，跟她的儿子同样年轻，肯定也没超过二十岁。他没戴帽子，一绺看上去非常柔软的头发遮了他光滑的额头。他的脸色像冻了的苹果一样，凝着一层深红的蜡光，两道柳叶状的浓眉下，漆黑的睫毛交叉在一起。这是一张年轻漂亮的脸，看上去那样宁静，脸上凝固着甜蜜的微笑，丝毫看不出这是一个死在了战场上的士兵，倒像一个正在梦中恋爱的少年，仿佛一阵歌声就能把他唤醒。他穿着一身略嫌肥大的墨绿色军装，军装的面料很好，比儿子的灰色军装要高级许多。他的脚上却没穿鞋子，连袜子也没穿，两只赤红的大脚高高地翘着，脚趾上生了好多冻疮，脚底下沾满灰色的泥巴。

她抬起头，看到众人都把头垂得很低，专注地研究着席筒里的人。连那两个蹲在墙角抽旱烟的民夫也围上来，探着头观看。村长盯着女卫生员，不停地搓着手，什么也不说。女卫生员也不停地搓着手，眼睛里跳动着惊恐不安的光芒，絮絮叨叨地说："这怎么可能？我亲眼看着把他卷进席筒的，这怎么可能？他根本没穿这样的衣服，他的连长还亲自把他的大睁着的眼睛合上了，如果你们不信我的话，可以问问他们俩。"她指了指两个抬担架的民夫。民夫们摇着头，不肯定也不否定。女卫生员着急地说："你们说话呀！"民夫摇着头，躲到一边去了。

女卫生员问她："那么，老大娘，您说吧，这是不是您的儿子？"

她低下头，更仔细地观看着担架上的尸体，并且努力回忆着儿子的面貌，但奇怪的是，她竟然记不起儿子的面貌了。

民兵队长冷冷地说："好啊，你们竟然把一个敌人抬了回来！你们把敌人的尸体抬回来，就说明你们把烈士的遗体抛弃了，很可能你们把烈士的遗体卖了，然后拉一个敌人的尸体来冒充！这可不是个小问题！"

女卫生员声嘶力竭地大喊着："你胡说！"

民兵队长把大枪往肩上耸了耸，说："村长，我看这事得赶快往上汇报，出了事我们可担当不起！"

"别急，"村长老练地说，"也许是临时换了套衣服？这种事情打扫战场时是经常发生的，去年我就看到咱们的一个营长，穿了一套这样的衣服在大街上骑马奔跑，头上还戴了一顶大盖帽子。大婶子，你好好认认，这是不是小林？"

她努力回忆着儿子的模样，但脑子里依然一片空白。

"打仗前他不是刚回来过吗？"村长说，"小桃，你年轻，眼尖，你说吧，这是不是小林？"他又对民兵们说："你们也想想，孙小林是不是这个模样？"

小桃迷惑地摇着头，一言不发。

众民兵也摇着头，说："平时觉得怪熟，但这会儿还真记不起他的样子了……"

村长说："大婶，您说吧，您说是就是，您说不是就不是。"

她把自己的眼睛几乎贴到了士兵青红的脸上，鼻子嗅到一股熟悉的奶腥气。她畏畏缩缩地将死者额上那绺头发拢上去，看到他双眉之间有一个蓝色的洞眼，边缘光滑而规整，简直就像高手匠人用钻子钻出来的。接着她看到他的脖子上蠕动着灰白的虱子。她大着胆子，抓起了他的手，看到他的手指关节粗大，手掌上生着烟色的老茧。她心中默念着：也是个苦孩子啊！于是她的眼泪就如同连串的珠子，滴落在她自己和死者的手上。这时，她听到一个细弱的像蚊子嗡嗡的声音在耳边响起：

"大娘，我不是您的儿子，但我请您说我就是您的儿子，否则我就要被野狗吃掉了，大娘，求求您了，您对我好，我娘也会对您的儿子好的……"

她感到鼻子一阵酸热，更多的眼泪流了出来。她把脸贴到士兵的脸上，哭着说："儿子，儿子，你就是我的儿子……"

村长说："行了，小唐同志，您可以放心地去了！"

那个姓唐的女卫生员感动地说："大娘，谢谢您……"

"这里边有鬼！"民兵队长怒冲冲地说，"孙小林根本就不是这副模样，这分明是个敌人！你们把敌人当烈士安葬，这是什么性质的问题？"

她看着民兵队长的气得发青的脸，说："狗剩子，你说小林不是这个样子，那么你给我说说，他是什么样子？"

"对啊，"女卫生员说，"你说他是什么样子？难道母亲认不出儿子，你一个外人反倒能认出？"

民兵队长转身就往外走去，一边走一边回头来说："这事没完，你们等着吧！"

村长说："好了，就这样吧。"

村长大踏步地往外走去，民兵们跟在他的后边一路小跑。

女卫生员招呼了一下那两个民夫，急匆匆地走了。两个民夫跟在她的身后也是一路小跑，好像身后存在着巨大的危险。他们连担架都不要了。但转眼之间女卫生员又折回来，从怀里摸出一个黑色的呢绒帽子，戴到她的头上，说："我差点把这个忘了，你儿子的连长说，这是你儿子给你买的礼物，连长说你儿子是个孝子。"

她感到头上温暖无比，眼泪连串涌出，流到脸上马上就结了冰。

女卫生员抖着嘴唇，好像要说点什么，但没有说。她只是伸出一只手，摸了摸那顶帽子，转身就跑了。

小桃脱下孝衣，夹在腋下，不忘记提着那根柳木棍子，对着她点点头，转身也走了。

院子里只剩下她和躺在担架上的年轻人。她蹲在担架旁边，端详着他的虽然冻僵了但依然生气勃勃的脸，大声说："孩子，你真的不是我的小林吗？你不是我的小林，那我的小林哪里去了？"

死者微笑不语。

她叹息一声，将双手伸到他的身下，轻轻地一搬就把这个高大的身体搬了起来，他的身体轻得就像灯草一样。

她将他安放在观音像前，出去拉了一捆柴火，回来蹲在锅前烧水。她不时地回头去看他的脸。在通红的灶火映照下，死者宛若一个沉睡的婴儿。

她从箱子底下找出一条新的白毛巾，蘸了热水给他擦脸，擦着擦着，小林的面貌就从记忆深处浮现出来。她将脑海里的小林与眼前的士兵进行了对比，越来越感到他们相似，简直就像一对孪生的兄弟。她的眼泪落在了死者的脸上。她将他身上的绿衣剥下来。衣服褶皱里虱子多得成堆成团。她厌恶地将它们投到灶火里，虱子在火中哔哔叭叭地响。死者赤裸着身子，脸色红晕，好像羞涩。她叹息着，说：在娘的眼里，多大的儿子也是个孩子啊！她用小笤帚将死者身上的虱子扫下来，投到灶火里。死者瘦骨嶙峋的身体又让她的眼泪落下来。她找出了小林穿过的旧衣裳，给他换上。穿上了家常衣裳的死者，脸上的稚气更加浓重，如果不是那两只粗糙的大手，他完全就是个孩子。她想，无论如何也得给这孩子弄副棺材，不能让他这样入土。她把墙根上那个木柜子拖出来揭开盖子，将箱子里的破衣烂罗揪出来，扔到一边。她嘴里嘟哝着："孩子，委屈你了……"

她把他抱到箱子里。箱子太短，他的双腿从箱子的边沿上探出去，好像两根粗大的木桩。她抱住死者的腿，试图使它们弯曲，但它们僵硬如铁，难以曲折。这时，走了的小桃又回来了。

她看着小桃哭肿的眼睛，低声哀求着：小桃，好孩子，帮帮大娘吧，把他的腿折进去。小桃噘着嘴，气哄哄地走到墙角，提过来一柄大斧，用手指试试斧刃，脸上显出一丝冷笑，然后她紧了紧腰带，往手心里啐了两口唾沫，抓住斧柄，将斧头高高地举起来。她不顾一切地扑上去，托住了小桃的胳膊。两个人正在僵持着，就听到有人在胡同里大声喊叫：

"孙马氏，你出来！"

三

她听到有人在胡同里大声喊叫着：

"这是孙小林的家吗？"

她急忙从炕上爬起来，下炕时糊糊涂涂地栽到了地上。顾不上头破血流，她腾云驾雾般地到了大门外，看到昨天见到过的那个女卫生员手里提着一盏马灯，身上斜背着一个棕色的牛皮挎包——挎包带子上拴着一个伤痕累累的搪瓷缸子和一条洁白的毛巾——急匆匆地走过来。在女卫生员的身后，两个身穿青衣的民夫抬着一副担架，担架上捆着一根粗大的席筒。女卫生员站在她家门口，满面悲凄，低声问讯：

"这里是孙小林的家吗？"

（1999 年）

第四辑

不被大风吹倒

—

　　莫言童年时，也曾孤独、穷困，很小就失去了上学的机会，陪伴他长大的只有一本《新华字典》。但他从未沮丧过，总是勇敢地面对一切挑战，迎难而上。最终，他实现了自己的大学梦，成了赫赫有名的大作家。

　　当我们屡遭挫折、坚持不下去的时候该怎么办？莫言祝愿我们都能"不被大风吹倒"，勇敢地面对成长过程中的一切困难，因为"希望总是在失望，甚至是绝望时产生"。就让我们随着莫言的文字，感受坚强和豁达的力量吧。愿我们都能坚强、勇敢，在历经风雨后，蜕变成更好的人。

不被大风吹倒

——致年轻朋友

亲爱的青年朋友：

节日快乐！

想起几天前，你们在我的公众号后台留言问我：如果人生中遇到艰难时刻，该怎么办？这确实是一个必须面对的重要问题，因为茫茫人海，千姿百态，每个人的处境都不相同，但谁都不敢保证自己一生中不会遇到困难甚至是艰难的时刻。我无法告诉你们一个适合所有人的标准答案，但可以与你们分享两个小故事——当我遇到艰难时刻时，给我带来知识与力量的一本书与一个人。

一本书是《新华字典》。我一生中遇到的第一个艰难时刻是童年辍学。当时，与我同龄的孩子都在学校里，他们在一起学习、玩耍，而我孤零零一个人，放牛割草，十分孤独。幸好在这个时候，我得到了一本《新华字典》。我当然也希望能阅读很多经典，但当时的农村，书很少，谁家有本书，都视若珍宝，轻易不外借。只有这本《新华字典》是属于我的。我在农村十几年间，它陪我度过了很多孤寂的时刻。

我认识的大部分汉字，实际上都不是在学校里学的，而是在辍学之后通过阅读这本《新华字典》学的。它不仅让我知道了很多字的读音和意义，也让我了解了一些古人造字的规律。总之，在当年那种孤独穷困的环境里，就是这本工具书，陪着我度过了艰难时刻，为我以后能拿起笔写小说奠定了基础。

一个人，是我的爷爷。小的时候，我跟着爷爷去荒草甸子割草。归程时，天象诡异，一根飞速旋转的黑色圆柱向我们逼过来，并伴随着沉闷如雷鸣的呼噜声。我惊问爷爷："那是什么?"爷爷淡淡地说："风。使劲拉车吧，孩子。"

风越来越大，我们车上的草被刮扬到天上去。我被风刮倒在地，双手死死抓住两丛根系很深的牛筋草，才没被风刮走。我看到：爷爷双手攥着车把，脊背绷得像一张弓。他的双腿在颤抖，小褂子被风撕破，只剩两个袖子挂在肩上。

爷爷与大风对抗着，车子未能前进，但也没倒退半步。大风过去了，爷爷还保持着这姿势，仿佛一尊雕塑。许久之后，他才慢慢地直起腰，他的手指蜷曲着不能伸直了。爷爷与狂风对峙的模样，永远印刻在我的脑海里。风来时，爷爷没有躲避，尽管风把我们车上的草刮得只剩下一棵，但我觉得我们是胜利者。

我的故事是老生常谈，不一定能让你们感兴趣，但因为这是我的亲身经历，所以还是讲给你们听，但愿能给你们带来一点启发。

古人云：道阻且长，行则将至。年轻朋友们，当我们遇到艰难时刻，不要灰心，不要沮丧，只要努力，总是会有收获。希望总是在失望，甚至是绝望时产生，并召唤着我们重整旗鼓，奋勇前行。

（2022 年五四青年节）

我的大学梦

　　六十年代初，我刚上小学的时候，我的大哥便以优异成绩考中了华东师范大学，成为高密东北乡的第一个大学生。大哥的考中，给家庭带来了荣耀，也激活了我的大学梦想。但很快便爆发了"文化大革命"，我因得罪了当权的老师，被开除出校。时当1967年，我十二岁，读小学五年级。

　　失学后，我深深地体会到了高玉宝式的痛苦。那时又复课了，我的小学同学大多转到我家前边的农业中学就读。虽然上学如同胡闹，但毕竟还上课。每当我赶着牛羊、背着草筐从学校窗外的小路上走过时，听到教室里昔日同学的喧闹声，心中的滋味确实不好受。不但大学梦彻底破灭，连中学也上不成。我的家庭出身是富裕中农，当兵很困难，招工没希望，看来只能在农村待一辈子了。在绝望中，我把大哥读中学时的语文课本找出来，翻来覆去地读，先是读里边的小说、散文，后来连陈伯达、毛泽东的文章都读得烂熟。

　　过了几年，出了一个有名的人物张铁生，尽管他不是什么好人，但他的方式的确启发过我，使我在黑暗中看见了一线光明。原来靠一封信就可以堂而皇之地上大学呀！于是，我就学着张铁生的样子，给当时的国家教育部长周荣鑫写了一封信，表达了我想上大学的疯狂愿望。信发出半个月后的一个傍晚，我正在灶前帮母亲烧火，父亲步履踉跄地回家来了。他的手上，捏着一个棕色的牛皮纸信封。我的脑袋"嗡"的一声响。我本能地猜到了：父亲手里捏着的，就是我发出的那封信的回音。我既激动又害怕，不知道是福是祸。父亲捏着那封信——他的手在微微颤抖——并不急于给我，他的双眼盯着我，眼神是那样的迷惘、苍凉——令我至今难忘——他终于说话了："你想什么呢?"然后他把信递给了我。那是一张很小的印有红头的便笺，上边有十几行用圆珠笔写的字迹。信的内容大概是：您的信我们收到了，您想上大学的愿望是好的，希望您在农村好好劳动，等待贫下中农的推荐。虽然是官腔套话，但当时真让我感动得不得了，这毕竟是国家教育部的回信啊! 夜里，我听到父母在低语。父亲说："这小东西，出息好了没准能成个小气候; 出息不好，就是个惹祸的老祖宗。"母亲叹息道："委屈孩子了，那么个好脑子，天天闲着。"

教育部回信，使我的大学梦愈加疯狂。但我清楚地知道，在村里待着，即使我干活比牛还卖力，也不会有贫下中农来推荐我上大学。于是我想到了当兵。当了兵，只要好好干，就有可能被推荐上大学。即使上不了大学，能提成干部，也是一条金光大道。

经过连续四年的努力，在二十一岁的时候，我终于当了兵，那是 1976 年 2 月。到了部队，我积极得小命都快豁出去了。淘厕所，挖猪圈，"反击右倾翻案风"。有一次去农场割小麦，我一个人割的比全班割的还要多两垄。就这样，我赢得了全站上下普遍的好感。那时，填写入伍登记表时，几乎每个人都少填岁数、高填学历，我当然不能免俗——为此我内心紧张了许多年——我虽然小学都没毕业，却斗胆填上了高中一年级。1977 年底，领导告诉我，让我复习功课，准备来年夏天去北京参加考试，报考的学校是我们本系统的工程技术学院。我既激动又害怕，激动的是机会终于来了，害怕的是我对数理化一窍不通——连分数的加减都不会。一连几天，我吃不下饭，睡不着觉，想去向领导坦白真情，又怕落一个伪造学历、蒙骗组织的罪名。后来，发狠一咬牙，拼吧！我写信让家里人把大哥那些书寄来，在本单位一位马技师的辅导下，开始了艰难的自学。那半年里，我在一间储藏劳动工具的小仓库里，熬过一个又一个漫漫长夜，硬是从分数学到了复数。化学学了一册，物理学了两册。考期逼近，我心里越来越恐慌。别人见我如此勤奋，都说我必中无疑。但我心里清楚，半年的时间里，我只是把一些公式背熟、定理大概弄通而已，解题的能力极差，肯定考不上的。正在痛苦煎熬中，突然，上边来了电话，说考试的名额没有了，我不能去北京赶考了。听到这消息，我如释重负，但心中却感到悲喜交集。

经过这一番折腾，我的大学梦基本破灭了。不久，我调到一个新单位，在那里担任了政治教员兼图书管理员。为了讲课，我死记硬背了不少政治理论，利用职务之便，读了很多文艺方面的书。八十年代初，在百无聊赖中，我开始学习文学创作，1981年发表了处女作。1984年，当我已经不再幻想上大学时，大学的门，却突然对我敞开了。那是个炎热的夏天，我听到了解放军艺术学院文学系招生的消息。其时，报名工作早已结束，我在命运的指导下，拿着自己的作品，闯进了军艺的大门。我的恩师徐怀中先生看了我的作品后对系里的干事刘毅然说："这个学生，文化考试即使不及格我们也要了。"又是命运引导着我，让我的文化考试得了高分。1984年9月1日，我扛着背包，走进了大学的校门。

（1997年10月）

我们的母亲和我们的童年*

　　1990 年秋天的一个下午，我从北京的一个地铁口出来，当我踏着台阶一步步往上攀登时，猛地一抬头，我看到，在地铁的出口那里，坐着一个显然是从农村来的妇女。她正在给她的孩子喂奶。是两个孩子，不是一个孩子。这两个又黑又瘦的孩子坐在她的左右两个膝盖上，每人叼着一个奶头，一边吃奶一边抓挠着她的胸脯。我看到她的枯瘦的脸被夕阳照耀着，好像一件古老的青铜器一样闪闪发光。我感到她的脸像受难的圣母一样庄严神圣。我的心中顿时涌动起一股热潮，眼泪不可遏止地流了出来。我站在台阶上，久久地注视着那个女人和她的两个孩子。许多人从我的身边像影子一样滑过去，我知道他们都在用好奇的目光看着我，我知道他们心里会把我当成一个精神有毛病的人。后来，有人拉了一下我的衣袖，才把我从精神恍惚的状态中唤醒。拉我衣袖的人是我的一个朋友，她问我为什么站在这里哭泣？我告诉她，我想起了母亲与童年。她问我：是你自己的母亲和你自己的童年吗？我说，不是，不仅仅是我的母亲和我的童年。我想起了我们的母亲和我们的童年。

　　1994 年我的母亲去世后，我就想写一部书献给她。我好几次

---

　　* 本文原标题为《我的〈丰乳肥臀〉》。

拿起笔来，但心中总是感到千头万绪，不知道该从哪里动笔。这时候我想起了几年前在地铁出口看到的那个母亲和她的两个孩子，我知道了我该从哪里写起。

在以前的演讲中，我都提到过我的童年和我的故乡，但我还没来得及提到我的母亲。我的母亲是一个身体瘦弱、一生疾病缠身的女人。她四岁时，我的外婆就去世了，过了几年，我的外公也去世了。我的母亲是在她的姑母的抚养下长大成人的。母亲的姑母是一个像钢铁一样坚强的女人，她的体重我估计不到四十公斤，但她讲起话来，那声音大得就像放炮一样，我一直都很纳闷，不知道她那弱小的躯体如何能够发出那般响亮的声音。我母亲四岁时，她的姑母就给她裹小脚。在座的各位肯定都知道中国的女人曾经有过一段裹小脚的惨痛的历史，但你们未必知道裹小脚的过程是何等的残酷。我母亲生前，曾经多次地对我讲起她的姑母给她裹小脚的过程。一个四岁的女孩，按说还是在父母面前撒娇的年龄，但我的母亲却已经开始忍受裹脚的酷刑。当然，在过去的时代里，遭受这种酷刑的不仅仅是我的母亲，还有成千上万的中国妇女。所谓裹脚，就是用白布和竹片把正在发育的脚趾裹断，就是把四个脚趾折叠在脚掌之下，使你的脚变成一根竹笋的样子。我多次地见过我母亲的脚，我实在不忍心描述她的脚的残状。我母亲说她裹脚的过程持续了十年，从四岁开始裹起，到十四岁才基本定型。在这个漫长过程中，充满了血泪和煎熬，但我母亲给我讲她裹脚的经历时，脸上洋溢着自豪的表情，就像一个退休的将军讲述他的战斗历程一样。

我母亲十五岁时就由她的姑母做主嫁给了十四岁的我父亲。从此开始了长达六十多年的艰难生活。我想困扰了我母亲一生的，第一是生育，第二是饥饿，第三是病痛；当然，还有她们那个年龄的人都经历过的连绵的战争灾难和狂热的政治压迫。

我母亲生过很多孩子，但活下来的只有我们四个。在过去的中国农村，妇女生孩子，就跟狗猫生育差不多。我在《丰乳肥臀》第一章里描写了这种情景：小说中的女主人公上官鲁氏生育她的双胞胎时，她家的毛驴也在生骡子。驴和人都是难产，但上官鲁氏的公公和婆婆更关心的是那头母驴。他们为难产的母驴请来了兽医，但他们对难产的儿媳却不闻不问。这种听起来非常荒唐的事情，在当时中国农村里是普遍存在的现象。尽管小说中的上官鲁氏不是我的母亲，但我母亲也有过类似的经历。我的母亲怀着那对双胞胎时，肚子大得低头看不到自己的脚尖，走起路来非常困难，但即使这样还要下地劳动。她差一点就把这对双胞胎生在打麦场上。刚把两个孩子生出来，暴风雨来了，母亲马上就到场上去抢麦子。后来这对双胞胎死了，家里的人都很平静，我的母亲也没有哭泣。这种情景在今天会让人感到不可思议，但在当时确是很正常的现象。

我在小说中写过上官鲁氏一家因为战争背井离乡的艰难经历，这是我的母亲那代人的共同经历。战争结束后，人民过了几年和平的日子，但饥饿很快开始了。我对饥饿有切身的感受，但我母亲对饥饿的感受比我要深刻得多。我母亲上边有我的爷爷奶奶，下边有一群孩子。家里有点可以吃的东西，基本上到不了她的嘴里。我经常回忆起母亲把食物让给我吃而她自己吃野草的情景。我记得有一次，母亲带着我到田野里去挖野菜，那时连好吃的野菜也很难找到。母亲把地上的野草拔起来往嘴里塞，她一边咀嚼一边流眼泪。绿色的汁液沿着她的嘴角往下流淌，我感到我的母亲就像一头饥饿的牛。我在小说中写了上官鲁氏偷粮食的奇特方式：她给生产队里拉磨，趁着干部不注意时，在下工前将粮食囫囵着吞到胃里，这样就逃过了下工时的搜身检查。回到家后，她跪在一个盛满清水的瓦盆前，用筷子探自己的喉咙催吐，把胃里还没有消化的粮食吐出来，然后洗净、捣碎，喂养自己的婆婆和孩子。后来，她形成了条件反射，只要一跪在瓦盆前，不用探喉，就可以把胃里的粮食吐出来。这件事听起来好像天方夜谭，但确是我母亲和我们村子里好几个女人的亲身经历。我这部小说发表之后，一些人批评我刚才讲述的这个情节是胡编乱造，是给社会主义抹黑；他们当然不会知道，在二十世纪的六十年代，中国的普通老百姓是如何生活的。那时候，这些上等人，照样吃得脑满肠肥，所以，对这些批评，我只能保持沉默，我即便解释，也是对牛弹琴。

因为频繁的生育和饥饿，我母亲那个年龄的女人几乎都是疾病缠身。我小的时候，夜晚行走在大街上，听到家家户户的女人都在痛苦地呻吟。她们三十多岁时，基本上都丧失了生育的能力，四十多岁时，牙齿都脱落了；她们的腰几乎找不到一个直的，大街上行走的女人，几乎个个弓腰驼背，面如死灰。那时的农村缺医少药，得了病只好死挨，挺过来就活，挺不过来就死。当然，不仅仅女人如此，男人也如此。孩子和老人也是如此。我们忍受痛苦的能力是惊人的。

我是我父母的最后一个孩子。我出生的时候，还没搞"大跃进"，日子还比较好过，我想我能活下来，与我的母亲还能基本上吃饱有关，母亲基本能够吃饱，才会有奶汁让我吃。因为我是最后一个孩子，母亲对我比较溺爱，所以允许我吃奶吃到五岁。

现在想起来，这件事残酷而无耻，我感到我欠我母亲的实在是太多了。我在地铁入口看到那两个孩子和他们的母亲时之所以热泪盈眶，与我的个人经历有关。这件事激发了我的创作灵感，我决定就从生养和哺乳入手写一本感谢母亲的书。但在写作的过程中，小说中的人物有了自己的生命，他们突破了我的构思，我只能随着他们走。

我在这部小说里塑造了一个混血儿上官金童，他是小说中的母亲和一个传教士生的孩子，也是小说中的母亲唯一的儿子，小说中的母亲生了八个女儿后才生了这样一个宝贝儿子。所以母亲对他寄予了巨大的希望。这个混血儿长大后身材高大、金发碧眼，非常漂亮，但却是一个离开了母亲的乳房就没法生存的人，他吃母亲的奶一直吃到十五岁。我感到这个人物是一个巨大的象征。至于象征着什么，我也说不清楚。去年我在日本参加《丰乳肥臀》日文版的首发式，一个看过此书的和尚对我说，他认为这个上官金童是中西文化结合后产生出来的怪胎。他认为上官金童对母乳的迷恋，实际上就是对中国的传统文化的一种迷恋，他认为我塑造这个人物的目的是对在中国流行了许多年的"中学为体，西学为用"进行批判。他认为中国的古典文化实际上是一种封建文化，如果不彻底地扬弃封建文化，中国就不可能真正地实现现代化。我对和尚的看法，既没有表示同意也没有表示反对。因为一本书出版之后，作家的任务已经完成，对书中人物的理解，是读者自己的事。但上官金童是中国文学中从来没有过的一个典型，这是让我感到骄傲的。还有一些读者问我是不是上官金童，我说我不是，因为我不是混血儿；我说我又是，因为我的灵魂深处确实有一个上官金童。我虽然没有上官金童那样的高大的身躯和漂亮的相貌，但我有跟他一样的怯懦性格。我虽然已经四十多岁，但经常能做出一些像儿童一样幼稚的决定。小说中的母亲曾经痛斥上官金童是一个一辈子长不大的男人，母亲说的其实是一种精神现象。物质性的断奶不是一件难事，但精神上的断奶非常困难。从这个意义上说，日本和尚的看法是有道理的。是啊，封建主义那套东西，在今日的中国社会中，其实还在发挥着重大的影响。许多人对封建主义的迷恋，不亚于上官金童对母乳的迷恋。所以，我的这部小说发表之后激怒了许多人就是很正常的了。

我在这部长达五十万字的小说中，还写了上官鲁氏的八个女儿和她的几个女婿的命运，他们的命运与中国的百年历史紧密相连。通过对这个家族的命运和对高密东北乡这个我虚构的地方的描写，我表达了我的历史观念。我认为小说家笔下的历史是来自民间的传奇化了的历史，这是象征的历史而不是真实的历史，这是打上了我的个性烙印的历史而不是教科书中的历史。但我认为这样的历史才更加逼近历史的真实。因为我站在了超越阶级的高度，用同情和悲悯的眼光来关注历史进程中的人和人的命运。看起来我写的好像是高密东北乡这块弹丸之地上发生的事情，实际上我把天南海北发生的凡是对我有用的事件全都拿到了我的高密东北乡来。所以我才敢说，我的《丰乳肥臀》超越了"高密东北乡"。

我想，时至二十一世纪，一个有良心、有抱负的作家，他应该站得更高一些，看得更远一些。他应该站在人类的立场上进行他的写作，他应该为人类的前途焦虑或是担忧，他苦苦思索的应该是人类的命运，他应该把自己的创作提升到哲学的高度，只有这样的写作才是有价值的。一个作家，如果把自己的注意力放在研究政治的和经济的历史上，那势必会使自己的小说误入歧途。作家应该关注的，始终都是人的命运和遭际，以及在动荡的社会中人类感情的变异和人类理性的迷失。小说家并不负责再现历史，也不可能再现历史，所谓的历史事件只不过是小说家把历史寓言化和预言化的材料。历史学家是根据历史事件来思想，小说家是用思想来选择和改造历史事件；如果没有这样的历史事件，他就会虚构出这样的历史事件。所以，把小说中的历史与真实的历史进行比较的批评，是类似于堂吉诃德对着风车作战的行为，批评者自以为神圣无比，旁观者却在一边窃笑。

这部书的腹稿我打了将近十年，但真正动手写作只用了不到九十天。那是 1994 年的春天，我的母亲去世后不久，在高密东北乡，一只狗在院子里大喊大叫、火在炉子里熊熊燃烧的地方，我夜以继日，醒着用手写，睡着用梦写，全身心投入三个月，中间除了去过两次教堂外，连大门都没迈出过，几乎是一鼓作气地写完了这部五十万字的小说。写完了这部书，我的体重竟然增加了十斤。许多人都感到不可思议，我自己也感到不可思议。从此后我知道自己与众不同：别的作家写作时变瘦，我却因为连续写作而变胖。

（2000 年 3 月在哥伦比亚大学的演讲）

饥饿和孤独是我创作的财富

　　每个作家都有他成为作家的理由，我自然也不能例外。但我为什么成了一个这样的作家，而没有成为像海明威、福克纳那样的作家，我想这与我独特的童年经历有关。我认为这是我的幸运，也是我在今后的岁月里还可以继续从事写作这个职业的理由。

　　从现在退回去大约四十年，也就是二十世纪的六十年代初期，正是中国近代历史上一个古怪而狂热的时期。那时候一方面是物质极度的贫乏，人民吃不饱穿不暖，几乎可以说是在死亡线上挣扎；另一方面却是人民的高度的政治热情，饥饿的人民勒紧裤腰带进行着共产主义实验。那时候我们虽然饿得半死，却认为自己是世界上最幸福的人，而世界上还有三分之二的人——包括美国人——都还生活在"水深火热"的苦难生活之中。而我们这些饿得半死的人还肩负着把你们从苦海里拯救出来的神圣责任。当然，到了八十年代，中国对外敞开了大门之后，我们才恍然大悟、如梦初醒。

　　我在童年时期，根本就不知道世界上还有照相这码事，知道了也照不起。所以我只能根据后来看到过的一些历史照片，再加上自己的回忆，来想象出自己的童年形象。我敢担保我想象出来的形象是真实的。那时，我们这些五六岁的孩子，在春、夏、秋三个季节里，基本上是赤身裸体的，只有到了严寒的冬季，才胡乱地穿上一件衣服。那些衣服的破烂程度是今天的中国孩子想象不到的。我相信我奶奶经常教导我的一句话，她说人只有享不了的福，但是没有受不了的罪。我也相信达尔文的适者生存学说，人在险恶的环境里，也许会焕发出惊人的生命力。不能适应的都死掉了，能够活下来的，就是优良的品种。所以大概可以说，我也是一个优良的品种。那时候我们都有惊人的抗寒能力，连浑身羽毛的小鸟都冻得唧唧乱叫时，我们光着屁股，也没有感到冷得受不了。那时候你们如果到我们村子里去，一定可以看到一些或者光着屁股或者穿着单薄的破衣烂衫的孩子，在雪地里追逐打闹。我对当时的我充满了敬佩之情，那时我真的不简单，比现在的我优秀许多倍。那时候我们身上几乎没有多少肌肉，我们的胳膊和腿细得像木棍一样，但我们的肚子却大得像一个大水罐子。我们的肚皮仿佛是透明的，隔着肚皮，可以看到里边的肠子在蠢蠢欲动。我们的脖子细长，似乎挑不住我们沉重的头颅。

那时候我们这些孩子的思想非常单纯，我们每天想的就是食物和如何才能搞到食物。我们就像一群饥饿的小狗，在村子里的大街小巷里嗅来嗅去，寻找可以果腹的食物。许多在今天看来根本不能入口的东西，在当时却成了我们的美味。我们吃树上的叶子；树上的叶子吃光后，我们就吃树的皮；树皮吃光后，我们就啃树干。那时候我们村的树是地球上最倒霉的树，它们被我们啃得遍体鳞伤。那时候我们都练出了一口锋利的牙齿，世界上大概没有我们咬不动的东西。我的一个小伙伴后来当了电工，他的工具袋里既没有钳子也没有刀子，像铅笔那样粗的钢丝他毫不费力地就可以咬断；别的电工用刀子和钳子才能完成的工作，他用牙齿就可以完成了。那时我的牙齿也很好，但不如我那个当了电工的朋友牙齿好，否则我很可能是一个优秀的电工而不是一个作家。

1961 年的春天，我们村子里的小学校里拉来了一车亮晶晶的煤块，我们孤陋寡闻，不知道这是什么东西。一个聪明的孩子拿起一块煤，咯嘣咯嘣地吃起来。看他吃得香甜样子，味道肯定很好。于是我们一拥而上，每人抢起一块煤，咯嘣咯嘣吃起来。我感到那煤块越嚼越香，味道的确是好极了。看到我们吃得香甜，村子里的大人们也扑上来吃，学校里的校长出来阻止，于是人们就开始哄抢。至于煤块吃到肚子里的感觉，我已经忘记了，但吃煤时口腔里的感觉和煤的味道，至今还牢记在心。不要以为那时候我们就没有欢乐，其实那时候我们也还是有许多的欢乐。我们为发现了一种可以食用的物品而欢欣鼓舞。

这样的饥饿岁月大概延续了两年多。到了六十年代中期，我们的生活好了起来，虽然还是吃不饱，但每人每年可以分到二百斤粮食，再加上到田野里去挖一点野菜，基本上可以维持人的生命，饿死人的事越来越少了。

当然，仅仅有饥饿的体验，并不一定就能成为作家，但饥饿使我成为一个对生命的体验特别深刻的作家。长期的饥饿使我知道，食物对于人是多么的重要。什么光荣、事业、理想、爱情，都是吃饱肚子之后才有的事情。因为吃我曾经丧失过自尊，因为吃我曾经被人像狗一样地凌辱，因为吃我才发奋走上了创作之路。

当我成为作家之后，我开始回忆我童年时的孤独，就像面对着满桌子美食回忆饥饿一样。我的家乡高密东北乡是三个县交界的地区，交通闭塞，地广人稀。村子外边是一望无际的洼地，野草繁茂，野花很多，我每天都要到洼地里去放牛，因为我很小的时候已经辍学。所以当别人家的孩子在学校里读书时，我就在田野里与牛为伴。我对牛的了解甚至胜过了我对人的了解。我知道牛的喜怒哀乐，懂得牛的表情，知道它们心里想的什么。在那样一片在一个孩子眼里几乎是无边无际的原野里，只有我和几头牛在一起。牛安详地吃草，眼睛蓝得好像大海里的海水。我想跟牛谈谈，但是牛只顾吃草，根本不理我。我仰面朝天躺在草地上，看着天上的白云缓慢地移动，好像他们是一些懒洋洋的大汉。我想跟白云说话，白云也不理我。天上有许多鸟儿，有云雀，有百灵，还有一些我认识它们但叫不出它们的名字。它们叫得实在是太动人了。我经常被鸟儿的叫声感动得热泪盈眶。我想与鸟儿们交流，但是它们也很忙，它们也不理睬我。我躺在草地上，心中充满了悲伤的感情。在这样的环境下，我首先学会了想入非非。这是一种半梦半醒的状态。许多美妙的念头纷至沓来。我躺在草地上理解了什么叫爱情，也理解了什么叫善良。然后我学会了自言自语。那时候我真是才华横溢、出口成章、滔滔不绝，而且合辙押韵。有一次我对着一棵树在自言自语，我的母亲听到后大吃一惊，她对我的父亲说："他爹，咱这孩子是不是有毛病了？"后来我长大了一些，参加了生产队的集体劳动，进入了成人社会，我在放牛时养成的喜欢说话的毛病给我的家人带来了许多的麻烦。我母亲痛苦地劝告我："孩子，你能不能不说话？"我当时被母亲的表情感动得鼻酸眼热，发誓再也不说话，但一到了人前，肚子里的话就像一窝老鼠似的奔突而出。话说过之后又后悔无比，感到自己辜负了母亲的教导。所以当我开始我的作家生涯时，我自己为自己起了一个笔名：莫言。但就像我的母亲经常骂我的那样，"狗改不了吃屎，狼改不了吃肉"，我改不了喜欢说话的毛病。为此我把文坛上的许多人都得罪了，因为我最喜欢说的是真话。现在，随着年龄的增长，我的话说得越来越少，我母亲的在天之灵一定可以感到一些欣慰了吧！

我的作家梦想是很早时就发生了的。那时候，我的邻居是一个被打成"右派"、开除学籍、下放回家的大学中文系学生。我与他在一起劳动，起初他还忘不了自己曾经是一个大学生，说起话来文绉绉的。但是严酷的农村生活和艰苦的劳动很快就把他那点知识分子的酸气改造得干干净净，他变成了一个与我一样的农民。在劳动的间隙里，我们饥肠辘辘，胃里泛着酸水。我们最大的乐趣就是聚集在一起谈论食物。大家把自己曾经吃过的或者是听说过的美食讲出来让大家享受，这是真正的精神会餐。说者津津有味，听者直咽口水。一个老头给我们讲当年他在青岛的饭馆里当堂倌时见识过的那些名菜，什么红烧肉啦，大烧鸡啦；我们眼睁睁地望着他的嘴巴，仿佛嗅到了那些美味食品的味道，仿佛看到了那些美味佳肴从天上飘飘而来。那个"右派"大学生说他认识一个作家，写了一本书，得了成千上万的稿费。他每天吃三顿饺子，而且还是肥肉馅的，咬一口，那些肥油就唧唧地往外冒。我们不相信竟然有富贵到每天都可以吃三次饺子的人，但大学生用蔑视的口吻对我们说：人家是作家！懂不懂？作家！从此我就知道了，只要当了作家，就可以每天吃三次饺子，而且是肥肉馅的。每天吃三次肥肉馅饺子，那是多么幸福的生活！天上的神仙也不过如此了。从那时起，我就下定了决心，长大后一定要当一个作家。

　　我开始创作时，的确没有那么崇高的理想，动机也很低俗。我可不敢像许多中国作家那样把自己想象成"人类灵魂工程师"，更没有想到要用小说来改造社会。前边我已经说过，我创作的最原始的动力就是对于美食的渴望。当然在我成了名之后，我也学着说了一些冠冕堂皇的话，但那些话连我自己也不相信。我是一个出身底层的人，所以我的作品中充满了世俗的观点；谁如果想从我的作品中读出高雅和优美，他多半会失望。这是没有办法的事，什么人说什么话，什么藤结什么瓜，什么鸟叫什么调，什么作家写什么作品。我是一个在饥饿和孤独中成长的人，我见多了人间的苦难和不公平，我的心中充满了对人类的同情和对不平等社会的愤怒，所以我只能写出这样的小说。当然，随着我的肚子渐渐吃饱，我的文学也发生了一些变化。我渐渐地知道，人即便每天吃三次饺子，也还是有痛苦，而这种精神上的痛苦，其程度并不亚于饥饿。表现这种精神上的痛苦，同样是一个作家的神圣的职责。但我在描写人的精神痛苦时，也总是忘不了饥饿带给人的肉体痛苦。我不知道这是我的优点还是我的缺点，但我知道这是我的宿命。

　　我最早的创作是不值一提的，但也是不能不提的，因为那是属于我的历史，也是属于中国当代文学的历史。我记得我写的最早的作品是一篇写挖河的小说，写一个民兵连长早晨起来，站在我们的毛主席像前，向他祈祷，祝愿他万寿无疆万寿无疆万寿无疆。然后那人就起身去村里开会，会上决定要他带队到外边去挖一条很大的河流。他的女朋友为了支持他去挖河，决定将婚期往后推迟三年。而一个老地主听说了这个消息，深夜里潜进生产队的饲养室，用铁锹把一匹即将到挖河的工地上拉车的黑骡子的腿给铲断了。这就是阶级斗争，而且非常的激烈。大家都如临大敌，纷纷动员起来，与阶级敌人展开了激烈的斗争。最后河挖好了，老地主也被抓起来了。这样的故事今天是没人要看的，但当时中国的文坛上全是这样的东西。如果你不这样写，就不可能发表。尽管我这样写了，也还是没有发表。因为我写得还不够革命。

到了七十年代后期，中国的局面发生了变化，中国的文学也开始发生变化，但变化是微弱而缓慢的。当时还有许多的禁区，譬如不许写爱情。但文学渴望自由的激情是压抑不住的，作家们挖空心思，转弯抹角地想突破禁区。这个时期就是中国的伤痕文学时期。我是八十年代初期开始写作的，那时中国的文学已经有了很大的发展，所有的禁区几乎都突破了，西方的许多作家都被介绍了过来，大家都在近乎发疯地模仿他们。我是一个躺在草地上长大的孩子，没上几天学，文学的理论几乎是一窍不通，但我凭着直感认识到，我不能学那些正在文坛上走红的人的样子，把西方作家的东西改头换面当成自己的。我认为那是二流货色，成不了大气候。我想我必须写出属于我自己的、跟别人不一样的东西，不但跟外国的作家不一样，而且跟中国的作家也不一样。这样说并不是要否定外国文学对我的影响，恰恰相反，我是一个深受外国作家影响并且敢于坦率地承认自己受了外国作家影响的中国作家；这个问题我想应该作为一个专门的题目来讲。但我比很多中国作家高明的是，我并不刻意地去模仿外国作家的叙事方式和他们讲述的故事，而是深入地去研究他们作品的内涵，去理解他们观察生活的方式，以及他们对人生、对世界的看法。我想一个作家读另一个作家的书，实际上是一次对话，甚至是一次恋爱，如果谈得投机，有可能成为终身伴侣，如果话不投机，那就各奔前程。

截止到目前，美国已经出版了我的三本书，一本是《红高粱家族》，一本是《天堂蒜薹之歌》，还有一本就是刚刚面世的《酒国》。《红高粱家族》表现了我对历史和爱情的看法；《天堂蒜薹之歌》表现了我对政治的批判和对农民的同情；《酒国》表现了我对人类堕落的惋惜和对腐败官僚的痛恨。这三本书看起来迥然有别，但最深层的东西还是一样的，那就是一个被饿怕了的孩子对美好生活的向往。

（2000 年 3 月在斯坦福大学的演讲）

讲故事的人

尊敬的瑞典学院各位院士，女士们，先生们：

通过电视或网络，我想在座的各位对遥远的高密东北乡，已经有了或多或少的了解。你们也许看到了我的九十岁的老父亲，看到了我的哥哥姐姐，我的妻子女儿，和我的一岁零四个月的外孙子。但是有一个此刻我最想念的人，我的母亲，你们永远无法看到了。我获奖后，很多人分享了我的光荣，但我的母亲却无法分享了。

我母亲生于 1922 年，卒于 1994 年。她的骨灰，埋葬在村庄东边的桃园里。去年，一条铁路要从那儿穿过，我们不得不将她的坟墓迁移到距离村子更远的地方。掘开坟墓后，我们看到，棺木已经腐朽，母亲的骨殖，已经与泥土混为一体。我们只好象征性地挖起一些泥土，移到新的墓穴里。也就是从那一时刻起，我感到，我的母亲是大地的一部分，我站在大地上的诉说，就是对母亲的诉说。

我是我母亲最小的孩子。我记忆中最早的一件事，是提着家里唯一的一把热水壶去公共食堂打开水。因为饥饿无力，失手将热水瓶打碎，我吓得要命，钻进草垛，一天没敢出来。傍晚的时候我听到母亲呼唤我的乳名，我从草垛里钻出来，以为会受到打骂，但母亲没有打我也没有骂我，只是抚摸着我的头，口中发出长长的叹息。

我记忆中最痛苦的一件事，就是跟着母亲去集体的地里捡麦穗。看守麦田的人来了，捡麦穗的人纷纷逃跑。我母亲是小脚，跑不快，被捉住，那个身材高大的看守人扇了她一个耳光，她摇晃着身体跌倒在地，看守人没收了我们捡到的麦穗，吹着口哨扬长而去。我母亲嘴角流血，坐在地上，脸上那种绝望的神情让我终生难忘。多年之后，当那个看守麦田的人成为一个白发苍苍的老人，在集市上与我相逢，我冲上去想找他报仇，母亲拉住了我，平静地对我说："儿子，那个打我的人，与这个老人，并不是一个人。"

我记得最深刻的一件事是一个中秋节的中午，我们家难得地包了一顿饺子，每人只有一碗。正当我们吃饺子时，一个乞讨的老人来到了我们家门口，我端起半碗红薯干打发他，他却愤愤不平地说："我是一个老人，你们吃饺子，却让我吃红薯干。你们的心是怎么长的？"我气急败坏地说："我们一年也吃不了几次饺子，一人一小碗，连半饱都吃不了！给你红薯干就不错了，你要就要，不要就滚！"母亲训斥了我，然后端起她那半碗饺子，倒进了老人碗里。

我最后悔的一件事，就是跟着母亲去卖白菜，有意无意地多算了一位买白菜的老人一毛钱。算完钱我就去了学校。当我放学回家时，看到很少流泪的母亲泪流满面。母亲并没有骂我，只是轻轻地说："儿子，你让娘丢了脸。"

我十几岁时，母亲患了严重的肺病。饥饿、病痛、劳累，使我们这个家庭陷入了困境，看不到光明和希望。我产生了一种强烈的不祥之感，以为母亲随时都会寻短见。每当我劳动归来，一进大门就高喊母亲，听到她的回应，心中才感到一块石头落了地。如果一时听不到她的回应，我就心惊胆战，跑到厨房和磨坊里寻找。有一次找遍了所有的房间也没有见到母亲的身影，我便坐在院子里大哭。这时母亲背着一捆柴草从外面走进来。她对我的哭很不满，但我又不能对她说出我的担忧。母亲看出我的心思，她说："孩子你放心，尽管我活着没有一点乐趣，但只要阎王爷不叫我，我是不会去的。"

我生来相貌丑陋，村子里很多人当面嘲笑我，学校里有几个性格霸蛮的同学甚至为此打我。我回家痛哭，母亲对我说："儿子，你不丑。你不缺鼻子不缺眼，四肢健全，丑在哪里？而且只要你心存善良，多做好事，即便是丑也能变美。"后来我进入城市，有一些很有文化的人依然在背后甚至当面嘲弄我的相貌，我想起了母亲的话，便心平气和地向他们道歉。

我母亲不识字，但对识字的人十分敬重。我们家生活困难，经常吃了上顿没下顿。但只要我对她提出买书买文具的要求，她总是会满足我。她是个勤劳的人，讨厌懒惰的孩子，但只要是我因为看书耽误了干活，她从来没批评过我。

有一段时间，集市上来了一个说书人。我偷偷地跑去听书，忘记了她分配给我的活儿。为此，母亲批评了我。晚上当她就着一盏小油灯为家人赶制棉衣时，我忍不住把白天从说书人那里听来的故事复述给她听。起初她有些不耐烦，因为在她心目中说书人都是油嘴滑舌、不务正业的人，从他们嘴里冒不出好话来。但我复述的故事渐渐地吸引了她，以后每逢集日她便不再给我派活，默许我去集上听书。为了报答母亲的恩情，也为了向她炫耀我的记忆力，我会把白天听到的故事，绘声绘色地讲给她听。

很快地，我就不满足复述说书人讲的故事了，我在复述的过程中不断地添油加醋，我会投我母亲所好，编造一些情节，有时候甚至改变故事的结局。我的听众也不仅仅是我的母亲，连我的姐姐、我的婶婶、我的奶奶，都成为我的听众。我母亲在听完我的故事后，有时会忧心忡忡地，像是对我说，又像是自言自语："儿啊，你长大后会成为一个什么人呢？难道要靠要贫嘴吃饭吗？"

我理解母亲的担忧，因为在村子里，一个贫嘴的孩子，是招人厌烦的，有时候还会给自己和家庭带来麻烦。我在小说《牛》里所写的那个因为话多被村子里厌恶的孩子，就有我童年时的影子。我母亲经常提醒我少说话，她希望我能做一个沉默寡言、安稳大方的孩子。但在我身上，却显露出极强的说话能力和极大的说话欲望，这无疑是极大的危险，但我说故事的能力，又带给了她愉悦，这使她陷入深深的矛盾之中。

俗话说"江山易改，本性难移"，尽管我有父母亲的谆谆教导，但我并没有改掉我喜欢说话的天性，这使得我的名字"莫言"很像对自己的讽刺。

我小学未毕业即辍学，因为年幼体弱，干不了重活，只好到荒草滩上去放牧牛羊。当我牵着牛羊从学校门前路过，看到昔日的同学在校园里打打闹闹，我心中充满悲凉，深深地体会到一个人，哪怕是一个孩子，离开群体后的痛苦。到了荒滩上，我把牛羊放开，让它们自己吃草。蓝天如海，草地一望无际，周围看不到一个人影。没有人的声音，只有鸟儿在天上鸣叫。我感到很孤独，很寂寞，心里空空荡荡。有时候，我躺在草地上，望着天上懒洋洋地飘动着的白云，脑海里便浮现出许多莫名其妙的幻象。

我们那地方流传着许多狐狸变成美女的故事，我幻想着能有一个狐狸变成美女与我来做伴放牛，可她始终没有出现。但有一次，一只火红色的狐狸从我面前的草丛中跳出来时，我被吓得一屁股蹾在地上。狐狸跑没了踪影，我还在那里颤抖。有时候我会蹲在牛的身旁，看着湛蓝的牛眼和牛眼中的我的倒影。有时候我会模仿着鸟儿的叫声试图与天上的鸟儿对话，有时候我会对一棵树诉说心声。但鸟儿不理我，树也不理我。许多年后，当我成为一个小说家，当年的许多幻想，都被我写进了小说。很多人夸我想象力丰富，有一些文学爱好者，希望我能告诉他们培养想象力的秘诀，对此，我只能报以苦笑。就像中国的先贤——老子所说的那样，"福兮祸之所伏，祸兮福之所倚"，我童年辍学，饱受饥饿、孤独、无书可读之苦，但我因此也像我们的前辈作家沈从文那样，极早地开始阅读社会人生这本大书。前面所提到的到集市上去听说书人说书，仅仅是这本大书中的一页。

辍学之后，我混迹于成人之中，开始了"用耳朵阅读"的漫长生涯。二百多年前，我的故乡曾出了一个讲故事的伟大天才——蒲松龄，我们村里的许多人，包括我，都是他的传人。我在集体劳动的田间地头，在生产队的牛棚马厩，在我爷爷奶奶的热炕头上，甚至在摇摇晃晃地行进着的牛车上，聆听了许许多多神鬼故事、历史传奇、逸闻趣事。这些故事都与当地的自然环境、家庭历史紧密联系在一起，使我产生了强烈的现实感。我做梦也想不到有朝一日这些东西会成为我的写作素材，我当时只是一个迷恋故事的孩子，醉心地聆听着人们的讲述。那时我是一个绝对的有神论者，我相信万物都有灵性，我见到一棵大树会肃然起敬，我看到一只鸟会感到它随时会变化成人，我遇到一个陌生人，也会怀疑他是一个动物变化而成。每当夜晚我从生产队的记工房回家时，无边的恐惧便包围了我，为了壮胆，我一边奔跑一边大声歌唱。那时我正处在变声期，嗓音嘶哑，声调难听，我的歌唱，是对我的乡亲们的一种折磨。

我在故乡生活了二十一年，其间离家最远的一次是乘火车去了青岛，还差点迷失在木材厂的巨大木材之间，以至于我母亲问我去青岛看到了什么风景时，我沮丧地告诉她：什么都没看到，只看到了一堆堆的木头。但也就是这次青岛之行，使我产生了想离开故乡到外边去看世界的强烈愿望。

1976 年 2 月，我应征入伍，背着我母亲卖掉她结婚时的首饰，购买了四本《中国通史简编》，走出了高密东北乡这个既让我爱又让我恨的地方，开始了我人生的重要时期。我必须承认，如果没有三十多年来中国社会的巨大发展与进步，如果没有改革开放，也不会有我这样一个作家。

在军营的枯燥生活中，我迎来了二十世纪八十年代的思想解放和文学热潮。我从一个用耳朵聆听故事、用嘴巴讲述故事的孩子，开始尝试用笔来讲述故事。起初的道路并不平坦，我那时并没有意识到我二十多年的农村生活经验是文学的富矿。那时我以为文学就是写好人好事，就是写英雄模范，所以，尽管也发表了几篇作品，但文学价值很低。

1984 年秋，我考入解放军艺术学院文学系。在我的恩师、著名作家徐怀中的启发指导下，我写出了《秋水》《枯河》《透明的红萝卜》《红高粱》等一批中短篇小说。在《秋水》这篇小说里，第一次出现了"高密东北乡"这个字眼。从此，就如同一个四处游荡的农民有了一片土地，我这样一个文学的流浪汉，终于有了一个可以安身立命的场所。我必须承认，在创建我的文学领地"高密东北乡"的过程中，美国的威廉·福克纳和哥伦比亚的加西亚·马尔克斯给了我重要启发。我对他们的阅读并不认真，但他们开天辟地的豪迈精神激励了我，使我明白了一个作家必须要有一块属于自己的地方。一个人在日常生活中应该谦卑退让，但在文学创作中必须颐指气使，独断专行。我追随在这两位大师身后两年，即意识到，必须尽快地逃离他们。我在一篇文章中写道：他们是两座灼热的火炉，而我是冰块，如果离他们太近，会被他们蒸发掉。根据我的体会，一个作家之所以会受到某一位作家的影响，其根本是因为影响者和被影响者灵魂深处的相似之处。正所谓"心有灵犀一点通"。所以，尽管我没有很好地去读他们的书，但只读过几页，我就明白了他们干了什么，也明白了他们是怎样干的，随即我也就明白了我该干什么和我该怎样干。

我该干的事情其实很简单，那就是用自己的方式，讲自己的故事。我的方式，就是我所熟知的集市说书人的方式，就是我的爷爷奶奶、村里的老人们讲故事的方式。坦率地说，讲述的时候，我没有想到谁会是我的听众，也许我的听众就是那些如我母亲一样的人，也许我的听众就是我自己。我自己的故事，起初就是我的亲身经历，譬如《枯河》中那个遭受痛打的孩子，譬如《透明的红萝卜》中那个自始至终一言不发的孩子。我的确曾因为干过一件错事而受到过父亲的痛打，我也的确曾在桥梁工地上为铁匠师傅拉过风箱。当然，个人的经历无论多么奇特也不可能原封不动地写进小说，小说必须虚构，必须想象。很多朋友说《透明的红萝卜》是我最好的小说，对此我不反驳，也不认同，但我认为《透明的红萝卜》是我的作品中最有象征性、最意味深长的一部。那个浑身漆黑、具有超人的忍受痛苦的能力和超人的感受能力的孩子，是我全部小说的灵魂。尽管在后来的小说里，我写了很多的人物，但没有一个人物，比他更贴近我的灵魂。或者可以说，一个作家所塑造的若干人物中，总有一个领头的；这个沉默的孩子就是一个领头的，他一言不发，却有力地领导着形形色色的人物，在高密东北乡这个舞台上，尽情地表演。

自己的故事总是有限的，讲完了自己的故事，就必须讲他人的故事。于是，我的亲人们的故事，我的村人们的故事，以及我从老人们口中听到过的祖先们的故事，就像听到集合令的士兵一样，从我的记忆深处涌出来。他们用期盼的目光看着我，等待着我去写他们。我的爷爷、奶奶、父亲、母亲、哥哥、姐姐、姑姑、叔叔、妻子、女儿，都在我的作品里出现过，还有很多的我们高密东北乡的乡亲，也都在我的小说里露过面。当然，我对他们都进行了文学化的处理，使他们超越了他们自身，成为文学中的人物。

我最新的小说《蛙》中，就出现了我姑姑的形象。因为我获得诺贝尔奖，许多记者到她家采访，起初她还很耐心地回答提问，但很快便不胜其烦，跑到县城里她儿子家躲起来了。姑姑确实是我写《蛙》时的模特，但小说中的姑姑，与现实生活中的姑姑有着天壤之别。小说中的姑姑专横跋扈，有时简直像个女匪；现实中的姑姑和善开朗，是一个标准的贤妻良母。现实中的姑姑晚年生活幸福美满；小说中的姑姑到了晚年却因为心灵的巨大痛苦患上了失眠症，身披黑袍，像个幽灵一样在暗夜中游荡。我感谢姑姑的宽容，她没有因为我在小说中把她写成那样而生气；我也十分敬佩我姑姑的明智，她正确地理解了小说中人物与现实中人物的复杂关系。

母亲去世后，我悲痛万分，决定写一部书献给她。这就是那本《丰乳肥臀》。因为胸有成竹，因为情感充盈，仅用了八十三天，我便写出了这部长达五十万字的小说的初稿。在《丰乳肥臀》这本书里，我肆无忌惮地使用了与我母亲的亲身经历有关的素材，但书中的母亲在情感方面的经历，则是虚构或取材于高密东北乡诸多母亲的经历。在这本书的卷前语上，我写下了"献给母亲在天之灵"的话。但这本书，实际上是献给天下母亲的。这是我狂妄的野心，就像我希望把小小的"高密东北乡"写成中国乃至世界的缩影一样。

作家的创作过程各有特色，我每本书的构思与灵感触发也都不尽相同。有的小说起源于梦境，譬如《透明的红萝卜》；有的小说则发端于现实生活中发生的事件，譬如《天堂蒜薹之歌》。但无论是起源于梦境还是发端于现实，最后都必须和个人的经验相结合，才有可能变成一部具有鲜明个性的，用无数生动细节塑造出了典型人物的，语言丰富多彩、结构匠心独运的文学作品。有必要特别提及的是，在《天堂蒜薹之歌》中，我让一个真正的说书人登场，并在书中扮演了十分重要的角色。我十分抱歉地使用了这个说书人的真实姓名，当然，他在书中的所有行为都是虚构。在我的写作中，出现过多次这样的现象：写作之初，我使用他们的真实姓名，希望能借此获得一种亲近感，但作品完成之后，我想为他们改换姓名时却感到已经不可能了。因此也发生过与我小说中人物同名者找到我父亲发泄不满的事情。我父亲替我向他们道歉，但同时又开导他们不要当真。我父亲说："他在

《红高粱》中，第一句就说'我父亲这个土匪种'，我都不在意，你们还在意什么？"

我在写作《天堂蒜薹之歌》这类逼近社会现实的小说时，面对着的最大问题，其实不是我敢不敢对社会上的黑暗现象进行批评，而是这燃烧的激情和愤怒会让政治压倒文学，使这部小说变成一个社会事件的纪实报告。小说家是社会中人，他自然有自己的立场和观点，但小说家在写作时，必须站在人的立场上，把所有的人都当作人来写。只有这样，文学才能发端于事件但超越事件，关心政治但大于政治。

可能是因为我经历过长期的艰难生活，使我对人性有较为深刻的了解。我知道真正的勇敢是什么，也明白真正的悲悯是什么。我知道，每个人心中都有一片难用是非善恶准确定性的朦胧地带，而这片地带，正是文学家施展才华的广阔天地。只要是准确地、生动地描写了这个充满矛盾的朦胧地带的作品，也就必然地超越了政治并具备了优秀文学的品质。

喋喋不休地讲述自己的作品是令人厌烦的，但我的人生是与我的作品紧密相连的，不讲作品，我感到无从下嘴，所以还得请各位原谅。

在我的早期作品中，我作为一个现代的说书人，是隐藏在文本背后的，但从《檀香刑》这部小说开始，我终于从后台跳到了前台。如果说我早期的作品是自言自语，目无读者，从这本书开始，我感觉到自己是站在一个广场上，面对着许多听众，绘声绘色地讲述。这是世界小说的传统，更是中国小说的传统。我也曾积极地向西方的现代派小说学习，也曾经玩弄过形形色色的叙事花样，但我最终回归了传统。当然，这种回归，不是一成不变的回归。《檀香刑》和之后的小说，是继承了中国古典小说传统又借鉴了西方小说技术的混合文本。小说领域的所谓创新，基本上都是这种混合的产物；不仅仅是本国文学传统与外国小说技巧的混合，也是小说与其他的艺术门类的混合，就像《檀香刑》是与民间戏曲的混合，就像我早期的一些小说从美术、音乐，甚至杂技中汲取了营养一样。

最后，请允许我再讲一下我的《生死疲劳》。这个书名来自佛教经典。据我所知，为翻译这个书名，各国的翻译家都很头痛。我对佛教经典并没有深入研究，对佛教的理解自然十分肤浅，之所以以此为题，是因为我觉得佛教的许多基本思想是真正的宇宙意识。人世中许多纷争，在佛家的眼里，是毫无意义的。这样一种至高眼界下的人世，显得十分可悲。当然，我没有把这本书写成布道词，我写的还是人的命运与人的情感，人的局限与人的宽容，以及人为追求幸福、坚持自己的信念所做出的努力与牺牲。小说中那位以一己之身与时代潮流对抗的蓝脸，在我心目中是一位真正的英雄。这个人物的原型，是我们邻村的一位农民，我童年时，经常看到他推着一辆吱吱作响的木轮车，从我家门前的道路上通过。给他拉车的，是一头瘸腿的毛驴；为他牵驴的，是他小脚的妻子。这个奇怪的劳动组合，在当时的集体化社会里，显得那么古怪和不合时宜，在我们这些孩子的眼里，也把他们看成是逆历史潮流而动的小丑，以至于当他们从街上经过时，我们会充满义愤地朝他们投掷石块。事过多年，当我拿起笔来写作时，这个人物，这个画面，便浮现在我的脑海中。我知道，我总有一天会为他写一本书，我迟早要把他的故事讲给天下人听。但一直到了 2005 年，当我在一座庙宇里看到"六道轮回"

的壁画时，才明白了讲述这个故事的正确方法。

我获得诺贝尔文学奖后，引发了一些争议。起初，我还以为大家争议的对象是我；渐渐地，我感到这个被争议的对象，是一个与我毫不相关的人。我如同一个看戏人，看着众人的表演。我看到那个得奖人身上落满了花朵，也被掷上了石块，泼上了污水。我生怕他被打垮，但他微笑着从花朵和石块中钻出来，擦干净身上的脏水，坦然地站在一边，对着众人说：对一个作家来说，最好的说话方式是写作。我该说的话都写进了我的作品里。用嘴说出的话随风而散，用笔写出的话永不磨灭。我希望你们能耐心地读一下我的书。当然，我没有资格强迫你们读我的书。即便你们读了我的书，我也不期望你们能改变对我的看法。世界上还没有一个作家，能让所有的读者都喜欢他。在当今这样的时代里，更是如此。

尽管我什么都不想说，但在今天这样的场合我必须说话，那我就简单地再说几句。

我是一个讲故事的人，我还是要给你们讲故事。

二十世纪六十年代，我上小学三年级的时候，学校里组织我们去参观一个苦难展览，我们在老师的引领下放声大哭。为了能让老师看到我的表现，我舍不得擦去脸上的泪水。我看到有几位同学悄悄地将唾沫抹到脸上冒充泪水。我还看到在一片真哭假哭的同学之间，有一位同学，脸上没有一滴泪，嘴巴里没有一点声音，也没有用手掩面。他睁着大眼看着我们，眼睛里流露出惊讶或者是困惑的神情。事后，我向老师报告了这位同学的行为。为此，学校给了这位同学一个警告处分。多年之后，当我因自己的告密向老师忏悔时，老师说，那天来找他说这件事的，有十几个同学。这位同学十几年前就已去世，每当想起他，我就深感歉疚。这件事让我悟到一个道理，那就是：当众人都哭时，应该允许有的人不哭。当哭成为一种表演时，更应该允许有的人不哭。

我再讲一个故事。三十多年前，我还在部队工作。有一天晚上，我在办公室看书，有一位老长官推门进来，看了一眼我对面的位置，自言自语道："噢，没有人?"我随即站起来，高声说："难道我不是人吗?"那位老长官被我顶得面红耳赤，尴尬而退。为此事，我扬扬得意了许久，以为自己是个英勇的斗士，但事过多年后，我却为此深感内疚。

请允许我讲最后一个故事，这是许多年前我爷爷讲给我听过的。有八个外出打工的泥瓦匠，为避一场暴风雨，躲进了一座破庙。外边的雷声一阵紧似一阵，一个个的火球，在庙门外滚来滚去，空中似乎还有吱吱的龙叫声。众人都胆战心惊，面如土色。有一个人说："我们八个人中，必定有一个人干过伤天害理的坏事，谁干过坏事，就自己走出庙接受惩罚吧，免得让好人受到牵连。"自然没有人愿意出去。又有人提议道："既然大家都不想出去，那我们就将自己的草帽往外抛吧，谁的草帽被刮出庙门，就说明谁干了坏事，那就请他出去接受惩罚。"于是大家就将自己的草帽往庙门外抛，七个人的草帽被刮回了庙内，只有一个人的草帽被卷了出去。大家就催这个人出去受罚。他自然不愿出去，众人便将他抬起来扔出了庙门。故事的结局我估计大家都猜到了——那个人刚被扔出庙门，那座破庙轰然坍塌。

我是一个讲故事的人。

因为讲故事我获得了诺贝尔文学奖。

我获奖后发生了很多精彩的故事，这些故事，让我坚信真理和正义是存在的。

今后的岁月里，我将继续讲我的故事。

谢谢大家！

（2012 年 12 月在瑞典学院的诺贝尔文学奖受奖演讲）

一本书打开一个世界

欢迎订购、合作

订购电话：0571-85153371

服务热线：0571-85152727

莫言读书会　　KEY-可以文化　　浙江文艺出版社　　京东自营店

关注 KEY-可以文化、浙江文艺出版社公众号，
及浙江文艺出版社京东自营店，随时获取最新图书资讯，
享受最优购书福利以及意想不到的作家惊喜